Défi 2

A2

MÉTHODE DE FRANÇAIS
LIVRE DE L'ÉLÈVE

Auteurs :
Pascal Biras
Monique Denyer
Audrey Gloanec
Stéphanie Witta

Geneviève Briet
Valérie Collige-Neuenschwander
(capsules de phonétique)
Raphaële Fouillet
(précis de grammaire)

Conseil pédagogique
et révision :
Christian Ollivier
Agustín Garmendia

EDITIONS maison des langues
www.emdl.fr/fle

Vivendo juntos...

A Aliança Francesa está presente no Brasil há mais de 135 anos.

Uma idade que em nada compromete seu dinamismo e vivacidade em todo o território!

Mais de 30 Alianças Francesas só no Brasil!

Hoje, existem mais de 800 Alianças Francesas no mundo, mas foi no Brasil que foi fundada a primeira fora da França.

Era o início de uma longa história feita de trocas, de aprendizados e de laços permanentes.

Laços que tecemos muito além do nosso curso de francês! Estudar na Aliança Francesa é conhecer novas pessoas, se abrir para outros horizontes e viver uma rica experiência cultural!

A cada ano, nossos 25000 alunos têm a oportunidade de assistir a mais de 700 eventos culturais!

Temos muito orgulho de toda essa história construída com nossas equipes. Destacamos os 500 professores que temos a chance de acompanhar rumo à excelência pedagógica!

Uma excelência que torna a Aliança Francesa no Brasil a referência em diplomas de proficiência em língua francesa!

Trata-se, principalmente, de uma história que não poderia ser escrita sem você...

Agradecemos a confiança e desejamos um ótimo mergulho no francês e na experiência Aliança Francesa!

C'est parti!

Structure du livre de l'élève

- 8 unités de 14 pages chacune
- 1 précis de grammaire
- des tableaux de conjugaison
- un mémento des stratégies de lecture
- la transcription des enregistrements des documents audio et vidéo
- des cartes de la francophonie, de l'Europe et de la France

▶ Chaque unité est composée de deux dossiers thématiques de six pages chacun et d'une page de lexique.

La page d'ouverture de l'unité

UN TITRE
évoquant la thématique de l'unité

Un vrai cordon bleu

03

DOSSIER 01
Les cuisines locales

CULTURE(S) ET SOCIÉTÉ(S)
• la gastronomie des outre-mer
• la cuisine camerounaise
• les nouvelles tendances en cuisine

COMMUNICATION
• parler d'un plat (origine, ingrédients, cuisson...)
• parler d'une mode culinaire
• décrire un plat

GRAMMAIRE
• le pronom *en*
• exprimer la progression (*de moins en moins, de plus en plus*)
• les pronoms interrogatifs *lequel, laquelle...*

LEXIQUE
• les spécialités culinaires locales
• les modes de cuisson et préparation

DÉFI #01
FAIRE SA CARTE D'IDENTITÉ CULINAIRE

DOSSIER 02
La gastronomie française

CULTURE(S) ET SOCIÉTÉ(S)
• les Français à table
• la dégustation d'un plat avec ses cinq sens
• le marché d Rungis

COMMUNICATION
• parler de ses habitudes alimentaires
• qualifier un plat
• donner un avis

GRAMMA RE
• l'impéra (rappel) et la place es pronoms
• les ver es et les expre sions pour donner un a s (*trouver que, penser que*...)

LEXIQUE
• les cinq sens
• les goûts et les textures
• les adverbes d'intensité (*un peu, assez, très, trop...*)

DÉFI #02
CRÉER SON GUIDE CULINAIRE

DÉFI #03 NUMÉRIQUE
espacevirtuel.emdl.fr

LES TÂCHES FINALES
deux défis adaptés à la progression des apprenants

UNE PRÉSENTATION
des deux dossiers thématiques

LES POINTS DE CULTURE(S) ET SOCIÉTÉ(S)
francophones traités dans chaque dossier

UN DÉFI NUMÉRIQUE
une tâche complémentaire et indépendante qui met à profit les habitudes numériques des apprenants

LES POINTS LANGAGIERS
(communication, grammaire, lexique)

Deux dossiers culturels construits de la même façon

Une double-page *Découvrir* très visuelle et présentée comme un magazine pour découvrir la thématique culturelle du dossier.

DES CAPSULES DE PHONÉTIQUE
à retrouver sur espacevirtuel.emdl.fr

DES TÉMOIGNAGES ORAUX
en réaction au(x) document(s) proposé(s)

Une colonne d'activités de compréhension globale des documents

UNITÉ 3

LA GASTRONOMIE DES OUTRE-MER

Chaque année, depuis 2014, on découvre une autre cuisine française au Salon de la gastronomie des outre-mer. Il dure trois jours et présente les spécialités gastronomiques de trois océans. Au menu : une cuisine épicée, de délicieux fruits tropicaux et d'excellents poissons frais. Voici une présentation de quelques plats typiques de ces territoires.

PHONÉTIQUE 5 Le son [g]

LE TOURMENT D'AMOUR

LA GUADELOUPE
- Le *tourment d'amour* est une tartelette à la noix de coco, à manger en dessert ou au goûter.
- Le *planteur*, un cocktail à base de rhum des Antilles, de jus de fruits, de citron et de sucre.

océan Atlantique

LA RÉUNION
- Le *cari* est le plat traditionnel, à base de viande ou de poisson, de tomates, d'ail et d'oignons. Il est toujours accompagné de riz et de légumes secs.
- Le *rougail saucisses* ou *rougail morue* est un plat à base de saucisses ou de morue et de sauce épicée (le rougail), servi avec du riz.

LE ROUGAIL

océan Indien

LA MARTINIQUE
- Les *acras* de poisson ou de crevette sont de délicieux beignets frits, servis en entrée.
- La *sauce chien* est une sauce typique à base d'oignons, de citron vert et d'herbes, qui accompagne de la viande grillée.

LES ACCRAS

Ah bon ?!

Les **outre-mer** sont des territoires français éloignés de la France et situés en Amérique, en Océanie, dans l'océan Indien et en Antarctique. On parle également de DROM-COM (départements, régions et collectivités d'outre-mer).

44 quarante-quatre

11 Témoignages

Des visiteurs du salon parlent de la gastronomie des outre-mer.

Nadjah

Madji

Catherine

LE BOUGNA

LA NOUVELLE-CALÉDONIE
- Le *bougna* est un plat traditionnel avec de la viande ou du poisson et des patates douces au lait de coco. Il est cuit dans des feuilles de bananier, dans un four sous terre.
- Les *achards*, servis en entrée ou en accompagnement d'un plat, sont des légumes cuits avec des épices, de l'huile et du vinaigre.

océan Pacifique

LA POLYNÉSIE FRANÇAISE
- Le *poisson cru à la tahitienne* cuisiné avec du lait de coco est excellent.
- Le *chao mein*, un plat de nouilles asiatiques, est aussi très populaire à Tahiti.

LE CHAO-MEIN

DOSSIER 1 | DÉCOUVRIR

Avant de lire

1. Lisez le titre du document et observez la carte. Que signifie « outre-mer » ? Faites des hypothèses en classe.
2. Retrouvez les départements et territoires des outre-mer sur la carte de la francophonie pages 162-163.

Lire, comprendre et réagir

3. Lisez l'encadré *Ah bon ?!* pour vérifier vos réponses aux activités précédentes.
4. Lisez l'introduction et observez les photos. Est-ce que vous avez envie de découvrir la gastronomie des outre-mer ? Pourquoi ?
   - *Oui, parce que j'aime bien la cuisine épicée !*
5. Lisez les descriptions des plats. Quelle spécialité voudriez-vous goûter ?
   - *Je voudrais goûter le poisson cru à la tahitienne. Ça a l'air très bon !*
6. Quels sont les points communs entre ces différentes gastronomies ?
7. Complétez le tableau avec des exemples de plats à partir du document.

des entrées	
des plats	
des sauces	
des desserts	
des accompagnements	
des boissons	

Écouter, comprendre et réagir

8. Écoutez les témoignages des visiteurs du salon. Cochez les mots que prononcent les personnes interrogées. (11)

	Nadjah	Madji	Catherine
multiculturel			
crevettes			
lait de coco			
vin			
fruits exotiques			
poisson cru			
végétarien			
épices			

9. Réécoutez, puis choisissez un témoignage. Reformulez-le à l'aide des mots de l'activité précédente. (11)

Mon panier de lexique

Quels mots de ces pages voulez-vous retenir ? Écrivez-les.

quarante-cinq 45

DES ENCADRÉS AH BON ?!
proposant des informations culturelles complémentaires sur la thématique

UN PANIER DE LEXIQUE
une collecte des acquis lexicaux des apprenants

DES AUDIOS (11)
indiqués par un pictogramme avec le numéro de la piste audio

AUDIOS TÉLÉCHARGEABLES
www.emdl.fr/defi2_bresil_livre

Deux doubles-pages *Construire et (inter)agir* et *Construire et créer*, construites à partir de documents culturels authentiques qui amènent l'apprenant à découvrir la langue en contexte.

AVANT DE LIRE : des activités pour préparer à la lecture

LIRE, COMPRENDRE ET RÉAGIR : des activités de compréhension du document

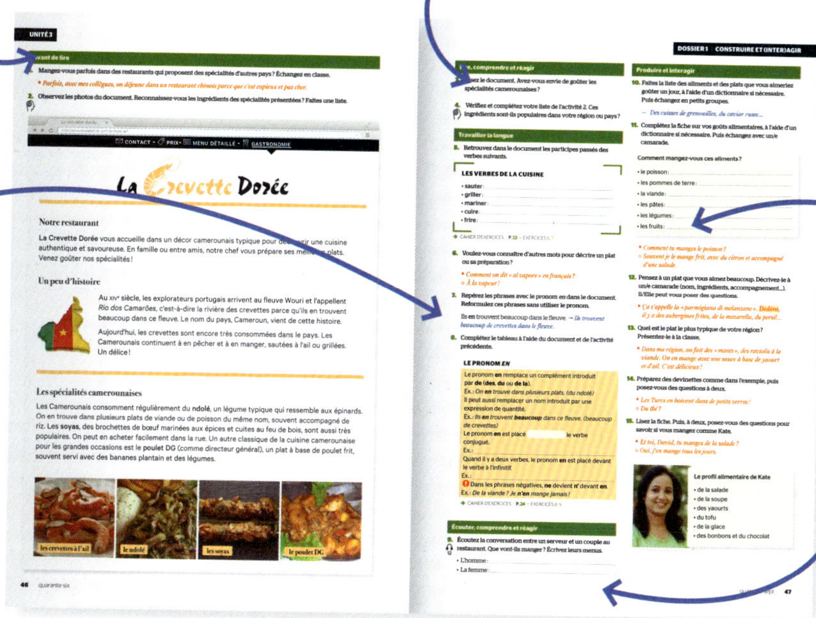

TRAVAILLER LA LANGUE pour découvrir des points de grammaire et de lexique de manière inductive

PRODUIRE ET INTERAGIR pour co-construire ses apprentissages

ÉCOUTER, COMPRENDRE ET RÉAGIR pour comprendre un audio en relation avec le document

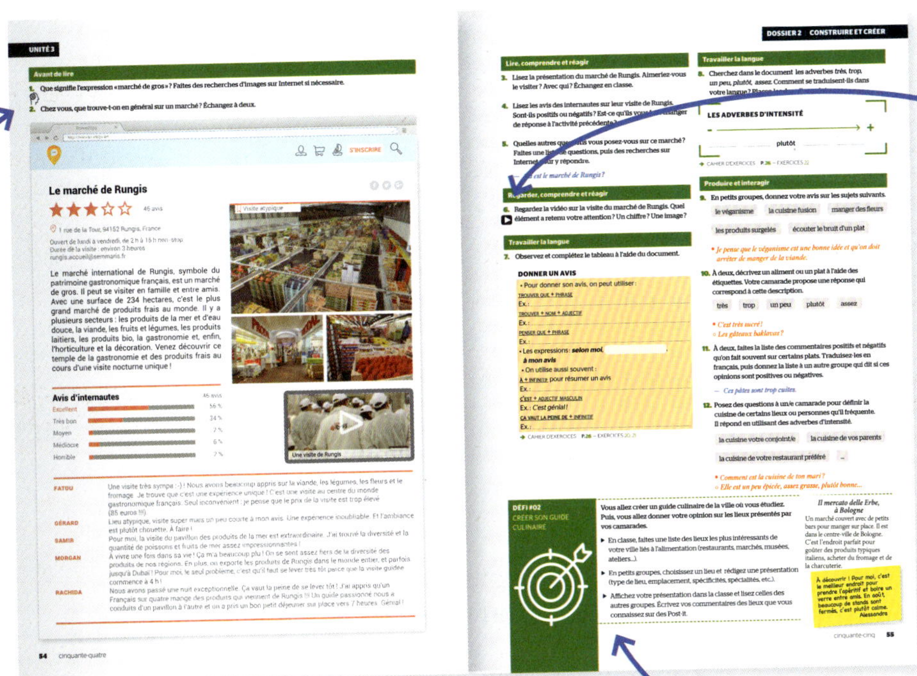

REGARDER, COMPRENDRE ET RÉAGIR : des vidéos accompagnées d'exploitations pédagogiques à retrouver sur espacevirtuel.emdl.fr

DES STRATÉGIES DE LECTURE indiquées par un pictogramme et développées dans un mémento en fin d'ouvrage.

DÉFI en fin de dossier : une tâche mobilisant l'ensemble des acquis linguistiques et culturels du dossier

Une page par unité consacrée au lexique

LES MOTS ASSORTIS
des exercices sur les collocations, les co-occurences...

MES MOTS
des activités d'acquisition, de collecte ou des cartes mentales pour s'approprier le lexique de l'unité

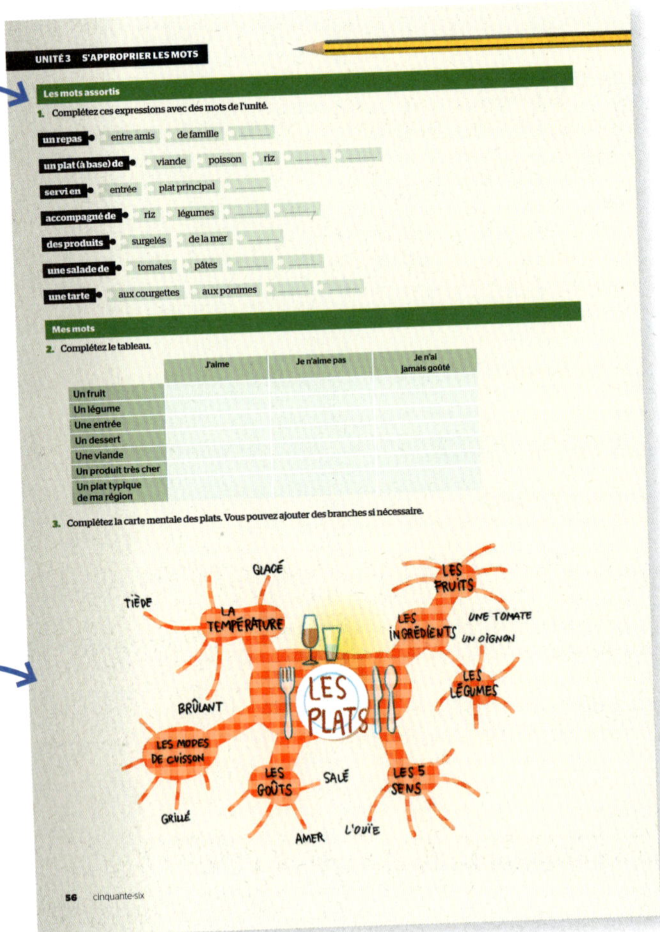

UNITÉ 3 S'APPROPRIER LES MOTS

Les mots assortis

1. Complétez ces expressions avec des mots de l'unité.

- un repas • entre amis • de famille
- un plat (à base) de • viande • poisson • riz
- servi en • entrée • plat principal
- accompagné de • riz • légumes
- des produits • surgelés • de la mer
- une salade de • tomates • pâtes
- une tarte • aux courgettes • aux pommes

Mes mots

2. Complétez le tableau.

	J'aime	Je n'aime pas	Je n'ai jamais goûté
Un fruit			
Un légume			
Une entrée			
Un dessert			
Une viande			
Un produit très cher			
Un plat typique de ma région			

3. Complétez la carte mentale des plats. Vous pouvez ajouter des branches si nécessaire.

56 cinquante-six

Un mémento des stratégies de lecture utilisées dans le livre

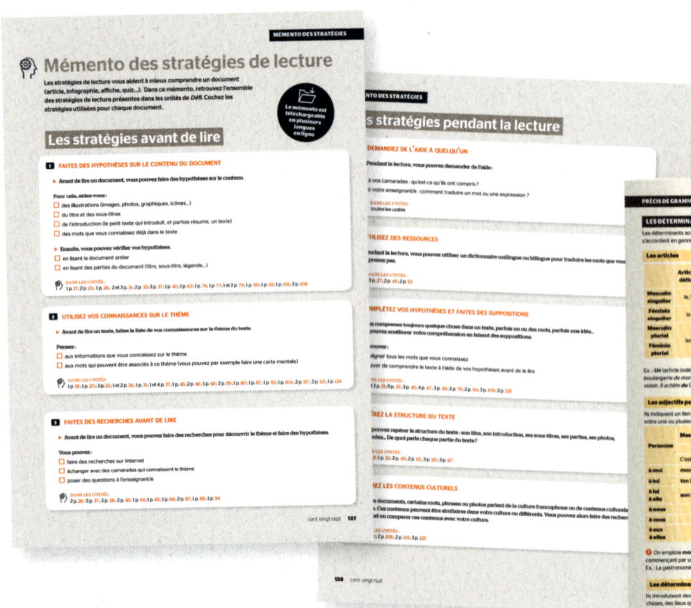

Un précis de grammaire et des tableaux de conjugaison

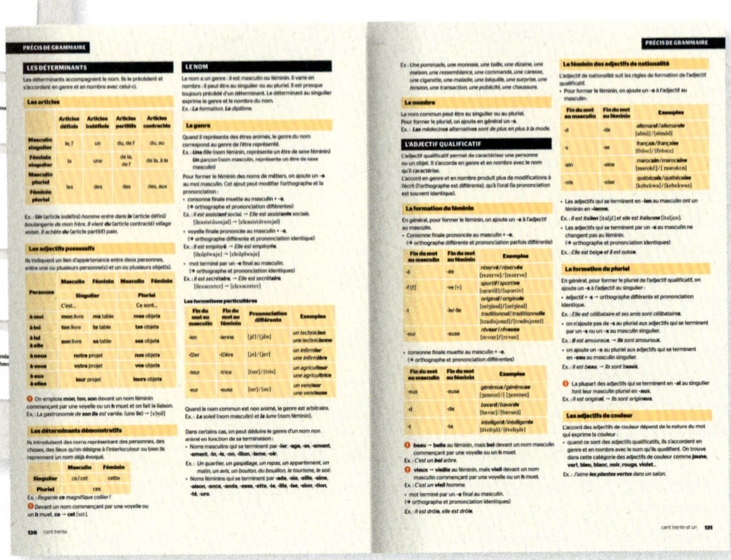

Défi

L'OFFRE NUMÉRIQUE DE *DÉFI*

UNE CONTINUITÉ COMPLÈTE ET MOTIVANTE DE VOTRE MANUEL

- Travaillez où que vous soyez
- En toute autonomie
- Avec des contenus actuels, en images et adaptés à votre niveau

Parcourez l'ensemble des ressources en ligne de *Défi*

vidéos authentiques
avec des exercices autocorrectifs

capsules phonétique
des vidéos pour améliorer votre prononciation du français

exercices autocorrectifs
pour mettre en pratique la grammaire et le lexique

défi numérique
des tâches complémentaires à réaliser en ligne

autoévaluations autocorrectives
des examens clés en main par compétence

livre et cahier numérique
avec les activités 100% interactives

Toutes les ressources numériques de *Défi* sont sur

espace virtuel

La plateforme pédagogique en ligne qui vous facilite la vie !

Activez votre compte sur espacevirtuel.emdl.fr

Livre de l'élève et cahier d'exercices en version optimisée pour tablette et ordinateur

Accessible hors connexion grâce à l'application

01 À QUOI ÇA SERT ?

02 UN COMPRIMÉ MATIN, MIDI ET SOIR

03 UN VRAI CORDON BLEU

COMMUNICATION

- décrire ses habitudes de consommation
- parler de la consommation responsable
- décrire un objet (fonction, forme, utilité)
- présenter une invention
- présenter un/e artiste

GRAMMAIRE

- les pronoms relatifs *qui, que* et *où*
- le verbe *jeter*
- le comparatif
- les pronoms démonstratifs
- le passé composé (rappel)

LEXIQUE

- l'e-commerce
- la consommation citoyenne
- la fonction et l'utilité
- les inventions
- les objets connectés
- la description d'un objet (fonction, forme, couleur, matière)

CAPSULES DE PHONÉTIQUE

- 1. L'enchaînement vocalique
- 2. Le son [õ]

VIDÉO

Le match : famille Internet ou famille Boutique?

Disponible sur espacevirtuel.emdl.fr

COMMUNICATION

- donner son avis sur des questions de santé
- expliquer une maladie et des symptômes chez le médecin
- poser une question
- donner un conseil
- parler d'une maladie

GRAMMAIRE

- le superlatif
- l'interrogation totale
- l'interrogation partielle
- les pronoms COI

LEXIQUE

- les parties du corps
- les médicaments
- les maladies et les maux
- la consultation médicale
- les remèdes naturels
- les massages
- les styles de musique
- les expressions pour donner un conseil

CAPSULES DE PHONÉTIQUE

- 3. Le son [d]
- 4. Le [h]muet

VIDÉO

La musicothérapie dans une maison de retraite

Disponible sur espacevirtuel.emdl.fr

COMMUNICATION

- parler d'un plat (origine, ingrédients, cuisson...)
- parler d'une mode culinaire
- décrire un plat
- parler de ses habitudes alimentaires
- utiliser ses cinq sens pour qualifier un plat
- donner son avis

GRAMMAIRE

- le pronom *en*
- exprimer la progression *(de moins en moins, de plus en plus)*
- les pronoms interrogatifs *(lequel, laquelle...)*
- l'impératif (rappel) et la place des pronoms
- les verbes et expressions pour donner un avis *(trouver que, penser que...)*

LEXIQUE

- les spécialités culinaires locales
- les modes de cuisson et préparation
- les cinq sens
- les goûts et les textures
- les adverbes d'intensité *(un peu, assez, très, trop...)*

CAPSULES DE PHONÉTIQUE

- 5. Le son [g]
- 6. La non-prononciation des lettres finales

VIDÉO

Une visite de Rungis

Disponible sur espacevirtuel.emdl.fr

TABLEAU DES CONTENUS

COMMUNICATION

- parler de sa pratique sportive
- donner un avis sur les J.O.
- recommander un sport
- donner un conseil
- donner un avis sur le droit au sport
- conseiller, proposer, suggérer quelque chose à quelqu'un
- échanger sur les valeurs du sport

GRAMMAIRE

- le futur simple
- les verbes pour conseiller et suggérer
- la négation complexe *(ne...plus / jamais)* (1)
- le verbe *devoir* au conditionnel présent
- le conditionnel présent
- la cause *(parce que, grâce à)*, la conséquence *(donc, c'est pour ça que, alors)* et le but *(pour, afin de)*

LEXIQUE

- les sports
- les disciplines olympiques
- la santé et le sport
- les valeurs du sport

CAPSULES DE PHONÉTIQUE

- 7. La discrimination [b] / [v]
- 8. Le son [œ]

VIDÉO

Coup de sifflet contre la discrimination

Disponible sur espacevirtuel.emdl.fr

COMMUNICATION

- présenter ses études et sa formation
- exprimer un souhait
- parler d'un projet futur
- parler de ses expériences d'élève
- parler des nouvelles façons de se former et d'apprendre
- parler de son parcours scolaire et professionnel

GRAMMAIRE

- exprimer un souhait *(aimer, vouloir, espérer)*
- situer dans le futur
- *quand* + futur
- exprimer une condition avec *si*
- les moments d'une action *(venir de, être en train de)*
- exprimer la durée (1) *(depuis, pendant, il y a)*

LEXIQUE

- les études et les différents types de formation
- la scolarisation
- les projets futurs
- la salle de classe
- les cours en ligne

CAPSULES DE PHONÉTIQUE

- 9. Le son [ɛ̃]
- 10. L'intonation

VIDÉO

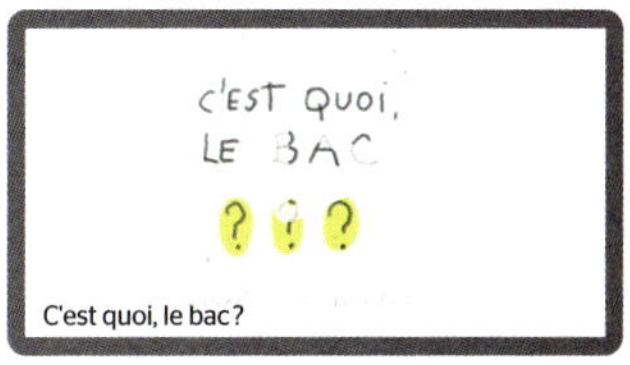

C'est quoi, le bac ?

Disponible sur espacevirtuel.emdl.fr

COMMUNICATION

- partager ses émotions
- échanger sur des initiatives originales au travail
- parler de sa relation au travail
- parler des nouveaux métiers et entreprises
- préparer un entretien d'embauche
- rapporter des propos et des questions

GRAMMAIRE

- exprimer ses émotions *(être* + adjectif, *se sentir...)*
- exprimer exprimer l'obligation, l'interdiction et la permission *(devoir, pouvoir, être obligé de...)*
- le discours rapporté
- le discours rapporté interrogatif

LEXIQUE

- les émotions et les sentiments
- les espaces de travail
- les starts-up
- les projets innovants
- l'entretien d'embauche

CAPSULES DE PHONÉTIQUE

- 11. Les semi-consonnes [j]
- 12. Le son [R]

VIDÉO

La Station F

Disponible sur espacevirtuel.emdl.fr

07 UN CHEF-D'ŒUVRE !

08 ÇA VAUT LE DÉTOUR !

COMMUNICATION

- décrire un bâtiment et un quartier
- proposer et répondre
- comparer avant et après
- parler de ses goûts artistiques
- présenter un livre, un film, une série
- donner son avis sur un livre, un film, etc.

GRAMMAIRE

- l'imparfait
- exprimer la durée (2) *(dès, en, jusqu'à)*
- la négation complexe (2) *(ne...rien / personne / aucun/e)*
- la restriction *(ne...que)*

LEXIQUE

- Les monuments et les lieux culturels
- le vocabulaire de l'art
- les expressions pour faire une proposition et répondre
- les prépositions pour situer dans l'espace
- les livres et les styles littéraires
- les expressions pour présenter un livre, un film

CAPSULES DE PHONÉTIQUE

- 13. Le son [ø]
- 14. Le son [z]

VIDÉO

Le musée de la Romanité de Nîmes

Disponible sur espacevirtuel.emdl.fr

COMMUNICATION

- partager ses raisons de voyager
- parler de ses vacances
- présenter des données chiffrées
- parler de la préparation d'un voyage
- décrire un paysage
- raconter un voyage

GRAMMAIRE

- les adverbes en *-ment*
- l'alternance passé composé / imparfait
- les pronoms *y* et *en*
- la place de l'adjectif
- le gérondif

LEXIQUE

- les destinations de voyage
- les logements de vacances
- les fractions et les pourcentages
- les types de voyage
- la description des paysages
- les activités de vacances
- les points cardinaux

CAPSULES DE PHONÉTIQUE

- 15. Le son [ɑ̃]
- 16. Les groupes rythmiques

VIDÉO

Evaneos : une nouvelle façon de voyager

Disponible sur espacevirtuel.emdl.fr

À quoi ça sert ?

01

DOSSIER 01
La consommation

CULTURE(S) ET SOCIÉTÉ(S)
- l'e-commerce
- la consommation responsable
- le minimalisme

GRAMMAIRE
- les pronoms relatifs *qui*, *que* et *où*
- le verbe *jeter*
- le comparatif

COMMUNICATION
- décrire ses habitudes de consommation
- parler de la consommation responsable
- décrire quelque chose (la fonction et l'utilité)

LEXIQUE
- l'e-commerce
- la consommation citoyenne
- la fonction et l'utilité

DÉFI #01
CRÉER LA DONNERIE DE LA CLASSE

DOSSIER 02
Les objets du quotidien

CULTURE(S) ET SOCIÉTÉ(S)
- le Salon international des inventions de Genève
- les objets connectés
- l'art recyclé

GRAMMAIRE
- les pronoms démonstratifs
- le passé composé (rappel)

COMMUNICATION
- présenter une invention
- décrire un objet
- présenter un/e artiste

LEXIQUE
- les inventions
- les objets connectés
- la description d'un objet (fonction, forme, couleur, matière)

DÉFI #02
INVENTER UN OBJET POUR LE CONCOURS DE RECYCLAGE DE LA CLASSE

DÉFI #03 NUMÉRIQUE
espacevirtuel.emdl.fr

L'e-commerce en France

Grâce au commerce en ligne, aussi appelé e-commerce, on consomme où on veut, quand on veut, on gagne du temps et on fait des économies. En France, de plus en plus de gens font du shopping sur Internet pendant leur temps libre : en 2016, les achats en ligne ont représenté plus d'un milliard d'échanges (33 par seconde). Alors, l'e-commerce, un nouveau loisir ?

QUI ?

Combien de Français achètent en ligne ?

66 % des Français achètent en ligne

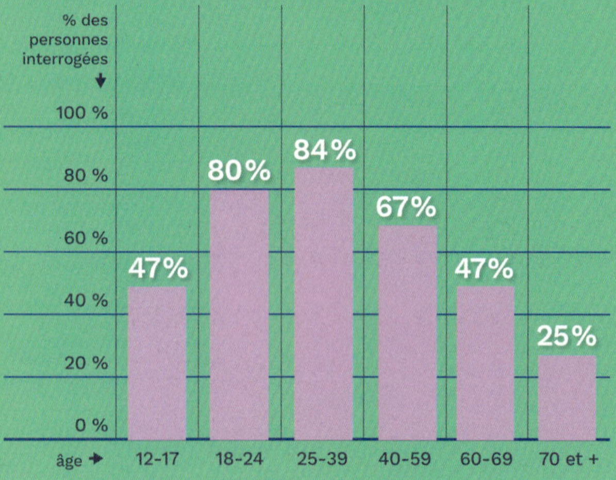

COMMENT ?

En fonction de l'âge, on utilise des appareils différents pour faire ses achats en ligne.

18-35 ans		55 ans et +
13 %	avec un téléphone portable	1 %
11 %	avec une tablette	9 %
76 %	avec un ordinateur	90 %

QUOI ?

Top 5 des produits les plus achetés en ligne.

1. vêtements
2. voyages
3. produits culturels
4. produits de beauté
5. matériel informatique

Ah bon?! +

En France, on utilise souvent des mots anglais comme *shopping, smartphone*... Au Québec, c'est différent : un *smartphone* s'appelle un **téléphone intelligent**, et on ne fait pas du *shopping*, mais du **magasinage**. Et chez vous ?

PHONÉTIQUE 1
L'enchaînement vocalique

QUAND ?

Grâce au smartphone, les internautes font des achats à tout moment.

70 %
avant d'aller se coucher

80 %
pendant un moment de détente ou de loisir

66 %
quand ils attendent

43 %
pendant les publicités à la télévision

19 %
dans les transports en commun

12 %
chez le coiffeur

Source : adapté de www.blogdumoderateur.com

Mon panier de lexique

Quels mots de ces pages voulez-vous retenir ? Écrivez-les.

....

....

Avant de lire

1. **Observez le document. De quoi parle-t-il ? Comment avez-vous identifié le thème ?**

2. **Est-ce que vous achetez sur Internet ? Quoi ? Quand ?**

- *J'achète les vêtements de mes enfants le soir après le dîner.*

Lire, comprendre et réagir

3. **Lisez le document. À votre avis, quelle phrase résume le mieux le document ?**

Pour les Français, l'e-commerce est...
- ☐ un moyen d'économiser de l'argent
- ☐ une nouvelle façon d'acheter
- ☐ un loisir
- ☐ une perte de temps

4. **Qu'avez-vous en commun avec les e-consommateurs français ?**

- *Moi aussi, j'achète surtout des vêtements. Mais je n'achète jamais dans les transports en commun.*

5. **Et vous, pourquoi achetez-vous en ligne ?**

- *Moi, pour faire des économies.*

Écouter, comprendre et réagir

6. **Écoutez l'émission de radio sur l'e-commerce au Canada. Pourquoi les Canadiens achètent-ils en ligne ? Cochez les bonnes réponses.**

- ☐ pour faire leurs achats quand ils veulent
- ☐ pour payer en trois fois
- ☐ pour faire des économies
- ☐ pour gagner du temps
- ☐ pour trouver des produits canadiens
- ☐ pour se renseigner sur la qualité des produits

Regarder, comprendre et réagir

7. **Regardez le reportage de France 2. Qu'est-ce que les deux familles louent ou achètent ? Combien ça coûte ? Complétez le tableau.**

Le match : famille Internet ou famille Boutique ?

Jour de la semaine	Famille Internet	Famille boutique
lundi	*louer un coupe-haie : 20 euros*	
mardi		
mercredi		
jeudi		

8. **Quelle est l'option la moins chère ?**

Avant de lire

1. Cochez. À votre avis, un consommateur responsable, c'est une personne qui...

- ☐ partage ses aliments
- ☐ échange des objets et des services avec les autres
- ☐ donne les objets qu'elle n'utilise pas
- ☐ vérifie l'origine des produits qu'elle achète
- ☐ lutte contre le gaspillage
- ☐ achète des produits biologiques
- ☐ se déplace à vélo
- ☐ autre: ....

2. Êtes-vous un/e consommateur(trice) responsable? Si oui, que faites-vous?

- *Oui, je donne souvent des vêtements à des associations.*

CONSO*MAG*

La consommation citoyenne

Le RCR

Le Réseau de consommateurs responsables, une association belge sans but lucratif, met en relation des citoyens qui souhaitent échanger des objets, des services ou des aliments. Ce réseau crée des liens entre les personnes et favorise une économie plus solidaire. Voici trois de ses initiatives pour consommer autrement.

LES DONNERIES

QU'EST-CE QUE C'EST ?
Une donnerie permet de donner les objets que vous n'utilisez pas et qui peuvent être utiles à d'autres personnes de votre quartier.

COMMENT ÇA FONCTIONNE ?
Les personnes inscrites reçoivent régulièrement une liste d'offres et de demandes par e-mail. Si vous voulez récupérer ou donner un objet, vous contactez la personne par e-mail et vous fixez un rendez-vous. Il existe aussi des magasins où vous pouvez déposer vos objets.

À QUOI ÇA SERT ?
Ça sert à lutter contre la surconsommation et le gaspillage.

LES SEL

QU'EST-CE QUE C'EST ?
Un SEL est un système d'échange local qui permet d'échanger des services entre les membres d'un groupe.

COMMENT ÇA FONCTIONNE ?
Chaque membre d'un SEL propose ou demande des services selon ses envies, ses compétences ou ses besoins. La monnaie d'échange est le temps (une heure de service rendu est égale à une heure de service reçu).

À QUOI ÇA SERT ?
Grâce aux SEL, les gens partagent des passions et des compétences. Ce système est aussi idéal pour rencontrer ses voisins.

LES GAC

QU'EST-CE QUE C'EST ?
Un GAC (groupe d'achat en commun) est un groupe de personnes qui se réunissent pour acheter des produits alimentaires chez des producteurs locaux.

COMMENT ÇA FONCTIONNE ?
Le groupe choisit les produits qu'il souhaite commander, le jour et le lieu de la livraison.

À QUOI ÇA SERT ?
Les GAC permettent de soutenir les producteurs locaux et de rencontrer des personnes de sa région.

Source: adapté de www.asblrcr.be

Ah bon?! +

Une **association sans but lucratif** est une association de personnes qui ont un but ou un intérêt commun. On en trouve par exemple en Belgique, au Luxembourg et en République démocratique du Congo. Et chez vous, existe-t-il ce genre d'association?

Lire, comprendre et réagir

3. **Lisez l'introduction de l'article, puis observez les pictogrammes des trois initiatives. À votre avis, quelle initiative concerne des aliments ? des services ? des objets ?**

4. **Lisez l'article. Comment fonctionnent les trois initiatives ? À quoi servent-elles ? Échangez en petits groupes.**

5. **Pourquoi ces initiatives sont-elles une nouvelle façon de consommer ?**

6. **Quelle initiative aimeriez-vous essayer ? Pourquoi ?**

- *Moi, j'aimerais faire partie d'une donnerie pour rencontrer les habitants de mon quartier.*

7. **Est-ce qu'il y a des initiatives similaires dans votre pays ? Comment fonctionnent-elles ?**

- *À Calgary, il y a les « Little Free Libraries », les boîtes à livres. Elles permettent de donner ou d'échanger ses livres.*

Écouter, comprendre et réagir

8. **Écoutez le dialogue entre deux amis, Adil et Carole, qui parlent d'une initiative de consommation citoyenne, puis répondez aux questions.**

2

- De quelle initiative parlent-ils ?
- Pourquoi Adil l'utilise-t-il ?
- Quels sont les avantages ?
- Pour qui est cette initiative ?

Travailler la langue

9. **Repérez les phrases avec *que*, *qui* et *où* dans l'article. Reformulez ces phrases sans utiliser ces mots.**

Une donnerie permet de donner les objets que vous n'utilisez pas → *Une donnerie permet de donner les objets. Vous n'utilisez pas ces objets.*

10. **Complétez le tableau à l'aide de l'activité précédente.**

LES PRONOMS RELATIFS *QUI*, *QUE* ET *OÙ*

On utilise les pronoms relatifs **qui**, **que**, **où** pour relier deux phrases et éviter les répétitions.

Qui et **que** peuvent remplacer une personne ou une chose.

- **Qui** est ☐ sujet du verbe qui suit
  ☐ COD du verbe qui suit.

Ex. : ....

- **Que** est ☐ sujet du verbe qui suit
  ☐ COD du verbe qui suit.

Ex. : ....

- **Où** peut être un complément de lieu ou de temps du verbe qui suit.

Ex. : ....

Ex. : *Nous vivons à une époque* ***où*** *on consomme trop.*

! **Que** devient **qu'** devant une voyelle. **Qui** ne change pas.

→ CAHIER D'EXERCICES P. 6, 7 – EXERCICES 3, 4, 5, 6

Travailler la langue

11. **Complétez l'encadré avec des exemples de l'article.**

LA FONCTION ET L'UTILITÉ

Permettre de + infinitif
Ex. : ....

Servir à + infinitif
Ex. : ....

Être idéal pour + infinitif
Ex. : ....

Grâce à + nom
Ex. : ....

→ CAHIER D'EXERCICES P. 9 – EXERCICES 19, 20, 21.

Produire et interagir

12. **Décrivez la fonction ou l'utilité d'un objet à un/e camarade à l'aide des étiquettes. Il/Elle devine de quel objet il s'agit.**

servir à | permettre de | être idéal pour | grâce à

- *Ça permet de savoir l'heure...*
- *Une montre ?*

13. **Faites deviner une application ou un site à un/e camarade.**

- *C'est un site qu'on utilise pour trouver de nouveaux contacts pour son travail, un site où on peut mettre son CV...*
- *C'est LinkedIn ?*

14. **Qu'est-ce qu'un consommateur irresponsable ? À deux, rédigez un petit texte pour le décrire.**

15. **En petits groupes, chacun/e apporte la photo d'un lieu qu'il aime et le présente au groupe à l'aide des étiquettes.**

qui | que | où

- *C'est un parc à Chicago où il y a une sculpture magnifique.*

minimalistes
https://www.minimalistes-blog.def/

MINIMALISTES

ACCUEIL | ARTICLES | VIDÉOS | À PROPOS | CONTACT

POSSÉDER MOINS POUR VIVRE MIEUX

Je viens de lire *La Magie du rangement*, de l'auteure japonaise Marie Kondo. J'ai suivi ses conseils et j'ai essayé d'appliquer le minimalisme chez moi. Cela a été dur, mais le résultat est super ! Maintenant, j'ai beaucoup moins d'objets qu'avant, mais je me sens beaucoup mieux.

Pourquoi est-il difficile de se débarrasser d'un objet ? Parce qu'il fait partie de notre vie. Nous nous séparons d'une partie de nous-même quand nous le jetons. Par exemple, mon mari a moins de vieilles affaires que moi, mais il a plus de difficulté que moi à les jeter. Finalement, je suis moins sentimentale que lui !

J'en ai parlé avec des amis, et ils ont autant de difficulté que nous à trier, surtout les objets de famille ! La théière de ma grand-mère est aussi démodée que mon premier tee-shirt d'adolescente, mais je me suis sentie coupable de la jeter. Et après, je me suis rappelé cette phrase : les souvenirs vivent plus longtemps que les choses.

Faire le tri dans mes affaires a été vraiment bénéfique : je passe moins de temps à ranger et je suis plus disponible qu'avant pour sortir avec mon mari et voir mes amis.

Maintenant, je me sens mieux chez moi, plus légère et plus heureuse. Être ou avoir ? J'ai choisi ! Si vous avez lu cet article jusqu'à la fin, vous êtes prêt(e) à adopter le minimalisme. :-) Allez, courage !

Pour décider si vous devez jeter ou non un objet, vous pouvez suivre le schéma. ▶

CET OBJET, JE LE GARDE, JE LE JETTE OU JE LE DONNE ?

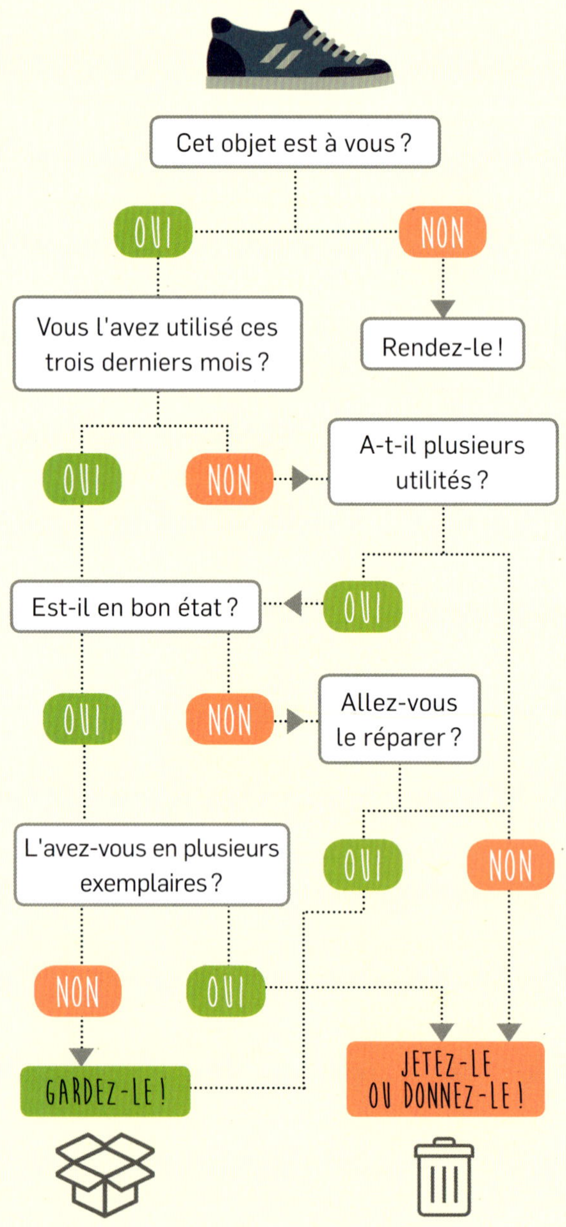

Source : adapté de Lorraine Huriet, www.18h39.fr

Avant de lire

1. Comment est votre armoire ? Cochez et comparez avec celle de votre voisin/e.

☐

☐

☐

Lire, comprendre et réagir

2. Lisez le titre et le premier paragraphe du blog. À votre avis, à quelle armoire de l'activité précédente ressemble celle de la blogueuse ?

3. D'après vous, que va raconter la blogueuse dans la suite de l'article ?

4. Lisez la suite du blog. Est-ce que la blogueuse vous a convaincu/e ? Avec quels arguments êtes-vous d'accord ?

- *Elle m'a convaincue car je n'aime pas ranger, mais je n'aime pas le désordre non plus !*

5. Connaissez-vous des personnes minimalistes ? Que font-elles ?

6. Quels sont les objets que vous gardez mais que vous utilisez très peu ? À deux, suivez le schéma du blog pour savoir si vous devez les garder ou les jeter.

Travailler la langue

7. Complétez le tableau à l'aide du blog et du schéma. Que remarquez-vous ?

LE VERBE *JETER*

Je	
Tu	**jett**es
Il/Elle/On	**jett**e
Nous	
Vous	**jet**ez
Ils/Elles	**jett**ent
Au passé composé : j'ai **jeté**.	

→ CAHIER D'EXERCICES P. 7 – EXERCICES 7, 8, 9

Travailler la langue

8. Observez le tableau et soulignez les comparatifs dans le blog.

LE COMPARATIF

	INFÉRIORITÉ (-)	ÉGALITÉ (=)	SUPÉRIORITÉ (+)
adjectif / adverbe	**moins** + adjectif / adverbe + **que**	**aussi** + adjectif / adverbe + **que**	**plus** + adjectif / adverbe + **que**
nom	**moins de / d'** + nom + **que / qu' (de)**	**autant de / d'** + nom + **que / qu' (de)**	**plus de / d'** + nom + **que / qu' (de)**

! ~~Plus bon~~(ne) → meilleur/e ~~Plus bien~~ → mieux

→ CAHIER D'EXERCICES P. 7, 8 – EXERCICES 10, 11

Produire et interagir

9. Complétez la fiche. Puis comparez vos réponses avec celles d'un/e camarade.

Combien vous avez de...
- paires de chaussures : ……………
- paires de lunettes de soleil : ……………
- tee-shirts : ……………
- livres : ……………

À quelle fréquence...
- vous rangez vos affaires : ……………
- vous triez vos affaires : ……………
- vous donnez vos affaires : ……………

- *Tu ranges plus souvent que moi, mais tu donnes moins souvent.*

10. En petits groupes, faites une liste des objets que vous avez décidé de garder dans l'activité 6. Chacun/e « défend » ses objets. Si possible, apportez des photos.

- *Je veux garder l'appareil photo de mon grand-père, il est plus utile que la théière de ta grand-mère.*

11. En petits groupes, comparez votre langue maternelle ou une langue que vous connaissez avec le français.

- *L'orthographe française est plus difficile que l'orthographe espagnole.*

DÉFI #01
CRÉER LA DONNERIE DE LA CLASSE

Vous allez créer la donnerie de la classe et raconter l'histoire des objets que vous donnez.

- ▶ Individuellement, choisissez plusieurs objets que vous souhaitez donner et prenez-les en photo. Écrivez l'histoire de ces objets : origine, utilisation, relation sentimentale, etc.
- ▶ En classe, affichez les photos et les histoires de vos objets et lisez les histoires de vos camarades. Si un objet vous intéresse, demandez à votre camarade de vous l'apporter.

C'est un poncho qui vient du Mexique où j'ai passé des vacances en 2011. Je le garde dans mon armoire, mais je ne le porte jamais.

Nos FUTURS objets du quotidien

L'ampoule basse consommation, le coussin de voyage, la cigarette électronique... Ces inventions d'hier font aujourd'hui partie de notre vie quotidienne, et elles ont toutes été présentées au Salon international des inventions de Genève, le plus grand salon d'inventions au monde. Nous avons sélectionné pour vous trois inventions. Les objets indispensables de demain ? À vous de nous le dire !

LE BLOC-NOTES EFFAÇABLE

WhyNote Book est aussi simple à utiliser qu'un tableau. Le stylo est effaçable à l'eau mais pas au toucher. Il est pratique, écologique et réutilisable. L'invention, le design et la fabrication sont 100 % suisses.

Source : WhyNote Book

LE COUVERT TROIS EN UN !

Le Français Jean-Louis Orengo a eu l'idée originale d'un seul couvert qui sert de fourchette, de cuillère et de couteau. Le couvert Georgette existe en différents matériaux. Plusieurs chefs français l'utilisent dans leur restaurant.

Source : www.georgette.fr

Avant de lire

1. À votre avis, quelle est la meilleure invention humaine ? Échangez en petits groupes.

- *Pour moi, la meilleure invention de l'homme, ce sont les lunettes de vue.*

2. Observez les images. Faites des hypothèses sur l'utilité de ces objets.

Lire, comprendre et réagir

3. Lisez l'introduction. Quelles autres inventions connaissez-vous pour compléter la première phrase ?

4. Lisez le document. Pensez-vous que ces inventions vont devenir importantes ?

- *Je pense que le bloc-notes est une bonne invention parce qu'il permet de gaspiller moins de papier.*

5. Quelles grandes inventions viennent de votre pays ? Faites des recherches si nécessaire.

- *Les Incas ont inventé les ponts en corde et les horloges solaires.*

6. Quelle invention récente a changé votre vie ?

- *Pour moi, c'est le vélo électrique !*

Écouter, comprendre et réagir

7. 3 Écoutez cette présentation de l'inventeur français, Raoul Parienti. Qu'a-t-il inventé ? Pourquoi est-il célèbre ? Faites des recherches sur Internet pour voir ses inventions.

Mon panier de lexique

Quels mots de ces pages voulez-vous retenir ? Écrivez-les.

....

....

PHONÉTIQUE 2
Le son [õ]

Ah bon ?!

En 1901, Louis Lépine a créé le **concours Lépine**, un concours d'inventions. De nombreux objets y ont été présentés, comme le parachute, le four électrique, la tondeuse à gazon ou les lentilles de contact.

L'EXOSQUELETTE

Twiice est le nom de cet appareil créé par une équipe de l'école polytechnique fédérale de Lausanne. Il permet aux personnes paralysées de marcher. L'exosquelette s'adapte au corps et on contrôle la marche grâce à des béquilles.

Source : www.twiice.ch

Avant de lire

1. Qu'est-ce qu'un objet connecté ?

2. Avez-vous des objets connectés ? Si non, connaissez-vous des objets connectés ? À quoi servent-ils ?

• *J'utilise un bracelet connecté quand je cours.*

LES OBJETS CONNECTÉS
DÉJÀ DANS NOTRE QUOTIDIEN

Les objets connectés sont partout : il y a ceux qui nous aident à mieux manger, ceux qu'on utilise pour faire du sport, ceux qui servent à communiquer... Ces objets collectent et envoient des informations à un ordinateur, une tablette ou un smartphone qui les analyse. Aujourd'hui, il y a 8 milliards d'objets connectés dans le monde, c'est-à-dire plus d'un par personne !

LA VESTE

Cette veste en jean connectée partage les informations de votre smartphone. Touchez la manche pour téléphoner, utiliser le GPS, écouter de la musique...

LES LUNETTES

Ces lunettes servent à faire des vidéos. Appuyez sur un bouton, puis postez votre vidéo sur Snapchat. Elles sont disponibles en trois couleurs : rouge, jaune et noir.

LA BAGUE

Cette bague a un bouton qui vous permet d'envoyer un message d'alerte si vous vous sentez menacé/e. Elle existe en noir et en blanc.

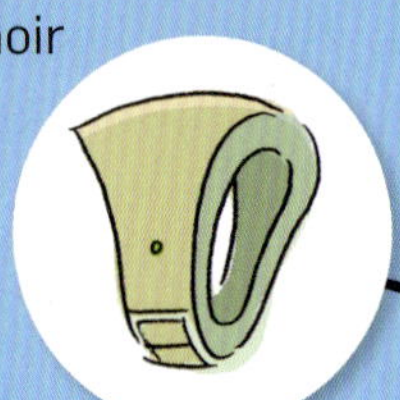

LA MONTRE

Elle sert à téléphoner, à envoyer des e-mails, à se localiser avec le GPS... Vous pouvez aussi l'utiliser pour mesurer, par exemple, le nombre de kilomètres parcourus. Il existe différentes formes d'écran : rond, rectangle, carré ou ovale.

LA CEINTURE

Cette ceinture noire en élastique analyse en temps réel votre posture et envoie des décharges électriques pour la corriger.

LES CHAUSSURES

Ces baskets en cuir calculent le nombre de pas, de kilomètres et de calories dépensées. Vous avez froid aux pieds en hiver ? Elles vous permettent aussi de régler la température intérieure.

Source : adapté de www.seratoo.com

Lire, comprendre et réagir

3. **Lisez le titre et l'introduction de l'article. Y a-t-il des informations qui vous étonnent ?**

4. **Observez les images et lisez l'article. Quels objets aimeriez-vous avoir ? Pourquoi ? Échangez en petits groupes.**

- *J'aimerais avoir les baskets connectées parce que j'ai souvent froid aux pieds en hiver.*

5. **L'article parle des avantages des objets connectés. À votre avis, quels sont leurs inconvénients ?**

Travailler la langue

6. **Complétez l'encadré à l'aide de l'article.**

DÉCRIRE UN OBJET

La forme :

● .... ▬ ....

■ .... ⬮ ....

La couleur :

● **orange** ● **jaune** ● ....

● .... ● .... ○ ....

La matière :

en coton **en laine** **en bois**

en .... **en** .... **en** ....

Devant un nom de matière, on utilise la préposition ....

→ CAHIER D'EXERCICES **P. 8, 9** – EXERCICES 14, 15, 16, 17, 18

Écouter, comprendre et réagir

7. **Des amis achètent un cadeau d'anniversaire. Écoutez les quatre conversations et cochez l'objet choisi.**

4

- Quel stylo choisissent-ils ?
  ☐ celui en métal ☐ celui en plastique

- Quelle ceinture choisissent-ils ?
  ☐ celle de droite ☐ celle de gauche

- Quels gants choisissent-ils ?
  ☐ ceux pour le ski ☐ ceux pour la ville

- Quelles chaussures choisissent-ils ?
  ☐ celles qui sont chères ☐ celles qui sont en promotion

Travailler la langue

8. **Complétez le tableau à l'aide de l'activité précédente.**

LES PRONOMS DÉMONSTRATIFS

Les pronoms démonstratifs servent à désigner quelque chose ou quelqu'un sans le nommer pour éviter les répétitions.

	MASCULIN	**FÉMININ**
Singulier	*celui*	
Pluriel		

Les pronoms démonstratifs s'accordent en genre et en nombre avec le nom qu'ils remplacent. Ils sont toujours suivis d'un pronom relatif (**qui**, **que**, **où**) ou d'une préposition (**de**, **en**, **pour**, etc.).

Pour désigner quelque chose précisément, on utilise les formes composées :

celui-ci / celui-là **celle-ci / celle-là**

ceux-ci / ceux-là **celles-ci / celles-là**

*Ex. : Tu préfères quelle montre ? **Celle-ci** ou **celle-là** ?*

→ CAHIER D'EXERCICES **P. 10** – EXERCICES 24

Produire et interagir

9. **Choisissez dans la salle de classe deux objets du même type. Demandez à un/e camarade lequel il / elle préfère et pourquoi.**

- *Quel stylo tu préfères ? Celui-ci ou celui-là ?*
- ○ *Celui de droite, parce que...*

10. **Mettez-vous en cercle, chacun/e décrit un objet ou un vêtement. Les autres devinent de quoi il s'agit.**

- *Celles de Marcela sont rouges.*
- ○ *Les chaussures !*

11. **À deux, imaginez un objet connecté drôle ou absurde, puis rédigez un petit texte pour le décrire.**

— *C'est un porte-rouleau de papier toilette connecté qui envoie un message avant la fin du rouleau. Il existe en bois et en inox.*

12. **En petits groupes, mettez des objets personnels sur votre table (stylo, clés, montre, livres, etc.). Chacun décrit ses objets pour que les autres les retrouvent.**

- *Mes clés sont celles qui sont à côté du stylo bleu.*

Avant de lire

1. **Observez les photos. Quelle œuvre préférez-vous ? À votre avis, quels matériaux ont utilisé les artistes pour les créer ?**
2. **Survolez l'article pour retrouver le nom des trois artistes. Choisissez un/e des trois artiste et faites des recherches sur sa vie dans votre langue.**

DE LA POUBELLE AU MUSÉE

De nombreux artistes créent des œuvres d'art à partir de déchets et d'objets du quotidien. Cet art, appelé art recyclé, donne une deuxième vie aux objets. Voici trois artistes qui ont pratiqué cet art du recyclage.

Jean Tinguely est né et a étudié en Suisse. Il s'est installé à Paris en 1952. Il a commencé sa carrière avec des constructions en métal réalisées à partir d'objets recyclés. Quatre ans plus tard, il a rencontré l'artiste Niki de Saint Phalle. Ils se sont mariés en 1971 et ils ont créé ensemble la *Fontaine Stravinsky* à Paris, en 1983.

◂ *Grosse Méta-Maxi-Maxi-Utopia*, 1987 (musée Tinguely, Bâle, Suisse)

Annette Messager est née en 1943 dans le nord de la France. Elle s'est installée à Paris pour étudier à l'École des arts décoratifs. Sa carrière s'est développée à Paris dans les années 1970. Elle a intégré des objets domestiques traditionnellement féminins dans de nombreuses œuvres : vêtements, magazines, tissus... Elle a enseigné à l'École nationale supérieure des beaux-arts de Paris.

◂ *Faire des cartes de France*, 2000 (LaM, Villeneuve-d'Ascq, France)

Romuald Hazoumé est né au Bénin en 1962. Sa carrière a progressé rapidement grâce à une exposition où il a vendu toutes ses œuvres. Ensuite, il a connu une période difficile. Pour un travail sur les masques africains, il a eu l'idée de ramasser des bidons d'essence dans la rue et de les transformer en œuvres d'art. Sa carrière est aujourd'hui internationale.

◂ *Ibedji (N°1) Twins*, 1992 (Metropolitan Museum, New York)

Lire, comprendre et réagir

3. Lisez l'article. Avez-vous trouvé d'autres informations sur les artistes ? Présentez ce que vous avez appris grâce à vos recherches de l'activité précédente.

- *Romuald Hazoumé a réalisé une œuvre sur le commerce des esclaves.*

4. Connaissez-vous d'autres artistes qui font de l'art recyclé ? Avec quels objets ? Faites des recherches si nécessaire.

- *Tim Noble et Sue Webster font des « Shadow Sculptures » avec des objets recyclés. C'est génial !*

5. Connaissez-vous d'autres façons de recycler des objets ?

- *Une de mes amies crée des boucles d'oreilles avec des capsules de bouteilles.*

Travailler la langue

6. Soulignez dans l'article les verbes au passé composé. Puis complétez le tableau.

LE PASSÉ COMPOSÉ (RAPPEL)

Le passé composé se forme avec l'auxiliaires **avoir** ou **être** au présent + le **participe passé** du verbe.

Ex. : ....

Ex. : ....

On utilise l'auxiliaire ______ avec la majorité des verbes.

L'auxiliaire ______ est utilisé avec tous les verbes pronominaux.

Ex. : ....

Il est aussi utilisé avec les verbes suivants : **monter / descendre**, **entrer / sortir**, **naître / mourir**, **aller / venir**, **arriver / partir**, **passer**, **retourner**, **rester**, **tomber**.

Avec l'auxiliaire ______, le participe passé s'accorde en genre et en nombre avec le sujet.

Ex. : ....

→ CAHIER D'EXERCICES P. 10 – EXERCICES 25, 26, 27

Produire et interagir

7. Qu'est-ce qu'il y a dans la poubelle de la classe ou dans votre poubelle ? Que pouvez-vous faire avec ces déchets ?

- *Dans la poubelle de la classe, il y a une bouteille en plastique. Avec ça, on peut faire un pot de fleurs.*

8. Faites des recherches sur un artiste que vous aimez et présentez son travail par écrit.

— *Vik Muniz est un artiste brésilien qui vit à New York. Il a fait une série de photos qui s'appellent « Pictures of Garbage » sur les « catadores », les personnes qui récupèrent les déchets au Brésil...*

9. À deux, observez les photos. Puis, imaginez et écrivez l'histoire de Chloé et Colin à l'aide des étiquettes.

s'embrasser | se rencontrer | se plaire | s'aimer | se marier | s'installer | se séparer | se détester

Écouter, comprendre et réagir

10. Écoutez la journaliste parler de trois œuvres des artistes de la page précédente, puis complétez le tableau. 5

	Date	Contexte / lieu de création	Matériaux / objets utilisés
1			
2			
3			

DÉFI #02
INVENTER UN OBJET POUR LE CONCOURS DE RECYCLAGE DE LA CLASSE

Vous allez donner une deuxième vie à un objet du quotidien pour le concours de recyclage de la classe.

- À deux, faites une liste d'objets que vous souhaitez jeter. Puis, choisissez une de ces stratégies créatives : combiner deux objets en un seul, donner une seconde utilité à un objet ou modifier un objet.
- Créez votre objet puis décrivez-le (taille, matière, forme, couleur).
- Donnez un nom à votre objet.
- Comment l'avez-vous fabriqué ? Expliquez-le à la classe. Vous pouvez vous aider du dictionnaire.
  - *Nous avons créé un égouttoir à cuillères avec un pot de fleurs. Nous avons fait des trous au fond du pot...*
- En classe, votez pour l'objet le plus original.

NOM : L'ÉGOUTTOIR À CUILLÈRES
TAILLE : 15 CM DE HAUT ET 10 CM DE DIAMÈTRE
MATIÈRE : MÉTAL **FORME :** ÉVASÉ
COULEUR : BLANC

Les mots assortis

1. Complétez les séries avec les mots de l'unité.

Échanger • des services • des aliments • ....

Rencontrer • des personnes • ....

Mes mots

2. Pourquoi est-ce que les consommateurs achètent en ligne ? Complétez les propositions.

Acheter en ligne permet de…
- faire ....
- gagner ....
- comparer ....
- trouver ....
- acheter ....

3. Existe-t-il des expressions équivalentes dans votre langue ? Écrivez-les.

- Faire du shopping : ....
- Faire ses achats : ....
- Faire les courses : ....

4. Quels autres verbes pouvez-vous utiliser pour parler de votre parcours de vie ? Complétez la liste.

- Naître
- Étudier
- S'installer
- Commencer sa carrière
- Se marier
- Enseigner
- ....
- ....
- ....
- ....

5. Complétez avec vos mots.

- Un objet, chez moi, que j'adore : ....
- Un type d'objet que j'achète en ligne : ....
- Une invention très importante pour moi : ....
- La matière que je préfère pour mes chaussures : ....
- La matière que je préfère pour mes pantalons : ....
- Une couleur que j'aime pour mes vêtements : ....
- Dans mon armoire, il y a beaucoup de : ....

6. Voici des verbes utiles pour parler d'un objet. Écrivez une phrase avec chacun d'entre eux.

acheter | ranger | trier | jeter | donner | recycler | se débarasser de

Un comprimé matin, midi et soir

02

DOSSIER 01
5 idées reçues sur la santé

CULTURE(S) ET SOCIÉTÉ(S)
- les idées reçues sur la santé
- les maux quotidiens
- les vaccins en Afrique

GRAMMAIRE
- le superlatif

COMMUNICATION
- donner son avis sur des questions de santé
- expliquer une maladie et des symptômes chez le médecin

LEXIQUE
- les parties du corps
- les médicaments
- les maladies et les maux
- la consultation médicale

DÉFI #01
DISCUTER DES IDÉES REÇUES SUR LA SANTÉ

DOSSIER 02
Les médecines alternatives

CULTURE(S) ET SOCIÉTÉ(S)
- le boom des médecines alternatives en France
- la musicothérapie
- les massages ayurvédiques

GRAMMAIRE
- l'interrogation totale
- l'interrogation partielle
- les pronoms COI

COMMUNICATION
- poser une question
- donner un conseil
- parler d'une maladie

LEXIQUE
- les remèdes naturels
- les massages
- les styles de musique
- les expressions pour donner un conseil

DÉFI #02
FAIRE LE BILAN DE SANTÉ DE LA CLASSE

DÉFI #03 NUMÉRIQUE
espacevirtuel.emdl.fr

5 IDÉES REÇUES SUR LA SANTÉ

1 Il faut attendre avant de prendre un antidouleur

FAUX Quand vous avez mal, il est préférable de prendre un antidouleur le plus vite possible.

2 Les antibiotiques sont de moins en moins efficaces

VRAI Quand on prend trop souvent des antibiotiques, les bactéries deviennent plus résistantes aux médicaments. En Europe, 25000 personnes meurent chaque année à cause d'antibiotiques inefficaces.

3 Avec l'hypnose, on peut se faire enlever une dent sans souffrir

VRAI C'est vrai pour 5% de patients très sensibles à l'hypnose. De plus, l'hypnose réduit le stress et permet d'utiliser moins de produit anesthésiant.

4 Le vaccin contre la rougeole est inutile

FAUX La vaccination est la seule façon de se protéger contre la rougeole. Celle-ci est dix fois plus contagieuse que la grippe et peut être mortelle dans certains cas.

5 Contre l'insomnie, les somnifères ne sont pas le remède le plus efficace

VRAI Pour lutter contre l'insomnie, il faut surtout adopter de nouveaux comportements : se coucher quand on a sommeil, ne pas regarder la télévision au lit, ne pas rester au lit si on n'arrive pas à dormir... Ces habitudes sont plus efficaces que les somnifères.

Avant de lire

1. Sur une échelle de 1 à 10, quelles sont vos connaissances sur la santé ?

   1 2 3 4 5 6 7 8 9 10

2. Survolez le texte sans le lire et repérez les mots médicaux que vous connaissez.

Lire, comprendre et réagir

3. Lisez les titres des idées reçues. À votre avis, sont-elles vraies ou fausses ? Échangez en classe.
4. Lisez les paragraphes qui vous intéressent le plus. Est-ce que cela confirme vos réponses de l'activité précédente ?
5. Lisez tout l'article. Avez-vous envie de donner plus d'informations à la classe sur une des idées reçues ? Échangez en classe.
   - *Moi, j'ai fait de l'hypnose pour lutter contre l'insomnie. Ça fonctionne très bien !*
6. Après vos échanges, avez-vous envie de donner un conseil de santé à quelqu'un en dehors de la classe ?
   - *Oui, je vais parler de l'hypnose à ma tante pour ses problèmes d'insomnie.*

Écouter, comprendre et réagir

7. (6) Écoutez cette émission sur l'alimentation et la santé. Quels sont les aliments recommandés par le journaliste ? Pourquoi ?

Mon panier de lexique

Quels mots voulez-vous retenir ? Vous pouvez ajouter des branches aux cartes mentales.

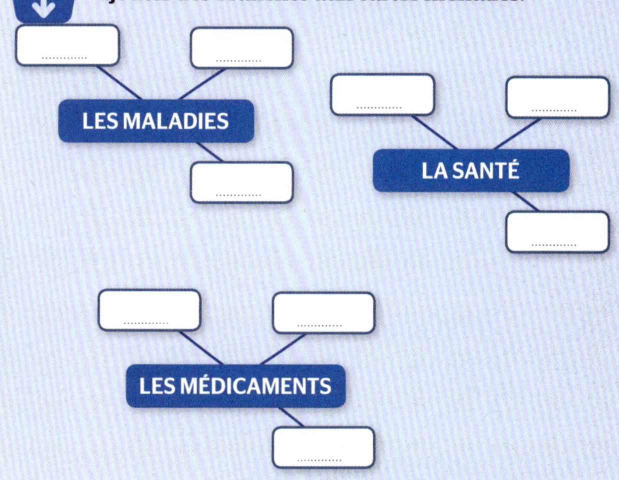

PHONÉTIQUE 3
Les sons [d] et [t]

Avant de lire

1. **Quel problème de santé peuvent inventer les gens pour obtenir quelque chose ou ne pas faire quelque chose ?**

- *Pour ne pas aller au cours de français, on peut dire qu'on est enrhumé.*

LA MINUTE **SANTÉ**

UN GRAND MALADE

Lire, comprendre et réagir

2. En petits groupes, observez les images de la BD sans lire le texte et essayez de raconter l'histoire.

3. Lisez la BD. Comparez l'histoire avec vos hypothèses de l'activité précédente.

4. Indiquez les parties du corps où l'enfant a mal.

5. Trouvez-vous la BD drôle ? Pourquoi ? Avez-vous déjà vécu une situation similaire ?

Écouter, comprendre et réagir

6. Écoutez et associez chaque dialogue à une image.

7

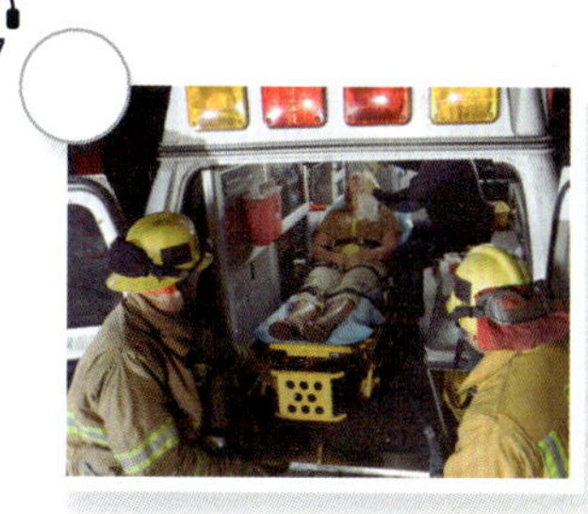

7. Réécoutez et entourez les parties du corps entendues dans chaque dialogue à l'aide de l'encadré.

7

LES PARTIES DU CORPS

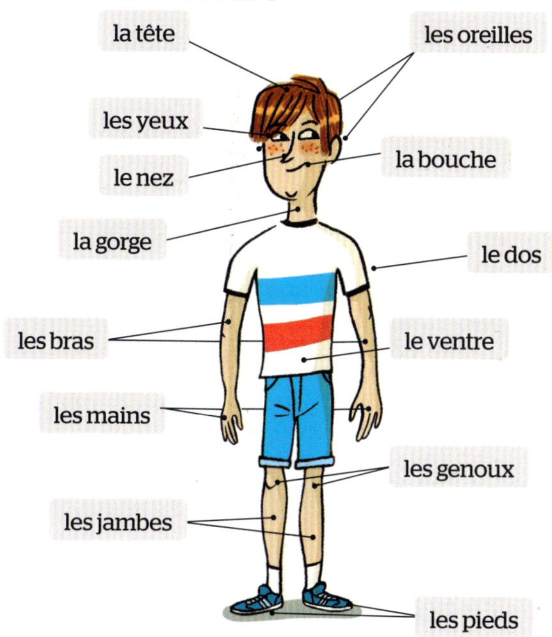

→ CAHIER D'EXERCICES P.14 – EXERCICES 1, 2, 3.

Écouter, comprendre et réagir

8. Lisez les phrases suivantes extraites des dialogues, puis réécoutez pour indiquer dans quel dialogue vous les entendez.

7

- Vous avez la nausée ou envie de vomir ? : ....
- J'ai de la fièvre depuis 48 heures : ....
- Vous avez pris votre température ? : ....
- Je suis très fatiguée : ....
- Vous avez une angine : ....
- Je vais vous donner des médicaments : ....
- J'ai très mal aux dents : ....
- J'ai pris du paracétamol : ....
- J'ai très mal au ventre : ....

Travailler la langue

9. Relevez toutes les phrases de la BD et de l'activité précédente qui servent à exprimer son état de santé et complétez le tableau.

avoir mal à	avoir	être	se sentir	prendre
J'ai mal à la gorge.				

Produire et interagir

10. À deux, faites une liste des symptômes des maladies suivantes à l'aide d'un dictionnaire si nécessaire.

la grippe | une intoxication alimentaire

une allergie | un rhume | une otite | ...

— *La grippe : tu as mal à la tête, tu as de la fièvre...*

11. En classe, faites le cadavre exquis d'une visite médicale. À tour de rôle, chacun/e écrit une phrase qu'il cache en alternant le rôle du médecin et du patient.

Patient :
Bonjour, docteur. J'ai très mal au pied.

Médecin :
Vous avez de la fièvre ?

Patient :
Je ne me sens pas bien, j'ai envie de vomir.

12. À deux, choisissez une maladie ou un problème de santé. Puis, préparez un dialogue pour jouer une consultation médicale devant la classe.

Avant de lire

1. **Êtes-vous vacciné ? Si oui, contre quelles maladies ?**

• *Je suis vacciné contre la fièvre jaune.*

Semaine mondiale

http://www.semaine-mondiale-vaccination-afrique.def

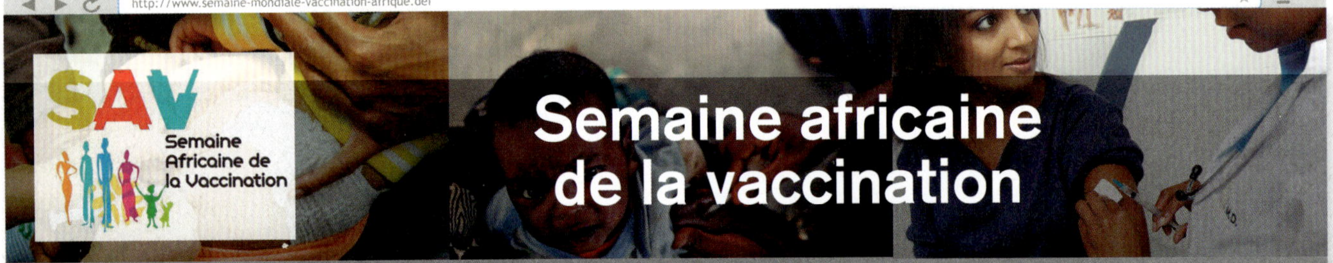

La vaccination permet de sauver des millions de vie. Elle est reconnue comme l'intervention sanitaire la plus efficace et la moins coûteuse. Pourtant, aujourd'hui, 19,4 millions d'enfants dans le monde sont insuffisamment vaccinés. L'objectif de cette semaine est de sensibiliser l'opinion publique sur l'importance de la vaccination.

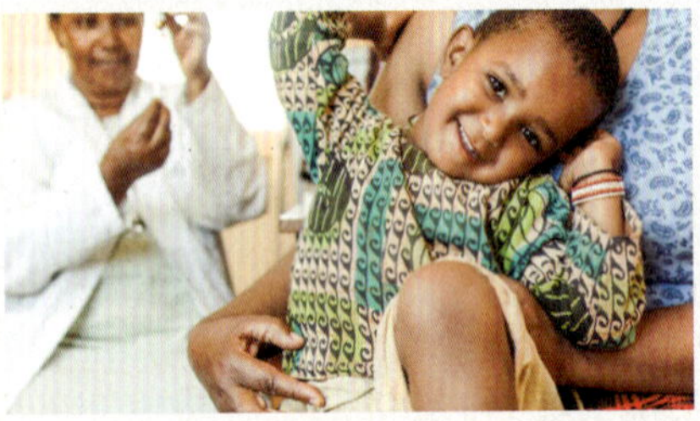

« Nos enfants représentent notre ressource la plus précieuse, et pourtant, un enfant sur cinq ne reçoit pas tous les vaccins dont il a besoin pour survivre et grandir en bonne santé. »

Dr Kesetebirhan Admasu, ministre de la Santé d'Éthiopie (2012-2016)

POURQUOI SE FAIRE VACCINER ?

- Se faire vacciner est la meilleure protection contre certaines maladies graves.
- La vaccination est la solution la plus efficace aux problèmes de santé dans le monde.
- La vaccination permet de se protéger mais également de protéger les personnes les plus fragiles.

Se faire vacciner, c'est la garantie de vivre mieux et en meilleure santé.

LES VACCINS EN CHIFFRES DANS LE MONDE

2 à 3 millions
Le nombre de décès par an évités dans le monde grâce aux vaccins.

11
Le nombre de vaccins obligatoires recommandés par l'OMS (Organisation mondiale de la santé).

95 %
Le pourcentage nécessaire de personnes vaccinées pour faire disparaître une maladie

Source : adapté de http://www.who.int

Ah bon ?!

La France est le pays d'Europe où on vaccine le plus. Depuis 2018, 11 vaccins sont obligatoires. C'est aussi le pays où il y a le plus de méfiance sur les vaccins. Et chez vous ?

Lire, comprendre et réagir

2. **Lisez le document et résumez ses idées principales.**

3. **Quelle information a retenu votre attention ?**

4. **Pensez-vous que la vaccination doit être obligatoire ? Dans votre pays, y a-t-il des personnes qui sont contre la vaccination ?**

Travailler la langue

5. **Complétez le tableau à l'aide du document et de l'encadré *Ah bon ?!***

LE SUPERLATIF

Le superlatif exprime le plus haut degré d'un adjectif ou d'un adverbe et la plus grande quantité ou intensité d'un nom ou d'un verbe.

LE, LA, LES PLUS / MOINS + ADJECTIF OU ADVERBE

Ex. : *l'intervention **la plus** efficace*

Ex. : ....

L'article et l'adjectif s'accordent en genre et en nombre avec le nom.

LE PLUS DE / LE MOINS DE + NOM

Ex. : ....

VERBE + LE PLUS / LE MOINS

Ex. : ....

! ~~le/la plus~~ bon(ne) → le/la meilleur/e

~~le plus~~ bien → le mieux

→ CAHIER D'EXERCICES P. 16 – EXERCICES 13, 14, 15

Produire et interagir

6. **En petits groupes, faites des phrases en associant les mots et en utilisant le superlatif pour donner des conseils de santé.**

la solution O	O efficace O	
l'aliment O	O rapide O	
le remède O	O naturel O	O pour
le sport O	O économique O	O contre
le médicament O	O meilleur O	
la protection O		

• *Le remède le plus naturel contre le rhume, c'est la tisane de thym.*

7. **En vous aidant du paragraphe *Pourquoi se faire vacciner ?*, rédigez un petit texte sur un de ces sujets.**

- Pourquoi se laver les mains ?
- Pourquoi manger des fruits et des légumes ?
- Pourquoi faire du sport ?
- Pourquoi dormir huit heures par jour ?

Se laver les mains est la meilleure protection contre les virus et les bactéries...

8. **En petits groupes, décrivez vos camarades en utilisant *le / la plus* ou *le / la moins*.**

• *Slimane est le plus grand.*

○ *Oui, et c'est le moins bavard !*

DÉFI #01
DISCUTER DES IDÉES REÇUES SUR LA SANTÉ

Vous allez faire des recherches à propos des idées reçues actuelles sur la santé, puis vous allez les commenter.

▶ En classe, faites une liste d'idées reçues sur la santé. Écrivez-les au tableau.

— *Le meilleur sport pour le dos, c'est la natation.*
— *Le lait est mauvais pour la santé.*

▶ En petits groupes, choisissez une idée reçue et faites des recherches pour vérifier si elle est vraie ou fausse.

▶ Rédigez un texte pour présenter le résultat de vos recherches et affichez-le en classe.

▶ Lisez les textes des autres groupes et commentez-les. Êtes-vous d'accord avec leurs affirmations ?

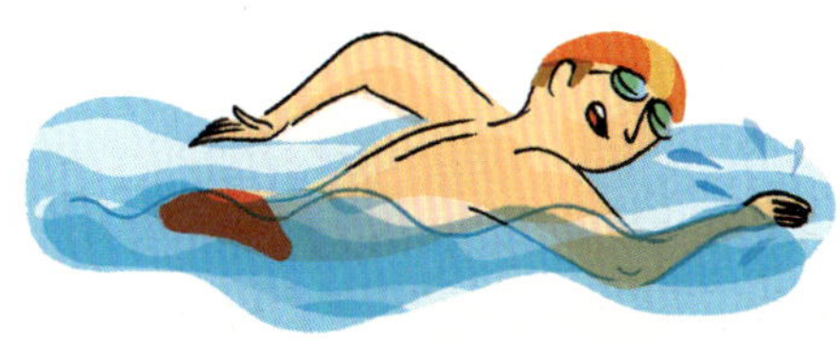

LE MEILLEUR SPORT POUR LE DOS, C'EST LA NATATION

VRAI

La natation permet de détendre les muscles du dos, de se muscler et d'avoir moins de douleur. Avec la natation, on développe les muscles du dos et quand on a le dos musclé, on a moins de douleur.
Attention, pour certains problèmes de dos, la natation n'est pas recommandée.

Le boom des médecines alternatives en France

L'Organisation mondiale de la santé (OMS) reconnaît plus de 400 thérapies sous le nom de médecines alternatives et complémentaires. De plus en plus de Français (environ 40 %) utilisent ces médecines naturelles pour éviter les effets secondaires des médicaments. Voici quatre thérapies à la mode...

L'homéopathie

Reconnue par le Conseil national de l'ordre des médecins depuis 1997, l'homépathie est une façon de se soigner avec des granules qui contiennent les principes actifs de la maladie très dilués. 56 % des Français l'utilisent pour se soigner. Les remèdes homéopathiques ne sont pas toxiques et n'ont pas d'effets secondaires.

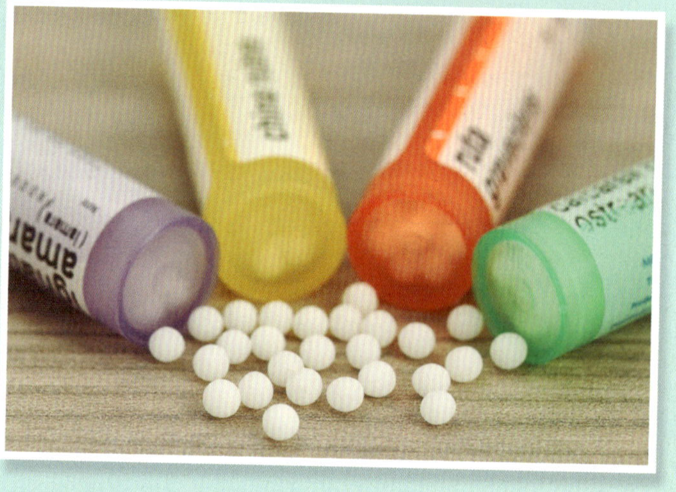

L'aromathérapie

L'aromathérapie, c'est se soigner avec des huiles essentielles. De plus en plus de Français l'adoptent. Ces huiles sont utilisées contre les douleurs musculaires, le rhume, les infections diverses, ou pour réduire le stress et mieux dormir...

La phytothérapie

C'est le soin par les plantes et la base de la médecine traditionnelle. Les scientifiques estiment que 80 % des maladies peuvent être soignées par les plantes. La phytothérapie soigne les maux du quotidien : l'asthme, les problèmes de peau, les rhumatismes, les problèmes digestifs...

Avant de lire

1. Quels mots associez-vous aux médecines alternatives ?
2. Avez-vous un avis sur ces médecines ?
   - *Je pense que ce n'est pas du tout efficace.*
   - *Pas moi, j'utilise beaucoup les plantes.*

La zoothérapie

C'est une thérapie qui utilise le contact avec les animaux. Elle est enseignée depuis plus de vingt ans au Québec.
– Les enfants et les adolescents sont moins stressés quand ils s'occupent d'un cheval.
– Les enfants améliorent leur capacité de lecture quand ils lisent à voix haute à un chien.
– Les patients atteints d'Alzheimer mangent mieux et plus facilement devant un aquarium avec plusieurs poissons.
– Les enfants autistes sont plus sociables quand il y a un hamster à l'école.

Lire, comprendre et réagir

3. Observez le document. De quoi s'agit-il ?
4. Lisez l'introduction. Quel est l'objectif de l'article ?
5. Observez les images et lisez les titres des paragraphes. Que savez-vous sur ces thérapies ? Échangez en classe.
6. Lisez l'article. Est-ce que ces thérapies existent dans votre pays ? Les utilisez-vous pour vous soigner ?
   - *Pour mes problèmes d'allergie, je me soigne avec des huiles essentielles.*
7. Connaissez-vous d'autres médecines alternatives ?

Écouter, comprendre et réagir

8. Écoutez les témoignages et complétez le tableau.

8

	Type de médecine alternative	Type de maladie ou symptôme	Résultat (positif / négatif)
Romuald	L'Homeopathie	le stress,	Positif
Emma	L'Aromathérapie	avec [illegible]	Négatif
Brandon	L'Aromathérapie	problem de peau	Positif

Mon panier de lexique

Quels mots de ces pages voulez-vous retenir ? Écrivez-les.

Témoignage-Testemunho / retenir

Ah bon ?!

En France, la Sécurité sociale rembourse 70 % du prix des consultations médicales, mais en général, les thérapies alternatives ne sont pas remboursées, sauf l'homéopathie.
Et chez vous ?

PHONÉTIQUE 4
Le son [h]

8

Témoignages

Trois personnes nous parlent des médecines alternatives.

Romuald

Emma

Brandon

Avant de lire

1. Aimez-vous écouter de la musique ? Quel type de musique ?
2. Pensez-vous que la musique a un effet sur notre humeur ? Échangez en classe.

Dossier santé

LA MUSICOTHÉRAPIE

La musicothérapie utilise les sons et les rythmes pour traiter divers problèmes de santé. En France, depuis 1968, il existe un Centre international de musicothérapie.

POURQUOI L'UTILISE-T-ON ?

On l'utilise dans de nombreux cas, par exemple pour soigner l'anxiété, les douleurs, l'hypertension, les difficultés d'apprentissage... On peut aussi l'utiliser pour aider des patients atteints d'autisme et d'Alzheimer.

COMMENT FONCTIONNE-T-ELLE ?

La musique aide à se détendre et à réduire le stress. Elle peut aussi permettre de mieux se concentrer et d'améliorer sa mémoire.

OÙ EST-ELLE UTILISÉE ?

Dans certains hôpitaux et des centres de soins spécialisés.

CETTE THÉRAPIE FONCTIONNE-T-ELLE POUR TOUT LE MONDE ?

Oui, elle s'adapte à tous les publics (enfants, adultes et personnes âgées).

EST-CE QUE LES PATIENTS DOIVENT JOUER D'UN INSTRUMENT ?

Non, pas du tout, aucune connaissance musicale n'est nécessaire.

EXPÉRIMENTEZ LA MUSICOTHÉRAPIE : ÉCOUTEZ CES MORCEAUX ET RÉPONDEZ AUX QUESTIONS

Pour chaque morceau, posez-vous ces questions :

1. À l'écoute de cet extrait, vous vous sentez comment ?
   - ☐ joyeux (euse)
   - ☐ triste
   - ☐ effrayé/e
   - ☐ en colère
   - ☐ autre :
2. Vous pensez à quels mots ?
3. Qu'est-ce que vous avez envie de faire ?

Lire, comprendre et réagir

3. Lisez la première partie de l'article. Quels maladies ou problèmes soigne la musicothérapie ? Qu'en pensez-vous ? Échangez en classe. l'anxiété, douleurs, l'hypertension, difficulté d'apprentissage

Écouter, comprendre et réagir

4. Écoutez les quatre morceaux de musique et répondez aux questions en bas de l'article. Cette expérience musicale vous a-t-elle plu ? (9)

5. Des collègues échangent sur leurs habitudes musicales pendant la pause déjeuner. Écoutez et complétez le tableau. (10)

	Lieu	Style de musique	Effet sur la santé et l'humeur
Pablo			
Simon			
Nuria			
Virginie			

Regarder, comprendre et réagir

6. Regardez la vidéo sur la musicothérapie. Quels sont les effets bénéfiques de la musique sur les retraités ?

La musicothérapie dans une maison de retraite

Travailler la langue

7. Repérez dans l'article les questions auxquelles on répond par oui ou par non. Complétez le tableau à l'aide de l'article.

L'INTERROGATION TOTALE

L'interrogation totale a pour réponse **oui**, **non** ou **peut-être**. Elle peut se construire de trois façons.	
phrase affirmative + ?	*Tu aimes la musique ?*
est-ce que + phrase + ?	Est-ce que tu aimes la musique ?
inversion sujet-verbe + ?	Aimes-tu la musique ?

L'interrogation avec une phrase affirmative + ? est plutôt utilisée à l'oral.
L'interrogation avec l'inversion du sujet et du verbe + ? est plutôt utilisée à l'écrit.

→ CAHIER D'EXERCICES P. 16, 17 – EXERCICES 16, 17, 18, 19, 20, 21, 22

Tu as une chanson préférée ou détestée ? Lesquelles ?

Travailler la langue

8. Repérez dans l'article les questions avec des mots interrogatifs, puis complétez le tableau.

L'INTERROGATION PARTIELLE

L'interrogation partielle porte sur une partie de la phrase et se forme avec un mot interrogatif : **où**, **quand**, **comment**, **pourquoi**, **combien**, **qui**, **que**, **quoi**, **quel(s)**, **quelle(s)**, **lequel**, **laquelle**, **lesquels(les)**. Elle peut se construire de trois façons.	
phrase affirmative + mot interrogatif + ?	*Vous vous sentez comment ?*
mot interrogatif + **est-ce que** + phrase + ?	Comment est-ce que vous vous sentez ?
mot interrogatif + inversion sujet-verbe + ?	Comment vous sentez-vous

→ CAHIER D'EXERCICES P. 16, 17 – EXERCICES 16, 17, 18, 19, 20, 21, 22

Produire et interagir

9. En petits groupes, échangez pour créer votre playlist de musicothérapie, à l'aide des étiquettes. Puis, présentez-la à la classe.

pour se détendre | pour donner de l'énergie | pour être de bonne humeur | pour travailler | pour réduire le stress | pour se concentrer | pour mieux dormir | ...

• *Qu'est-ce que vous écoutez pour vous détendre ?*

10. Écrivez des questions à l'aide des tableaux des activités 7 et 8 pour connaître les habitudes et les goûts musicaux d'un/e camarade.

- style de musique préféré : Quel style de musique tu préfères
- moment : Quand tu préfères écouter de la musique
- support :
- lieu d'écoute : Où préfères-tu écouter de la musique
- chanson préférée ou détestée :
- chanson écoutée en boucle (très souvent) :
- musique écoutée dans la voiture :
- chanson à chanter sous la douche :

11. À deux, posez-vous les questions de l'activité précédente, puis présentez à la classe les informations surprenantes que vous avez apprises sur votre camarade.

Avant de lire

1. Observez ces deux documents. À votre avis, de quoi s'agit-il ? Quel type d'information contient chaque document ?

SIVA ×
http://www.siva.def

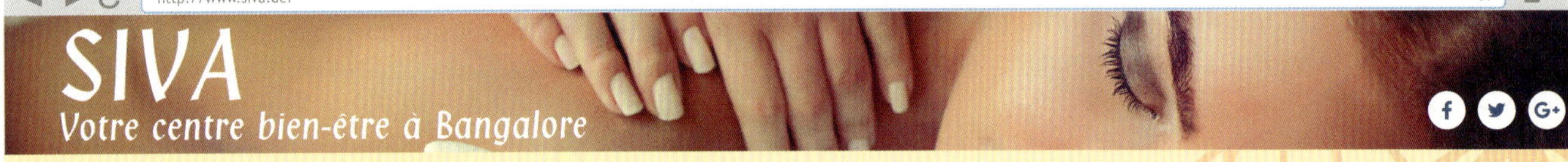

Nous sommes spécialisés en ayurvéda, une médecine traditionnelle indienne très ancienne. Les massages ayurvédiques utilisent des huiles médicinales, ils ont des vertus relaxantes et soignent certaines maladies. Ils sont bénéfiques pour réduire les tensions, le stress, les insomnies et le mal de tête.

Nous vous proposons différents types de massage selon vos besoins :

* LE COMPLET Massage de tout le corps, adapté à tout type de problèmes ⧗ *1 h*
* L'ANTISTRESS Massage de la tête et des épaules, idéal pour réduire le stress ⧗ *30 min*
* LE SPORTIF Massage du dos, parfait pour éliminer les tensions musculaires ⧗ *30 min*
* LE LÉGER Massage des pieds, idéal pour réduire les problèmes de circulation et de jambes lourdes ⧗ *30 min*

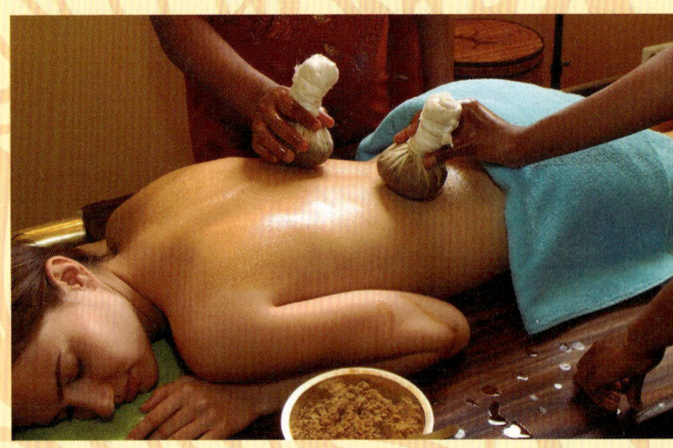

Bon plan ×
http://www.bonplan.def

BON PLAN

Avis

MARC ET SONIA Brest ●●●●●
Ma femme adore les massages et c'est une grande connaisseuse. Je lui ai offert un massage ayurvédique chez Siva et elle a adoré ! Elle vous conseille ce centre sans hésiter.

CAMILLE Lausanne ●●●●●
Très bon massage et bons professionnels. Je leur ai posé beaucoup de questions avant de me décider pour un massage. Je leur ai expliqué mes problèmes de santé et ils m'ont conseillé le massage sportif. Je suis ravie !

FARA Antananarivo ●●●●○
Très bien ! Bel endroit, bon massage, bon rapport qualité-prix. Je vous recommande le massage complet.

YUNUS Caen ●●●●●
Si quelqu'un cherche un centre professionnel, je lui recommande SIVA. Personnel qualifié et à l'écoute. Génial ! N'hésitez pas !

LORÈNE Bangkok ●●●●○
Mon copain et moi, nous avons fait le massage antistress. On est sortis super détendus ! En plus, la masseuse nous a recommandé des huiles essentielles à utiliser à la maison.

Lire, comprendre et réagir

2. Lisez le premier document. Avez-vous envie d'essayer les massages ayurvédiques ? Lequel aimeriez-vous essayer ?

3. Soulignez les parties du corps mentionnées dans chaque massage.

4. Lisez le deuxième document. Repérez les avis positifs et négatifs.

5. Lisez-vous les avis des internautes pour prendre des décisions ? Écrivez-vous des avis sur Internet ?

Travailler la langue

6. Que remplacent les mots en gras dans les phrases suivantes ? Cherchez dans le deuxième document.

- Je **lui** ai offert un massage.
- Je **leur** ai posé beaucoup de questions.
- Je **vous** recommande le massage complet.
- Elle **nous** a recommandé des huiles essentielles.

7. Complétez le tableau à l'aide du deuxième document.

LES PRONOMS COI

Le complément d'objet indirect (COI) est un complément du verbe introduit par la préposition **à**. Le pronom COI remplace une personne déjà introduite dans le discours.
Ex. : *Je **leur** ai expliqué mes problèmes.*
→ *J'ai expliqué mes problèmes **aux professionnels**.*

pronom sujet	pronom COI
Je	me / m'
Tu	te / t'
Il / Elle / On	
Nous	
Vous	
Ils / Elles	

→ CAHIER D'EXERCICES P. 18 – EXERCICES 23, 24, 25, 26

Produire et interagir

8. À deux, répondez à l'aide des étiquettes.

Que faites-vous quand...
- un/e ami/e ne peut pas dormir ?
- un/e ami/e est stressé/e ?
- des amis fêtent leur anniversaire ?
- un/e ami/e s'ennuie en classe de français ?
- des amis cherchent des activités pour le week-end ?

conseiller (de) + infinitif | raconter | offrir | recommander (de) + infinitif | ...

9. Choisissez un restaurant ou un lieu que vous aimez. Rédigez un avis comme dans le deuxième document en utilisant des pronoms COI.

BON PLAN

Avis ○○○○○

....

📍 ....

DÉFI #02
FAIRE LE BILAN DE SANTÉ DE LA CLASSE

Vous allez faire le bilan de santé de la classe.

- En petits groupes, créez trois questions pour connaître l'état de santé de vos camarades aujourd'hui.
  — *Comment tu te sens aujourd'hui ?*
  — *Tu as mal à une partie du corps ?*
- En classe, mettez les questions en commun, choisissez les plus intéressantes et créez un questionnaire.
- En petits groupes, répondez au questionnaire, puis dessinez un bonhomme et coloriez sur ce bonhomme les parties du corps où chacun/e a mal. Écrivez le prénom et le problème de chaque personne.
- Chaque groupe affiche son bonhomme au tableau. La classe écrit des solutions pour chaque problème sur des Post-it.

La grammaire des mots

1. Observez ces expressions. Connaissez-vous d'autres verbes qui se construisent de cette façon en français ? Écrivez-les.

- Offrir quelque chose à quelqu'un
- Conseiller quelque chose à quelqu'un
- Recommander quelque chose à quelqu'un

Les mots assortis

2. Observez et complétez les séries.

avoir mal • à la tête • au ventre • aux dents • à la gorge • .... • ....

avoir • envie de vomir • la nausée • .... • ....

la grippe • une angine • un rhume • une otite • .... • ....

prendre • des antibiotiques • un antidouleur • un sirop • .... • ....

se sentir • bien • ....

un sirop • un comprimé • **contre** • la toux • les maux de tête

être • efficace • idéal • .... • **contre** • les douleurs • l'insomnie • ....

réduire • les tensions • le stress • ....

lutter contre • l'insomnie • les problèmes de circulation • ....

une médecine • complémentaire • alternative • .... • ....

Mes mots

3. Complétez la carte mentale de la santé. Vous pouvez ajouter des branches si nécessaire.

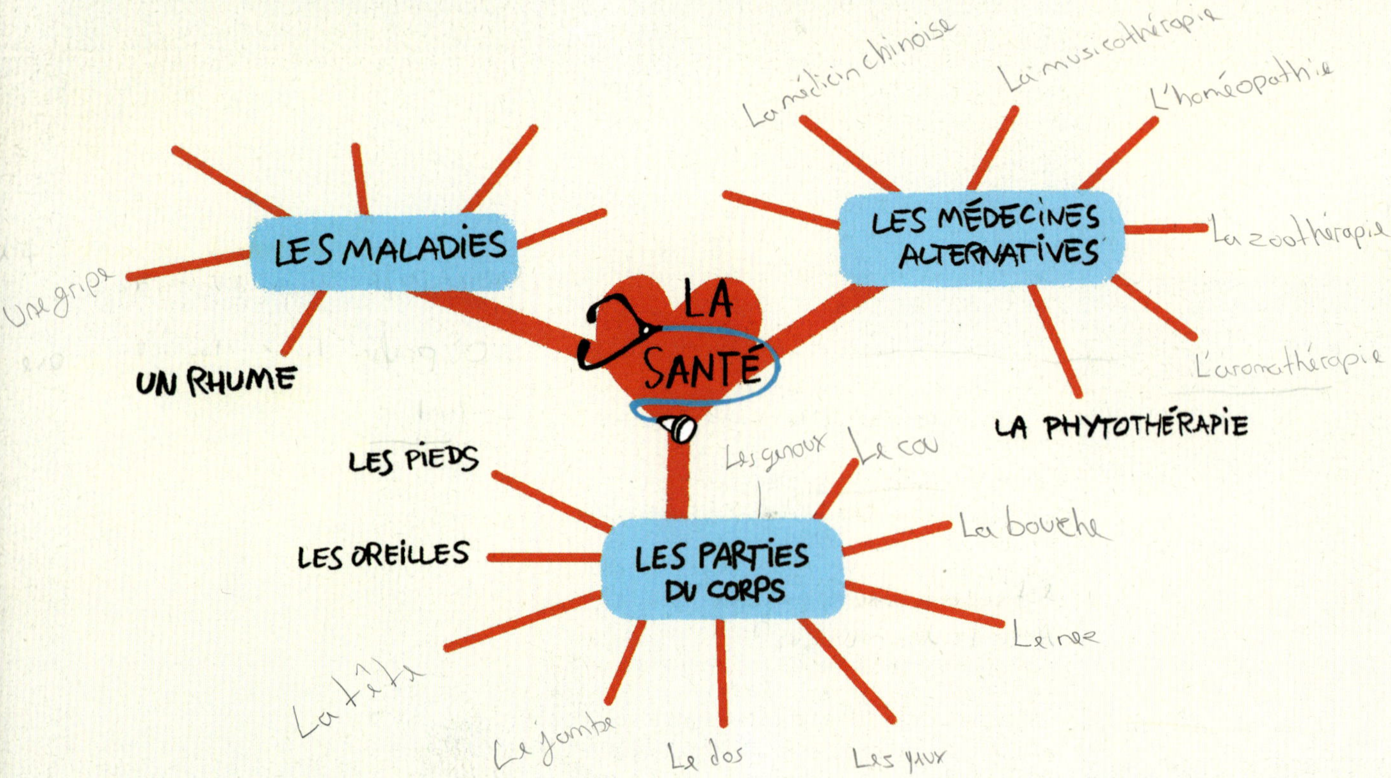

Un vrai cordon bleu

03

DOSSIER 01
Les cuisines locales

CULTURE(S) ET SOCIÉTÉ(S)
- la gastronomie des outre-mer
- la cuisine camerounaise
- les nouvelles tendances en cuisine

GRAMMAIRE
- le pronom *en*
- exprimer la progression (*de moins en moins, de plus en plus*)
- les pronoms interrogatifs *lequel, laquelle...*

COMMUNICATION
- parler d'un plat (origine, ingrédients, cuisson...)
- parler d'une mode culinaire
- décrire un plat

LEXIQUE
- les spécialités culinaires locales
- les modes de cuisson et préparation

DÉFI #01
FAIRE SA CARTE D'IDENTITÉ CULINAIRE

DOSSIER 02
La gastronomie française

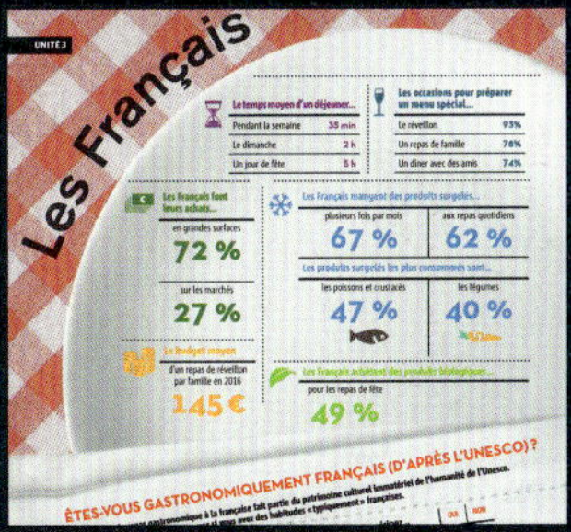

CULTURE(S) ET SOCIÉTÉ(S)
- les Français à table
- la dégustation d'un plat avec ses cinq sens
- le marché de Rungis

GRAMMAIRE
- l'impératif (rappel) et la place des pronoms
- les verbes et les expressions pour donner un avis (*trouver que, penser que...*)

COMMUNICATION
- parler de ses habitudes alimentaires
- qualifier un plat
- donner un avis

LEXIQUE
- les cinq sens
- les goûts et les textures
- les adverbes d'intensité (*un peu, assez, très, trop...*)

DÉFI #02
CRÉER SON GUIDE CULINAIRE

DÉFI #03 NUMÉRIQUE
espacevirtuel.emdl.fr

LA GASTRONOMIE DES OUTRE-MER

Chaque année, depuis 2014, on découvre une autre cuisine française au Salon de la gastronomie des outre-mer. Il dure trois jours et présente les spécialités gastronomiques de trois océans. Au menu : une cuisine épicée, de délicieux fruits tropicaux et d'excellents poissons frais. Voici une présentation de quelques plats typiques de ces territoires.

PHONÉTIQUE 5
Le son [g]

LE TOURMENT D'AMOUR

LA GUADELOUPE

- Le *tourment d'amour* est une tartelette à la noix de coco, à manger en dessert ou au goûter.
- Le *planteur*, un cocktail à base de rhum des Antilles, de jus de fruits, de citron et de sucre.

LA RÉUNION

- Le *cari* est le plat traditionnel, à base de viande ou de poisson, de tomates, d'ail et d'oignons. Il est toujours accompagné de riz et de légumes secs.
- Le *rougail saucisses* ou *rougail morue* est un plat à base de saucisses ou de morue et de sauce épicée (le rougail), servi avec du riz.

LE ROUGAIL

océan Atlantique

océan Indien

LES ACCRAS

LA MARTINIQUE

- Les *acras* de poisson ou de crevette sont de délicieux beignets frits, servis en entrée.
- La *sauce chien* est une sauce typique à base d'oignons, de citron vert et d'herbes, qui accompagne de la viande grillée.

Ah bon ?! +

Les **outre-mer** sont des territoires français éloignés de la France et situés en Amérique, en Océanie, dans l'océan Indien et en Antarctique. On parle également de DROM-COM (départements, régions et collectivités d'outre-mer).

11

Témoignages

Des visiteurs du salon parlent de la gastronomie des outre-mer.

Nadjah

Madji

Catherine

LE BOUGNA

LA NOUVELLE-CALÉDONIE

- Le *bougna* est un plat traditionnel avec de la viande ou du poisson et des patates douces au lait de coco. Il est cuit dans des feuilles de bananier, dans un four sous terre.
- Les *achards*, servis en entrée ou en accompagnement d'un plat, sont des légumes cuits avec des épices, de l'huile et du vinaigre.

océan Pacifique

LA POLYNÉSIE FRANÇAISE

- Le *poisson cru à la tahitienne* cuisiné avec du lait de coco est excellent.
- Le *chao mein*, un plat de nouilles asiatiques, est aussi très populaire à Tahiti.

LE CHAO-MEIN

Avant de lire

1. Lisez le titre du document et observez la carte. Que signifie « outre-mer » ? Faites des hypothèses en classe.

2. Retrouvez les départements et territoires des outre-mer sur la carte de la francophonie pages 162-163.

Lire, comprendre et réagir

3. Lisez l'encadré *Ah bon ?!* pour vérifier vos réponses des activités précédentes.

4. Lisez l'introduction et observez les photos. Est-ce que vous avez envie de découvrir la gastronomie des outre-mer ? Pourquoi ?

- *Oui, parce que j'aime bien la cuisine épicée !*

5. Lisez les descriptions des plats. Quelle spécialité voudriez-vous goûter ?

- *Je voudrais goûter le poisson cru à la tahitienne. Ça a l'air très bon !*

Je voudrais goûter le tourment d'amour, simplement parce qu'il ressemble à la cuisine sucrée du nordest du Brésil

6. Quels sont les points communs entre ces différentes gastronomies ?

7. Complétez le tableau avec des exemples de plats à partir du document.

des entrées	
des plats	
des sauces	
des desserts	
des accompagnements	
des boissons	

Écouter, comprendre et réagir

8. Écoutez les témoignages des visiteurs du salon. Cochez les mots que prononcent les personnes interrogées. (11)

	Nadjah	Madji	Catherine
multiculturel	✓		
crevettes			✓
lait de coco	✓		
vin		✓	
fruits exotiques		✓	✓
poisson cru		✓	
végétarien	✓		
épices			✓

9. Réécoutez, puis choisissez un témoignage. Reformulez-le à l'aide des mots de l'activité précédente. (11)

Mon panier de lexique

Quels mots de ces pages voulez-vous retenir ? Écrivez-les.

Avant de lire

1. **Mangez-vous parfois dans des restaurants qui proposent des spécialités d'autres pays ? Échangez en classe.**

   • *Parfois, avec mes collègues, on déjeune dans un restaurant chinois parce que c'est copieux et pas cher.*

2. **Observez les photos du document. Reconnaissez-vous les ingrédients des spécialités présentées ? Faites une liste.**

La crevette dorée ×

http://www.restaurant-la-crevette-doree.def

CONTACT - PRIX - MENU DÉTAILLÉ - GASTRONOMIE

La Crevette Dorée

Notre restaurant

La Crevette Dorée vous accueille dans un décor camerounais typique pour découvrir une cuisine authentique et savoureuse. En famille ou entre amis, notre chef vous prépare ses meilleurs plats. Venez goûter nos spécialités !

Un peu d'histoire

Au XIVe siècle, les explorateurs portugais arrivent au fleuve Wouri et l'appellent *Rio dos Camarões*, c'est-à-dire la rivière des crevettes parce qu'ils en trouvent beaucoup dans ce fleuve. Le nom du pays, Cameroun, vient de cette histoire.

Aujourd'hui, les crevettes sont encore très consommées dans le pays. Les Camerounais continuent à en pêcher et à en manger, sautées à l'ail ou grillées. Un délice !

Les spécialités camerounaises

Les Camerounais consomment régulièrement du **ndolé**, un légume typique qui ressemble aux épinards. On en trouve dans plusieurs plats de viande ou de poisson du même nom, souvent accompagné de riz. Les **soyas**, des brochettes de bœuf marinées aux épices et cuites au feu de bois, sont aussi très populaires. On peut en acheter facilement dans la rue. Un autre classique de la cuisine camerounaise pour les grandes occasions est le **poulet DG** (comme directeur général), un plat à base de poulet frit, souvent servi avec des bananes plantain et des légumes.

les crevettes à l'ail

le ndolé

les soyas

le poulet DG

Lire, comprendre et réagir

3. Lisez le document. Avez-vous envie de goûter les spécialités camerounaises ?

4. Vérifiez et complétez votre liste de l'activité 2. Ces ingrédients sont-ils populaires dans votre région ou pays ?

Travailler la langue

5. Retrouvez dans le document les participes passés des verbes suivants.

LES VERBES DE LA CUISINE

- sauter : ....
- griller : ....
- mariner : ....
- cuire : ....
- frire : ....

→ CAHIER D'EXERCICES P. 23 – EXERCICES 6, 7

6. Voulez-vous connaître d'autres mots pour décrire un plat ou sa préparation ?

• *Comment on dit « al vapore » en français ?*
○ *À la vapeur !*

7. Repérez les phrases avec le pronom *en* dans le document. Reformulez ces phrases sans utiliser le pronom.

Ils **en** trouvent beaucoup dans le fleuve. → *Ils trouvent beaucoup de crevettes dans le fleuve.*

8. Complétez le tableau à l'aide du document et de l'activité précédente.

LE PRONOM *EN*

Le pronom **en** remplace un complément introduit par **de** (**des**, **du** ou **de la**).
Ex. : *On **en** trouve dans plusieurs plats. (du ndolé)*
Il peut aussi remplacer un nom introduit par une expression de quantité.
Ex. : *Ils **en** trouvent **beaucoup** dans ce fleuve. (beaucoup de crevettes)*
Le pronom **en** est placé .... le verbe conjugué.
Ex. : ....
Quand il y a deux verbes, le pronom **en** est placé devant le verbe à l'infinitif.
Ex. : ....
❗ Dans les phrases négatives, **ne** devient **n'** devant **en**.
Ex. : *De la viande ? Je **n'en** mange jamais !*

→ CAHIER D'EXERCICES P. 24 – EXERCICES 8, 9

Écouter, comprendre et réagir

9. Écoutez la conversation entre un serveur et un couple au restaurant. Que vont-ils manger ? Écrivez leurs menus.
12

- L'homme : ....
- La femme : ....

Produire et interagir

10. Faites la liste des aliments et des plats que vous aimeriez goûter un jour, à l'aide d'un dictionnaire si nécessaire. Puis échangez en petits groupes.

— *Des cuisses de grenouilles, du caviar russe...*

11. Complétez la fiche sur vos goûts alimentaires, à l'aide d'un dictionnaire si nécessaire. Puis échangez avec un/e camarade.

Comment mangez-vous ces aliments ?

- le poisson : ....
- les pommes de terre : ....
- la viande : ....
- les pâtes : ....
- les légumes : ....
- les fruits : ....

• *Comment tu manges le poisson ?*
○ *Souvent je le mange frit, avec du citron et accompagné d'une salade.*

12. Pensez à un plat que vous aimez beaucoup. Décrivez-le à un/e camarade (nom, ingrédients, accompagnement...). Il/Elle peut vous poser des questions.

• *Ça s'appelle la « parmigiana di melanzane ». Dedans, il y a des aubergines frites, de la mozarella, du persil...*

13. Quel est le plat le plus typique de votre région ? Présentez-le à la classe.

• *Dans ma région, on fait des « mantı », des raviolis à la viande. On en mange avec une sauce à base de yaourt et d'ail. C'est délicieux !*

14. Préparez des devinettes comme dans l'exemple, puis posez-vous des questions à deux.

• *Les Turcs en boivent dans de petits verres !*
○ *Du thé ?*

15. Lisez la fiche. Puis, à deux, posez-vous des questions pour savoir si vous mangez comme Kate.

• *Et toi, David, tu manges de la salade ?*
○ *Oui, j'en mange tous les jours.*

Le profil alimentaire de Kate

- de la salade
- de la soupe
- des yaourts
- du tofu
- de la glace
- des bonbons et du chocolat

Avant de lire

1. Connaissez-vous des nouvelles tendances culinaires ? Échangez en classe.

• *J'ai goûté la cuisine moléculaire de Ferran Adrià.*

RESTAURATION

LES NOUVELLES TENDANCES EN CUISINE

Les nouvelles tendances de la restauration en France vous intéressent ? Découvrez-en six qui sont de plus en plus populaires. Lesquelles allez-vous adopter ?

1 DES LÉGUMES ANCIENS À REDÉCOUVRIR

Les légumes anciens sont à la mode dans de nombreux restaurants ! Le panais, le topinambour ou le pâtisson, lequel va devenir votre préféré ?

2 DES TRADITIONS À MÉLANGER

De plus en plus de chefs nous proposent des recettes fusion : des plats qui mélangent les gastronomies traditionnelles de plusieurs pays. Alors, fusion franco-vietnamienne, franco-brésilienne ou franco-anglaise, laquelle allez-vous goûter ?

3 DES BOLS À COMPOSER

Composez vous-même vos plats dans de grands bols. À partir d'un ingrédient de base (de la salade, du riz ou des pâtes), complétez votre bol avec différents produits frais. Lesquels allez-vous choisir ?

4 DES RESTES À RECYCLER

On gaspille de moins en moins grâce à la cuisine des restes. Le *trashcooking* consiste à utiliser tous les ingrédients de son réfrigérateur et à ne rien gaspiller. Pour les restaurants, c'est aussi une façon de faire des économies et de réaliser de délicieuses créations.

5 DES FLEURS À MANGER

Cette pratique très ancienne est de plus en plus fréquente. Il s'agit de proposer des plats avec des fleurs comestibles. C'est beau et bon pour la santé. Pouvez-vous imaginer des plats aux couleurs de l'arc-en-ciel, à base de tulipes, de roses ou de violettes ?

6 UN SEUL PRODUIT À DÉCLINER

De plus en plus de restaurants proposent des menus à base d'un ingrédient principal. Par exemple, le fromage : une salade de chèvre en entrée, une tarte aux courgettes et au fromage de chèvre en plat, et un cheesecake en dessert.

Lire, comprendre et réagir

2. **Lisez les titres des six paragraphes. À votre avis, quel est le contenu de chaque paragraphe ?**

3. **Lisez l'article et comparez avec vos hypothèses de l'activité précédente.**

4. **Ces tendances existent-elles chez vous ? Quelles tendances avez-vous envie d'essayer ? Échangez avec un/e camarade.**

• *J'aimerais goûter la cuisine des restes car j'ai déjà cette habitude à la maison.*

Travailler la langue

5. **Complétez le tableau à l'aide de l'article.**

EXPRIMER LA PROGRESSION

Pour exprimer une diminution ou une augmentation constante, on utilise :

• **de moins en moins** ou **de plus en plus** + adjectif ou adverbe.
Ex. : ....

• **de moins en moins de** ou **de plus en plus de** + nom.
Ex. : ....

• verbe + **de moins en moins** ou **de plus en plus**.
Ex. : ....

→ CAHIER D'EXERCICES P. 24 – EXERCICES 10, 11

6. **Comment traduisez-vous ces expressions dans votre langue ou dans les langues que vous connaissez ?**

7. **Observez ces phrases extraites de l'article. Associez les mots en gras à ce qu'ils remplacent.**

Lesquelles allez-vous adopter ? O	O Quels produits frais ?
Lequel va devenir votre préféré ? O	O Quelles nouvelles tendances ?
Laquelle allez-vous goûter ? O	O Quel légume ancien ?
Lesquels allez-vous choisir ? O	O Quelle cuisine fusion ?

Travailler la langue

8. **Complétez le tableau à l'aide de l'article et de l'activité précédente.**

LES PRONOMS INTERROGATIFS *LEQUEL, LAQUELLE*

On utilise les pronoms interrogatifs pour interroger sur l'identité de quelqu'un ou quelque chose déjà nommé. Ils s'accordent en genre et en nombre avec le nom qu'ils remplacent.

	MASCULIN	FÉMININ
SINGULIER	*lequel*	
PLURIEL		

→ CAHIER D'EXERCICES P. 24-25 – EXERCICES 12, 13

9. **Ces pronoms interrogatifs existent-ils dans votre langue ?**

• *En hongrois, on utilise le même mot pour dire « quel » et « lequel » : « melyik ».*

Produire et interagir

10. **Pensez à votre alimentation de ces dix dernières années. Comment a-t-elle évolué ? Complétez un tableau comme dans l'exemple, puis échangez avec un/e camarade.**

De moins en moins (de)	De plus en plus (de)
manger au restaurant	*acheter des produits bio*

• *Je mange de moins en moins au restaurant, mais j'achète de plus en plus de produits bio.*

11. **À deux, tapez les mots-clés des étiquettes sur un moteur de recherche. Montrez les photos que vous trouvez à un/e camarade et demandez-lui quel plat il aimerait goûter.**

sandwich fusion | salade de fleurs comestibles | dessert moléculaire | légumes anciens

• *Regarde ces photos de sandwichs. Lequel tu aimerais goûter ?*
○ *Celui-ci, à droite.*

12. **En petits groupes, échangez sur les nouvelles tendances et les modes gastronomiques dans votre ville ou votre pays.**

• *À Budapest, il y a de plus en plus de restaurants de hamburgers, parce qu'il y a de plus en plus de touristes.*

DÉFI #01
FAIRE SA CARTE D'IDENTITÉ CULINAIRE

Vous allez présenter votre carte d'identité culinaire avec trois ou quatre plats qui ont une signification personnelle.

▶ Choisissez trois catégories parmi les étiquettes.

un plat de ma grand-mère / mon grand-père | un dessert irrésistible | une soupe pour les jours d'hiver | un plat qui signifie « famille » | un plat qui signifie « amitié » | un plat qui signifie « amour » | ...

▶ Pour chaque catégorie, complétez une fiche comme dans l'exemple.

▶ Présentez votre carte d'identité culinaire à la classe.

Un dessert irrésistible : La mousse aux trois chocolats

Description : c'est une délicieuse mousse à base de chocolat blanc, chocolat au lait et de chocolat noir. Elle peut être accompagnée d'un coulis de framboise.

Ma relation avec ce plat : c'est une recette de ma mère. Elle la cuisine toujours pour mon anniversaire ou celui de mes enfants.

Les Français

Le temps moyen d'un déjeuner...

Pendant la semaine	35 min
Le dimanche	2 h
Un jour de fête	5 h

Les occasions pour préparer un menu spécial...

Le réveillon	93%
Un repas de famille	78%
Un dîner avec des amis	74%

Les Français font leurs achats...

en grandes surfaces
72 %

sur les marchés
27 %

Le budget moyen

d'un repas de réveillon par famille en 2016
145 €

Les Français mangent des produits surgelés...

plusieurs fois par mois	aux repas quotidiens
67 %	62 %

Les produits surgelés les plus consommés sont...

les poissons et crustacés	les légumes
47 %	40 %

Les Français achètent des produits biologiques...

pour les repas de fête
49 %

ÊTES-VOUS GASTRONOMIQUEMENT FRANÇAIS (D'APRÈS L'UNESCO) ?

Depuis 2010, le repas gastronomique à la française fait partie du patrimoine culturel immatériel de l'humanité de l'Unesco. Répondez à ces questions et découvrez si vous avez des habitudes « typiquement » françaises.

Quand vous mangez...	OUI	NON
Vous aimez manger assis à table (et non debout) ?		
Vous aimez passer beaucoup de temps à table ?		
Vous buvez du vin ?		
Vous mangez du pain ?		
Vous aimez regarder et sentir les plats ?		

Quand vous recevez des invités...	OUI	NON
Vous mangez les plats dans cet ordre : entrée, plat, fromage, dessert ?		
Vous servez la salade verte après le plat principal ?		
Vous proposez à vos invités un apéritif avant le repas ?		
La décoration de la table est très importante ?		

Quand vous cuisinez...	OUI	NON
Vous achetez des produits locaux ?		
Vous achetez au marché et non au supermarché ?		
Vous aimez tester de nouvelles recettes ?		
Vous détestez les plats préparés ?		

Résultats :

→ Vous avez une majorité de OUI : vous mangez à la française. Vous êtes déjà un/e connaisseur(euse) des coutumes et de l'art culinaire français. Bravo !

→ Vous avez autant de OUI que de NON : vous connaissez la gastronomie française, mais vous êtes ouvert/e à d'autres cultures gastronomiques.

→ Vous avez une majorité de NON : le repas gastronomique français est un mystère pour vous... Peut-être avez-vous d'autres intérêts ?

à table

13

Témoignages

Des Français parlent de leurs achats alimentaires.

Annick

Daniel

Andry

Avant de lire

1. Connaissez-vous les habitudes des Français quand ils sont à table ?

- *Je crois que les Français mangent beaucoup de pain.*

Lire, comprendre et réagir

2. Observez l'infographie. Est-ce qu'il y a des chiffres qui vous étonnent ?

- *Oui, chez moi, on dépense plus pour le repas de réveillon !*

3. En petits groupes, échangez sur vos habitudes à partir des rubriques de l'infographie.

- *Combien de temps tu passes à table quand tu ne travailles pas ?*
- ○ *Quinze minutes en général.*

4. Faites le test. Êtes-vous gastronomiquement français ? Êtes-vous d'accord avec les résultats ?

5. Quand vous invitez des amis à déjeuner ou à dîner, avez-vous des habitudes particulières ?

- *Je mets un petit cadeau dans l'assiette de chaque invité.*

6. Dans votre pays, existe-t-il des coutumes quand on invite quelqu'un à manger ?

- *Chez moi, on enlève ses chaussures pour entrer dans le salon.*

Écouter, comprendre et réagir

7. 13 Écoutez les témoignages et associez chaque personne à une icône qui symbolise ses habitudes alimentaires.

Annick Daniel Andry

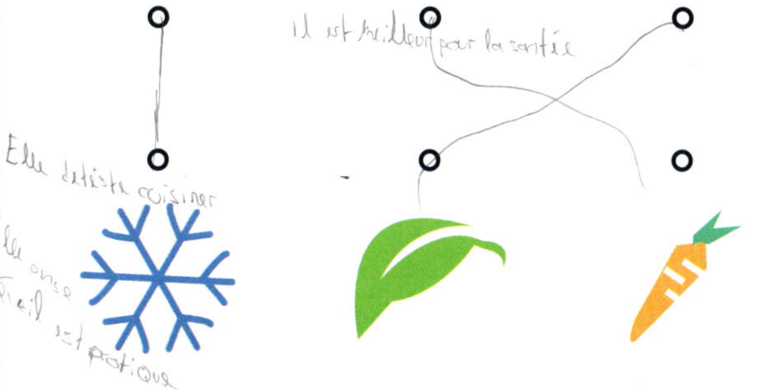

8. 13 Réécoutez les témoignages et choisissez une personne. Quels sont ses arguments pour justifier ses choix alimentaires ?

9. De qui vous sentez-vous le / la plus proche ?

- *Je suis un peu comme Annick. Je n'aime pas cuisiner. J'achète souvent des plats préparés.*

Mon panier de lexique

Quels mots de ces pages voulez-vous retenir ? Écrivez-les.

....

....

PHONÉTIQUE 6
La non-prononciation des lettres finales

Avant de lire

1. Devant un plat, que faites-vous en premier ?

☐ Je le regarde ☐ Je le touche ☐ Je le sens ☐ Je le goûte ☐ Autre

Le cordon bleu

http://www.lecordonbleu.def

LE CORDON BLEU

ÉCOLE | NOTRE HISTOIRE | PROGRAMME | BROCHURES | ACTUALITÉS | INSCRIVEZ-VOUS

Comment déguster un plat ?

Apprenez à analyser un plat selon le chef Éric Briffard, Meilleur ouvrier de France (MOF) et directeur des arts culinaires à l'institut Le Cordon Bleu Paris.

Qu'est-ce que l'analyse d'un plat ?

Analyser un plat, c'est savoir utiliser vos cinq sens. Pour cela, choisissez un lieu aéré, calme et éclairé, ne fumez pas et ne vous parfumez pas.

Quelles sont les étapes à suivre ?

1. Regarder (la vue)
Le contact avec un plat est d'abord visuel. Observez-le attentivement : ses couleurs, sa forme, sa présentation, son originalité…

2. Sentir (l'odorat)
Ensuite, sentez le plat : identifiez le parfum qui domine et les autres odeurs. Associez-les à des souvenirs et à des odeurs que vous connaissez.

3. Écouter (l'ouïe)
Pour continuer, écoutez les bruits du plat, le « toc-toc » de la cuillère sur une crème brûlée, par exemple.

4. Toucher (la texture)
Quand vous dégustez un plat, vous ne touchez pas avec les mains, mais avec la bouche ! N'allez pas trop vite, prenez le temps de mâcher pour bien apprécier la texture (mou, dur, moelleux, croustillant) et mesurer la température (brûlant, chaud, froid, tiède, glacé).

5. Goûter (le goût)
Enfin, goûtez lentement le plat et soyez attentif à l'équilibre des cinq saveurs : l'acide, le salé, l'amer, le sucré et l'umami. Pour savoir si un plat est harmonieux, prenez un peu de chaque composant et faites-en une seule bouchée. Tous les éléments du plat doivent donner un goût agréable et équilibré.

Contactez-nous →
Recevez nos publications →

ALLEZ PLUS LOIN → Découvrez le parcours d'Éric Briffard

Source : adapté de www.cordonbleu.edu.home.fr

Ah bon ?!

Le **cordon bleu** est un plat préparé avec du veau ou du poulet, du jambon et du fromage. En France, « être un cordon bleu » veut dire être un/e excellent/e cuisinier(ière).

Lire, comprendre et réagir

2. Observez le titre du document. Quelle différence faites-vous entre « manger » et « déguster » ? Aidez-vous d'un dictionnaire si nécessaire.

3. Lisez le document. En petits groupes, échangez sur les étapes de la dégustation d'un plat. Qu'en pensez-vous ?

- *Pour moi, la présentation est importante, mais je n'écoute pas les bruits de mon plat !*

4. Pensez-vous que ces techniques de dégustation sont possibles dans la vie de tous les jours ?

5. Avez-vous déjà goûté un plat qui ne vous donnait pas envie, mais que vous avez aimé ? Échangez avec un/e camarade.

- *Aux États-Unis, j'ai mangé un donut rose fluo horrible, mais j'ai trouvé ça bon.*

Écouter, comprendre et réagir

6. Écoutez l'entretien avec Kim, une chef cuisinière. Cochez les sens cités. 14

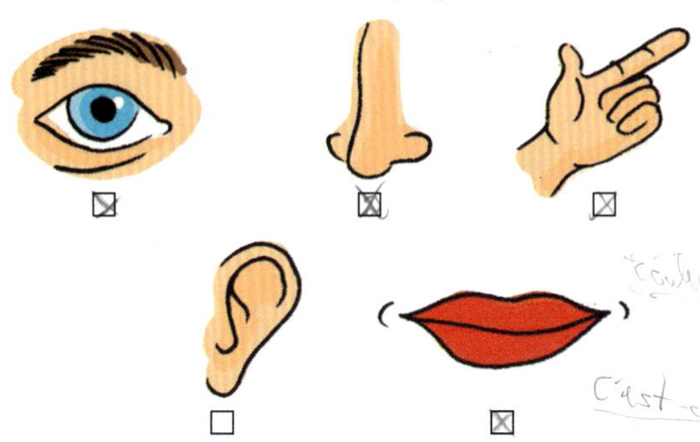

7. Réécoutez. Comment comprenez-vous « je suis une grande gourmande » ? Cela a-t-il des conséquences sur sa cuisine ? 14

Travailler la langue

8. Complétez le tableau à l'aide de l'article.

Parties du corps	Noms des sens	Verbes
L'œil		*voir /*
Le nez		
Les oreilles		
Les mains	*Le toucher /*	

9. Complétez chaque étoile à l'aide du document.

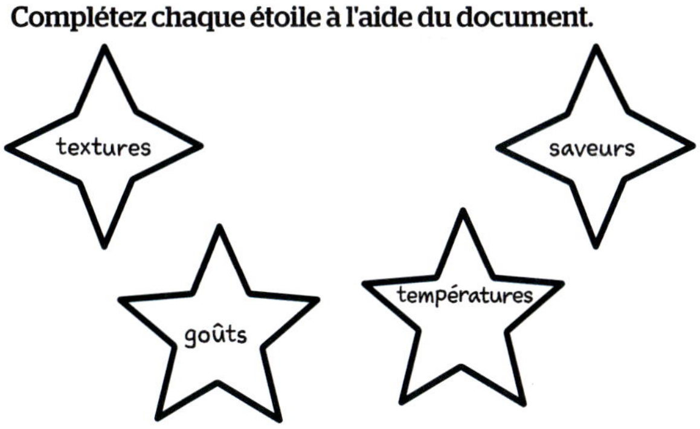

Travailler la langue

10. Complétez le tableau à l'aide de l'article.

L'IMPÉRATIF (RAPPEL)

	AFFIRMATIF	NÉGATIF
(tu)	va	ne va pas
(nous)	allons	n'allons pas
(vous)	allez	

- À la forme affirmative, les pronoms sont placés après le verbe, avec un trait d'union.
  Ex. : *Observez-**le**.*
  Ex. : ……
- À la forme négative, les pronoms sont placés avant le verbe.
  Ex. : *Ne **vous** parfumez pas.*

➔ CAHIER D'EXERCICES P. 25 – EXERCICES 14, 15, 16

Produire et interagir

11. Écrivez sur une feuille cinq choses que vous aimez en lien avec vos cinq sens, comme dans l'exemple. L'enseignant/e mélange les feuilles et les affiche au tableau. Retrouvez qui est qui. Avez-vous des points communs avec un/e camarade ?

Mon portrait sensoriel

J'aime voir la neige sur les montagnes.
J'aime l'odeur de la mer.
J'aime le chant des oiseaux.
J'aime toucher les livres anciens.
J'aime goûter les bons vins avec du fromage.

12. Choisissez un plat que vous aimez beaucoup et faites-en une analyse en respectant les étapes du document. Présentez-le à la classe avec une photo.

- *Le kazandibi est un dessert turc. C'est noir et blanc. Ça sent le lait caramelisé. C'est froid, mou et très sucré...*

13. En petits groupes, rédigez un mini-guide de ce qu'il faut faire et ne pas faire quand on est invité à manger dans votre pays.

— *Ne soyez pas choqués de partager vos plats.*
— *Félicitez le cuisinier ou la cuisinière.*
— *Apportez quelque chose à boire...*

Avant de lire

1. Que signifie l'expression « marché de gros » ? Faites des recherches d'images sur Internet si nécessaire.
2. Chez vous, que trouve-t-on en général sur un marché ? Échangez à deux.

Traveltips

http://www.traveltips.def

S'INSCRIRE

Le marché de Rungis

★★★☆☆ 46 avis

1 rue de la Tour, 94152 Rungis, France

Ouvert de lundi à vendredi, de 2 h à 15 h non-stop
Durée de la visite : environ 3 heures
rungis.accueil@semmaris.fr

Le marché international de Rungis, symbole du patrimoine gastronomique français, est un marché de gros. Il peut se visiter en famille et entre amis. Avec une surface de 234 hectares, c'est le plus grand marché de produits frais au monde. Il y a plusieurs secteurs : les produits de la mer et d'eau douce, la viande, les fruits et légumes, les produits laitiers, les produits bio, la gastronomie et, enfin, l'horticulture et la décoration. Venez découvrir ce temple de la gastronomie et des produits frais au cours d'une visite nocturne unique !

Visite atypique

Avis d'internautes

46 avis

Excellent	56 %
Très bon	34 %
Moyen	2 %
Médiocre	6 %
Horrible	2 %

Une visite de Rungis

FATOU Une visite très sympa :-) ! Nous avons beaucoup appris sur la viande, les légumes, les fleurs et le fromage. Je trouve que c'est une expérience unique ! C'est une visite au centre du monde gastronomique français. Seul inconvénient : je pense que le prix de la visite est trop élevé (85 euros !!!).

GÉRARD Lieu atypique, visite super mais un peu courte à mon avis. Une expérience inoubliable. Et l'ambiance est plutôt chouette. À faire !

SAMIR Pour moi, la visite du pavillon des produits de la mer est extraordinaire. J'ai trouvé la diversité et la quantité de poissons et fruits de mer assez impressionnantes !

MORGAN À vivre une fois dans sa vie ! Ça m'a beaucoup plu ! On se sent assez fiers de la diversité des produits de nos régions. En plus, on exporte les produits de Rungis dans le monde entier, et parfois jusqu'à Dubaï ! Pour moi, le seul problème, c'est qu'il faut se lever très tôt parce que la visite guidée commence à 4 h !

RACHIDA Nous avons passé une nuit exceptionnelle. Ça vaut la peine de se lever tôt ! J'ai appris qu'un Français sur quatre mange des produits qui viennent de Rungis !!! Un guide passionné nous a conduits d'un pavillon à l'autre et on a pris un bon petit déjeuner sur place vers 7 heures. Génial !

Lire, comprendre et réagir

3. Lisez la présentation du marché de Rungis. Aimeriez-vous le visiter ? Avec qui ? Échangez en classe.

4. Lisez les avis des internautes sur leur visite de Rungis. Sont-ils positifs ou négatifs ? Est-ce qu'ils vous font changer de réponse à l'activité précédente ?

5. Quelles autres questions vous posez-vous sur ce marché ? Faites une liste de questions, puis des recherches sur Internet pour y répondre.

— *Où est le marché de Rungis ?*

Regarder, comprendre et réagir

6. Regardez la vidéo sur la visite du marché de Rungis. Quel élément a retenu votre attention ? Un chiffre ? Une image ?

Travailler la langue

7. Observez et complétez le tableau à l'aide du document.

DONNER SON AVIS

- Pour donner son avis, on peut utiliser :

TROUVER QUE + PHRASE

Ex. : ....

TROUVER + NOM + ADJECTIF

Ex. : ....

PENSER QUE + PHRASE

Ex. : ....

- Les expressions : ***selon moi***, ..., ***à mon avis***
- On utilise aussi souvent :

À + INFINITIF pour résumer un avis

Ex. : ....

C'EST + ADJECTIF MASCULIN

Ex. : *C'est génial !*

ÇA VAUT LA PEINE DE + INFINITIF

Ex. : ....

→ CAHIER D'EXERCICES P. 26 – EXERCICES 20, 21

Travailler la langue

8. Cherchez dans le document les adverbes *très, trop, un peu, plutôt, assez.* Comment se traduisent-ils dans votre langue ? Placez-les dans l'encadré.

LES ADVERBES D'INTENSITÉ

\- ——————————————→ +

.... plutôt ....

→ CAHIER D'EXERCICES P. 26 – EXERCICES 22

Produire et interagir

9. En petits groupes, donnez votre avis sur les sujets suivants.

le véganisme | la cuisine fusion | manger des fleurs | les produits surgelés | écouter le bruit d'un plat

- *Je pense que le véganisme est une bonne idée et qu'on doit arrêter de manger de la viande.*

10. À deux, décrivez un aliment ou un plat à l'aide des étiquettes. Votre camarade propose une réponse qui correspond à cette description.

très | trop | un peu | plutôt | assez

- *C'est très sucré !*
- ○ *Les gâteaux baklavas ?*

11. À deux, faites la liste des commentaires positifs et négatifs qu'on fait souvent sur certains plats. Traduisez-les en français, puis donnez la liste à un autre groupe qui dit si ces opinions sont positives ou négatives.

— *Ces pâtes sont trop cuites.*

12. Posez des questions à un/e camarade pour définir la cuisine de certains lieux ou personnes qu'il fréquente. Il/Elle répond en utilisant des adverbes d'intensité.

la cuisine de votre conjoint/e | la cuisine de vos parents | la cuisine de votre restaurant préféré | ...

- *Comment est la cuisine de ton mari ?*
- ○ *Elle est un peu épicée, assez grasse, plutôt bonne...*

DÉFI #02
CRÉER SON GUIDE CULINAIRE

Vous allez créer un guide culinaire de la ville où vous étudiez. Puis, vous allez donner votre opinion sur les lieux présentés par vos camarades.

- ▶ En classe, faites une liste des lieux les plus intéressants de votre ville liés à l'alimentation (restaurants, marchés, musées, ateliers...).
- ▶ En petits groupes, choisissez un lieu et rédigez une présentation (type de lieu, emplacement, spécificités, spécialités, etc.).
- ▶ Affichez votre présentation dans la classe et lisez celles des autres groupes. Écrivez vos commentaires des lieux que vous connaissez sur des Post-it.

Il mercato delle Erbe, à Bologne

Un marché couvert avec de petits bars pour manger sur place. Il est dans le centre-ville de Bologne. C'est l'endroit parfait pour goûter des produits typiques italiens, acheter du fromage et de la charcuterie.

À découvrir ! Pour moi, c'est le meilleur endroit pour prendre l'apéritif et boire un verre entre amis. En août, beaucoup de stands sont fermés, c'est plutôt calme.
Alessandra

Les mots assortis

1. Complétez ces expressions avec des mots de l'unité.

un repas • entre amis • de famille • ....

un plat (à base) de • viande • poisson • riz • .... • ....

servi en • entrée • plat principal • ....

accompagné de • riz • légumes • .... • ....

des produits • surgelés • de la mer • ....

une salade de • tomates • pâtes • .... • ....

une tarte • aux courgettes • aux pommes • Plantain • ....

Mes mots

2. Complétez le tableau.

	J'aime	Je n'aime pas	Je n'ai jamais goûté
Un fruit			
Un légume			
Une entrée			
Un dessert	Salade de fruit	la prune	La galette du Rois
Une viande			
Un produit très cher			
Un plat typique de ma région			

3. Complétez la carte mentale des plats. Vous pouvez ajouter des branches si nécessaire.

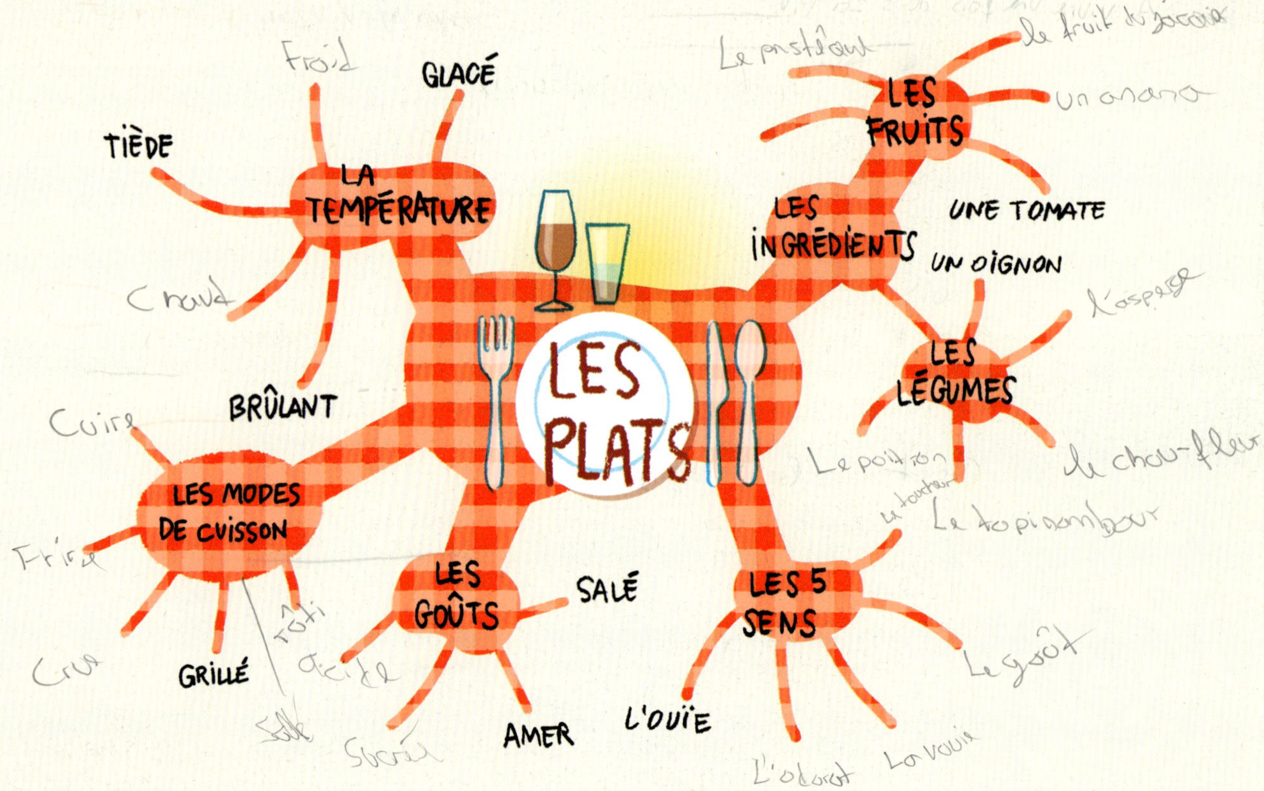

En pleine forme

04

DOSSIER 01
Bouger, c'est la santé !

CULTURE(S) ET SOCIÉTÉ(S)
- le sport dans le monde et en France
- les Jeux olympiques de Paris 2024
- le sport sur ordonnance

GRAMMAIRE
- le futur simple
- les verbes pour conseiller et suggérer
- la négation complexe (1) *(ne... plus, ne... jamais)*

COMMUNICATION
- parler de sa pratique sportive
- donner un avis sur les J.O.
- recommander un sport
- donner un conseil

LEXIQUE
- les sports
- les disciplines olympiques
- la santé et le sport

DÉFI #01
ORGANISER UNE JOURNÉE DES SPORTS DE SA VILLE

DOSSIER 02
Les valeurs du sport

CULTURE(S) ET SOCIÉTÉ(S)
- le droit au sport
- l'intégration par le sport
- les sportives ambassadrices de l'Unicef

GRAMMAIRE
- le verbe *devoir* au conditionnel présent
- le conditionnel présent
- la cause, la conséquence et le but

COMMUNICATION
- donner un avis sur le droit au sport
- conseiller, proposer, suggérer quelque chose à quelqu'un
- échanger sur les valeurs du sport

LEXIQUE
- les valeurs du sport

DÉFI #02
JOUER UNE SCÈNE DE THÉÂTRE PARTICIPATIVE SUR LES DISCRIMINATIONS

DÉFI #03 NUMÉRIQUE
espacevirtuel.emdl.fr

BOUGER, C'EST LA SANTÉ !

1. LES 10 SPORTS LES PLUS PRATIQUÉS

	Dans le monde	En France
1	Football	Football
2	Cricket	Tennis
3	Hockey sur gazon	Équitation
4	Tennis	Judo
5	Volley-ball	Basket-ball
6	Tennis de table	Handball
7	Base-ball	Rugby
8	Golf	Golf
9	Football américain	Canoë-kayak
10	Basket-ball	Sports sous-marins

Source : adapté de www.irbms.com, novembre 2017

2. LES FRANÇAIS FONT DU SPORT POUR...

55 % être en bonne santé

54 % garder la forme

42 % se détendre

25 % perdre du poids ou rester mince

11 % lutter contre le vieillissement

15 Témoignages

Ils parlent de leur pratique sportive.

Siret

Waël

Roxana

3. LES FRANÇAIS NE FONT PAS DE SPORT PAR MANQUE...

de temps	de motivation
42 %	24 %

4. L'OMS RECOMMANDE DE FAIRE 10 000 PAS PAR JOUR

Les Français marchent...

en moyenne	moins de
7 889 PAS par jour	10 000 PAS par jour pour 75 % d'entre eux

10 000 pas, c'est...

- 1h30 de marche lente
- 1h10 de marche moyenne
- 1h00 de marche rapide

PHONÉTIQUE 7
La discrimination [b]/[v]

Avant de lire

1. Faites-vous du sport ? Si oui, lequel ? Où ? Avec qui ? Si non, pourquoi ?
   - *Moi, je fais du footing près de la plage avec ma voisine.*
2. Quels mots associez-vous au sport ? Mettez-les en commun, puis faites le top 3 des mots les plus cités dans la classe.

Lire, comprendre et réagir

3. Observez le nuage de mots et classez-les dans les catégories suivantes.
   - Je connais ce mot : ......
   - Je ne connais pas ce mot, mais je peux en deviner le sens : ......
   - Je ne connais pas le mot et je ne le comprends pas : ......
4. Lisez les encadrés 2 et 3 du document. Vos raisons de faire ou ne pas faire de sport sont-elles les mêmes que celles des Français ?
5. Lisez l'encadré 1 du document. Que remarquez-vous ?
6. Y a-t-il des sports populaires dans votre pays et qui ne figurent pas dans l'encadré 1 ?
7. Observez l'encadré 4. Calculez votre nombre de pas par jour. Respectez-vous les recommandations de l'OMS ? Échangez en classe.

Écouter, comprendre et réagir

8. Écoutez ces trois témoignages. Quel sport font-ils ? Où ? Pourquoi ? (15)
   - Siret : ......
   - Waël : ......
   - Roxana : ......
9. De qui vous sentez-vous le/la plus proche ? Pourquoi ?

Mon panier de lexique

Quels mots de ces pages voulez-vous retenir ? Écrivez-les.

......

......

Avant de lire

1. Regardez-vous les Jeux olympiques à la télévision ? Si oui, quels sports regardez-vous ? Préférez-vous les J.O. d'été ou d'hiver ?

PARIS 2024

Sport actualités

En 2024, Paris organisera les Jeux olympiques et paralympiques d'été. Quelles seront les spécificités de ces Jeux ?

Des sites exceptionnels

À Paris, il existe déjà 74 % des sites sportifs qu'on utilisera pour les J.O., comme le Stade de France (pour l'athlétisme), le Parc des Princes (pour le football) et Roland-Garros (pour le tennis). Les épreuves se dérouleront aussi dans des lieux historiques comme les jardins du château de Versailles, les Invalides et le Grand Palais.

Des jeux durables

On construira d'autres sites, comme le village olympique au bord de la Seine. Ce village olympique et le village des médias accueilleront 17 000 athlètes et 4 000 journalistes. Ces deux sites auront un fonctionnement et un design écologiques, ils deviendront des éco-quartiers après les Jeux. La Seine sera aussi un site de compétition. En plus, après les J.O., les Parisiens pourront s'y baigner sans danger.

Toute la ville fêtera les J.O.

On fera la fête dans la rue et près de la Seine, où il y aura des écrans géants pour regarder les épreuves.

Les Jeux paralympiques

Les Jeux paralympiques, pour les sportifs handicapés, existent depuis 1960. En général, ils ont lieu en septembre, après les J.O. En 2024, 4 350 athlètes de 175 pays seront en compétition dans 22 sports (athlétisme, natation, tennis...).

Les chiffres des J.O. 2024

Les J.O. vendront **13** millions de billets.
3,7 milliards de téléspectateurs verront les J.O et **206** pays participeront dans **28** sports.

> **« Cent ans après 1924, nous ramènerons les Jeux à Paris. »**
> **Anne Hidalgo, maire de Paris**

Piste d'athlétisme flottante à Paris, en juin 2017

Stade Roland-Garros

Stade de France

Ah bon ?!

Les **Jeux olympiques** sont nés en Grèce au VIIIe siècle avant J.-C. Après 1 600 ans d'absence, le Français Pierre de Coubertin « réinvente » les J.O. en 1896. Le français et l'anglais sont les langues officielles des J.O.

Lire, comprendre et réagir

2. Lisez l'article. Puis, répondez à la question de l'introduction.

3. Aimeriez-vous assister aux J.O. de Paris ? Pour voir quels sports ?

Travailler la langue

4. Relevez les verbes au futur dans l'article. À quel verbe à l'infinitif correspondent-ils ? Écrivez-les.

- organiser : *Paris organisera les J.O.*
- être :
- utiliser :
- se dérouler :
- construire :
- accueillir :
- avoir :
- devenir :
- pouvoir :
- fêter :
- faire :
- vendre :
- voir :
- ramener :

5. Complétez le tableau à l'aide de l'activité précédente et de l'article.

LE FUTUR SIMPLE

En général, le futur se construit avec l' .... du verbe et les terminaisons **-ai**, **-as**, **-a**, **-ons**, **-ez**, **-ont**.

Je	**participer**ai
Tu	**participer**as
Il / Elle / On	**participer**a
Nous	**participer**ons
Vous	**participer**ez
Ils / Elles	**participer**ont

Les verbes qui se terminent par un **e** à l'infinitif perdent le **e** final au futur.
Ex. : ....

Quelques verbes sont irréguliers au futur :

être	je **ser**ai	savoir	je **saur**ai
avoir	j'**aur**ai	devoir	je **devr**ai
aller	j'**ir**ai	venir	je **viendr**ai
faire	je **fer**ai	tenir	je **tiendr**ai
pouvoir	je **pourr**ai	courir	je **courr**ai
devenir	je **deviendr**ai	accueillir	j'**accueiller**ai
voir	je **verr**ai		

→ CAHIER D'EXERCICES P. 30-31 – EXERCICES 4, 5, 6, 7, 8

Produire et interagir

6. En fin d'année, on prend souvent de bonnes résolutions liées au sport. À deux, écrivez une liste des vôtres.

— *L'année prochaine, je m'inscrirai dans un club de foot.*
— *J'irai courir une fois par semaine.*

7. Complétez cette fiche avec des noms de sport. Puis, comparez-la avec celle d'un/e camarade.

Un sport...

- que vous trouvez beau :
- que vous adorez, mais que vous trouvez difficile :
- que vous détestez ou que vous n'aimez pas voir à la TV :
- qui vous fait peur :
- qui a des règles que vous ne comprenez pas :

8. Imaginez que dans trois ans vous serez un/e grand/e sportif(ive) dans un sport de votre choix. Que ferez-vous pour vous entraîner ? Racontez votre quotidien.

— *Je serai un champion de natation synchronisée. Je ferai une séance de natation d'une heure tous les jours. Trois fois par semaine, nous aurons une séance de gym avec mon coach.*

9. Imaginez que votre ville organise un grand événement sportif en 2024. En petits groupes, présentez les activités et les lieux de l'événement en fonction des points forts de votre ville.

- *En 2024, à Bilbao, nous organiserons le championnat mondial de beach-volley. Nous créerons une plage devant le musée Guggenheim...*

Écouter, comprendre et réagir

10. Écoutez ce dialogue entre trois amis parisiens. Où seront-ils et que feront-ils pendant les J.O. de Paris en 2024 ?
16

- Sylvain :
- Marina :
- Jean-Pierre :

Docteure Glycine ×

http://www.docteure-Glycine.wordpress.def

Sport sur ordonnance

Docteure Glycine, femme médecin généraliste

En France, depuis le 1er mars 2017, les médecins peuvent prescrire des activités physiques pour accompagner le traitement de certaines maladies de longue durée.
Personnellement, je suis convaincue que le sport peut être recommandé pour de nombreux problèmes de santé, et pas seulement pour les maladies de longue durée. Si vous ne connaissez rien sur ce thème, voici quelques conseils et recommandations.

Le yoga

Tout le monde sait que le yoga est un excellent moyen pour lutter contre le stress, mais il a de nombreux autres bienfaits.
Je le recommande notamment aux personnes qui souffrent de problèmes digestifs ou de circulation sanguine. Attention, avant de vous inscrire à un cours, renseignez-vous sur les différents types de yoga (kundalini, hatha, ashtanga, vinyasa...), et choisissez celui qui vous convient le mieux.

La randonnée aquatique ou aqua-marche

Vous vous demandez peut-être ce que c'est. Ça consiste à marcher dans la mer, le long de la côte. Je le conseille particulièrement aux personnes en surpoids ou qui ont des problèmes de dos. Inefficace ? Pas du tout ! La plupart de mes patients n'ont plus mal. Attention, ne pratiquez jamais cette activité seul. La mer peut être dangereuse.

Le handball

Vous aimez les sports collectifs et le contact ne vous fait pas peur ? Alors je vous recommande d'essayer le handball ! C'est un sport complet qui vous permettra de travailler votre endurance et votre respiration. Précision importante : ne pratiquez pas ce sport si vous avez des problèmes aux articulations.

La marche nordique

Elle se pratique à l'aide de bâtons et fait travailler 80 % des muscles du corps. Je la recommande pour tous types de maladies. C'est une excellente activité pour le cœur. Quelques conseils : choisissez de bonnes chaussures, ne prenez pas des chemins trop difficiles et ne partez jamais sans eau ni nourriture.

MAGALIE J'ai 60 ans et des problèmes de circulation sanguine, mais je pense que le yoga n'est pas pour moi, je vais m'ennuyer.

DOCTEURE_GLYCINE Vous devriez essayer au moins un cours, car c'est une activité idéale pour les problèmes de circulation.

THOMAS Docteur, j'ai toujours fait du handball, mais aujourd'hui je n'en fais plus parce que j'ai des problèmes aux genoux. Qu'est-ce que je pourrais faire ?

DOCTEURE_GLYCINE Vous pourriez essayer l'aqua-marche pendant quelque temps. Cela vous aidera à récupérer.

Avant de lire

1. **Lisez le titre du document. Le comprenez-vous ? Aidez-vous de l'affiche pour répondre.**

Lire, comprendre et réagir

2. **Lisez l'introduction. Est-ce que c'est pareil dans votre pays ? Faites des recherches si nécessaire et donnez votre avis sur cette mesure.**

3. **À votre avis, pour quels problèmes de santé peut-on prescrire un sport ? Échangez en petits groupes.**

4. **Lisez les conseils du docteure Glycine. Quels sont les effets bénéfiques de chaque activité sur la santé, selon elle ?**

- *Le yoga est bon pour lutter contre le stress.*

5. **Lequel de ces quatre sports vous conviendrait ? Pourquoi ?**

- *Je pourrais faire de la randonnée aquatique parce que j'ai des problèmes de dos.*

Travailler la langue

6. **Complétez le tableau à l'aide de l'article.**

DONNER UN CONSEIL

On peut donner un conseil avec :
- Un verbe à l'impératif
Ex. : ....
- Les verbes **devoir** et **pouvoir** au conditionnel + infinitif
Ex. : *Vous **devriez** essayer un cours. Tu **devrais** essayer.*
Ex. : *Vous **pourriez** essayer l'aqua-marche. Tu **pourrais** jouer au handball.*
- Les verbes **conseiller (de)** et **recommander (de)**
Ex. : ....
Ex. : ....

→ CAHIER D'EXERCICES **P. 31** – EXERCICES 9, 10, 11, 12

7. **Que signifient les phrases suivantes ?**

- La plupart de mes patients **n'**ont **plus** mal.
- J'ai toujours fait du hand, mais aujourd'hui je **n'**en fais **plus**.

Travailler la langue

8. **Vérifiez vos réponses de l'activité précédente et complétez le tableau.**

LA NÉGATION COMPLEXE (1)

La négation complexe se construit avec **ne / n'** avant le verbe et **plus** ou **jamais** après le verbe.
- **ne** ... **plus** est une négation qui marque un changement par rapport au passé.
Ex. : ....
- **ne** ... **jamais** est une négation totale. Elle est le contraire de **toujours**.
Ex. : ....

! Avec un verbe à l'infinitif, les deux parties de la négation **ne / n'** et **plus / jamais** se placent devant le verbe.
Ex. : ***Ne jamais** partir seul.*

→ CAHIER D'EXERCICES **P. 32** – EXERCICES 13, 14, 15

Produire et interagir

9. **Échangez en petits groupes sur des activités que...**

- vous avez faites pendant longtemps, mais vous ne faites plus.
- vous n'avez jamais faites, mais que vous aimeriez faire.
- vous n'avez jamais faites et que vous ne ferez jamais.
- vous devriez faire.
- les gens vous conseillent de faire.

- *J'ai fait de la natation pendant des années, mais je ne nage plus car il n'y a pas de piscine dans mon quartier.*

10. **À deux, dites un problème de santé réel ou imaginaire, un/e camarade vous conseille un sport adapté à votre problème. Puis, échangez les rôles.**

11. **En petits groupes, rédigez 10 conseils et interdictions pour...**

- un sportif de haut niveau
- avoir un mariage heureux
- devenir riche
- être populaire

— *Ne fume jamais, entraîne-toi tous les jours...*

DÉFI #01
ORGANISER UNE JOURNÉE DES SPORTS DE VOTRE VILLE

Vous allez organiser une journée pour présenter des activités sportives de votre ville.

- En petits groupes, choisissez une activité sportive qu'on peut pratiquer dans votre ville.
- Faites des recherches et créez une affiche pour présenter votre activité sportive comme dans l'exemple.
- Organisez une présentation de toutes vos affiches en classe. Circulez dans la classe pour découvrir les activités sportives de chaque groupe et posez des questions sur celles qui vous intéressent.

Le parapente

C'est quoi ? Le parapente, c'est une activité sportive à sensations fortes, pratiquée avec un parachute, en vol libre.

C'est bon pour lutter contre le stress.

Nos conseils et interdictions : Ne faites jamais de parapente si vous avez des problèmes d'articulation ou de cœur.

Où ? Sur le malecón de Miraflores.

Événements (tournois, rencontres...) : Tournois de l'école de parapente de Miraflores...

LES VALEURS DU SPORT

L'Unesco, en partenariat avec plusieurs organismes internationaux, travaille pour intégrer les valeurs du sport aux programmes scolaires.

Selon l'Unesco, le sport offre un cadre universel pour l'apprentissage de valeurs citoyennes comme le travail d'équipe, l'égalité, la tolérance et le respect.

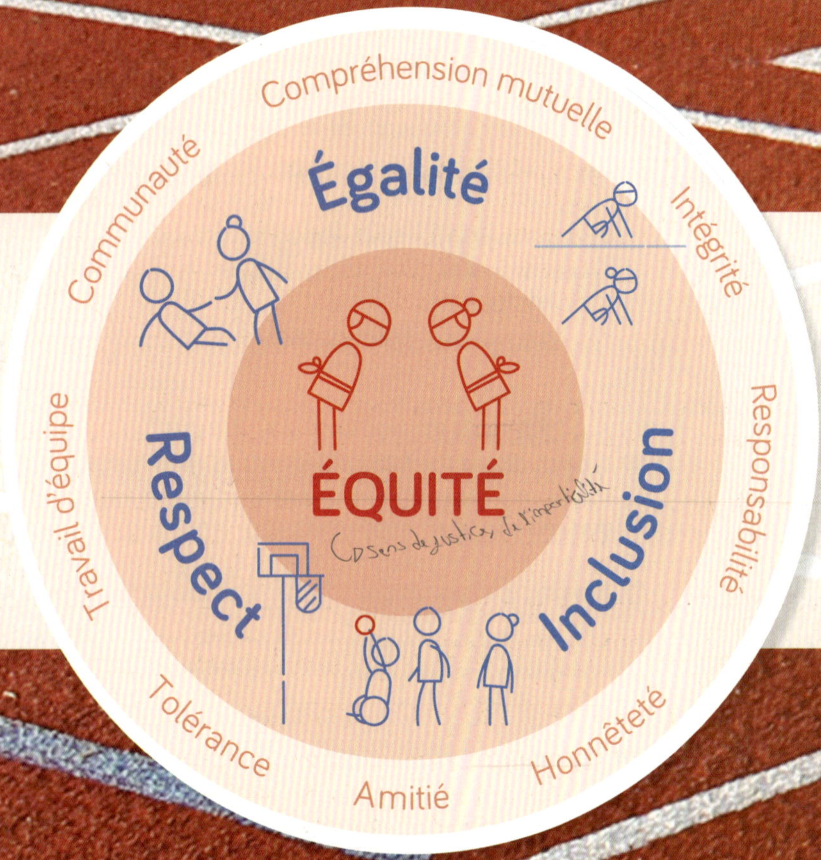

Le sport offre un CADRE UNIVERSEL DE VALEURS qui stimulent l'apprentissage.

Des citoyens en bonne santé et éduqués CONTRIBUENT ACTIVEMENT à la société.

« Le sport est un instrument peu coûteux à l'impact très élevé. »

Ban Ki-moon
ex-secrétaire général de l'ONU

Source : adapté de unesdoc.unesco.org/

Ah bon ?!

L'**Unesco** est l'organisation des Nations unies pour l'éducation, la science et la culture. Elle a été créée en 1945 et son siège est à Paris. Elle a pour objectif de contribuer au maintien de la paix et de la sécurité par l'éducation, la science et la culture.

Mon panier de lexique

Quels mots de ces pages voulez-vous retenir ? Écrivez-les.

....

....

PHONÉTIQUE 8
Le son [œ]

Avant de lire

1. À votre avis, quelles sont les valeurs du sport ? En petits groupes, faites une liste de valeurs, à l'aide du dictionnaire si nécessaire. Puis, échangez en classe.

2. Connaissez-vous l'Unesco et sa mission ? Échangez en classe puis vérifiez vos réponses avec l'encadré *Ah bon ?!*

Lire, comprendre et réagir

3. Lisez le document. Quelles sont les valeurs du sport selon l'Unesco ? Sont-elles différentes de vos réponses à l'activité 1 ?

4. Quelle est la valeur la plus importante pour vous parmi les valeurs citées dans le document ?

5. Classez ces valeurs par ordre d'importance pour la classe.

Regarder, comprendre et réagir

6. Regardez la vidéo réalisée par le club de football de Chevigny-Saint-Sauveur, en France. Classez les causes de l'exclusion par ordre d'apparition.

- ☐ être intellectuel/le
- ☐ avoir des goûts différents
- ☐ porter des lunettes
- ☐ être nul/le
- ☐ ne pas avoir d'argent
- ☐ être de nationalité ou d'origine différente
- ☐ être moche
- ☐ être handicapé/e
- ☐ avoir une autre religion
- ☐ ne pas être amis
- ☐ être une fille
- ☐ être petit/e
- ☐ être gros/se
- ☐ avoir une couleur de peau différente

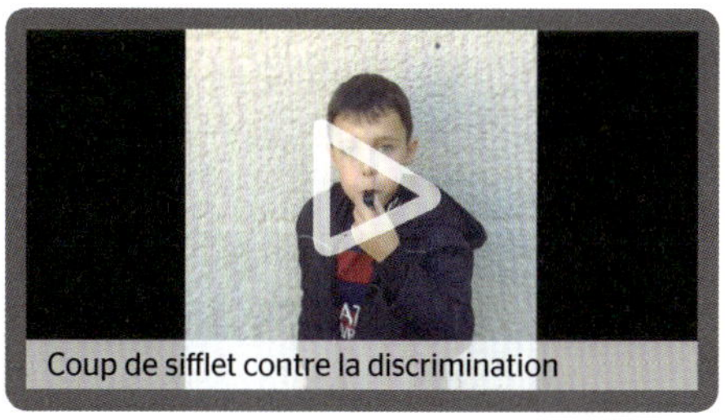
Coup de sifflet contre la discrimination

7. Classez ces discriminations dans les catégories suivantes.

- physique : ....
- sexiste : ....
- raciale : ....
- sociale : ....
- religieuse : ....

8. Écrivez une phrase pour résumer la vidéo.

Avant de lire

1. **À votre avis, qu'est-ce que le sport peut apporter dans la vie des gens ?**

   • *Je pense que le sport peut aider à se faire des amis.*

Le quotidien

Société

Viens dans mon équipe !

Dans le cadre de la campagne *Sport contre les préjugés*, nous avons interrogé quatre personnes pour qui le sport est un moyen d'intégration.

Amele, membre d'un club de handball

Qu'est-ce que le sport vous a apporté ?

Le sport m'a montré qu'on peut venir d'un milieu social défavorisé et réussir dans la vie. Grâce au handball, j'ai appris à jouer en équipe et à prendre des responsabilités. Ça m'a permis d'avoir plus confiance en moi et de créer ma propre entreprise.

Qu'est-ce que nous pourrions faire pour encourager les jeunes à faire comme vous ?

Il faudrait plus d'heures de sport dans les programmes scolaires pour apprendre aux enfants à travailler en équipe.

Badara et Boris, membres d'un club de boxe

Qu'est-ce que le sport vous a apporté ?

Grâce à la boxe, on a découvert qu'on peut avoir des origines différentes et bien vivre ensemble. Pour nous, le sport, c'est le meilleur moyen de lutter contre les préjugés, c'est pour ça qu'on a créé notre propre club de boxe : on s'entraîne ensemble, on combat et on apprend la tolérance et le respect.

Que pourrions-nous faire d'autre pour lutter contre les préjugés ?

Les villes devraient créer plus de clubs de sport qui favorisent la mixité culturelle. Il faudrait plus d'équipes black-blanc-beur pour montrer que la France est multiculturelle.

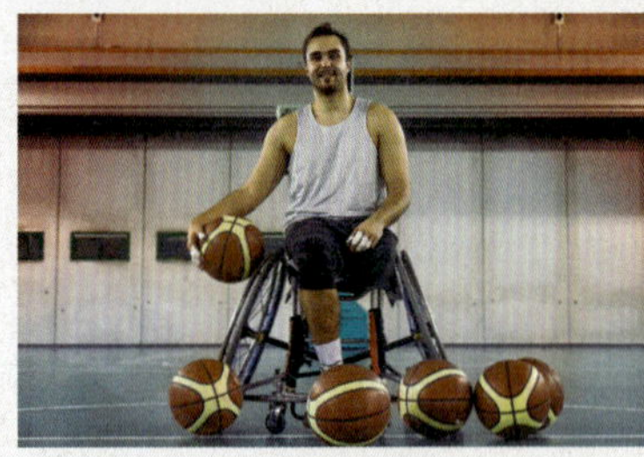

Bruno, membre d'un club de basket-ball

Qu'est-ce que le sport vous a apporté ?

Avec mon équipe, on est arrivés en finale nationale, c'est la preuve qu'on peut être handicapé et réussir dans le sport. Pour nous, le sport, c'est une façon d'être comme les autres.

Que faudrait-il faire pour mieux intégrer les personnes handicapées dans le sport ?

Les autorités pourraient et devraient aménager des installations sportives accessibles aux personnes handicapées. On ne devrait pas avoir autant de problèmes pour pratiquer un sport !

Ah bon ?!

Depuis la Coupe du monde de football de 1998, on parle d'équipe de sport **black-blanc-beur** pour évoquer la diversité des origines des sportifs en France.

Lire, comprendre et réagir

2. Lisez l'article. Qui parle...

- d'intégration des handicapés : ....
- d'intégration sociale : ....
- d'intégration culturelle : ....

3. À votre avis, le sport peut-il lutter contre les préjugés ? Comment ?

4. Dans votre pays, existe-t-il des initiatives d'intégration par le sport ? Faites des recherches sur Internet si nécessaire.

Travailler la langue

5. Relisez la deuxième question de chaque témoignage. Repérez et entourez dans les réponses les verbes conjugués. Puis, retrouvez leur infinitif.

— *Nous pourrions : pouvoir*

6. Complétez le tableau à l'aide de l'activité précédente.

LE VERBE *DEVOIR* AU CONDITIONNEL PRÉSENT

Je	**dev**rais
Tu	**dev**rais
Il / Elle / On	
Nous	**dev**rions
Vous	**dev**riez
Ils / Elles	

7. Complétez le tableau à l'aide de l'article.

LE CONDITIONNEL PRÉSENT

Le conditionnel se construit avec les mêmes bases verbales que le futur + les terminaisons **-ais**, **-ais**, **-ait**, **-ions**, **-iez**, **-aient**.

Le conditionnel s'utilise pour faire une proposition ou donner un conseil.
Ex. : ....

On l'utilise aussi pour faire une hypothèse.
Ex. : *Avec un bon entraînement, tu **pourrais** devenir un grand champion.*

Les verbes irréguliers au futur sont aussi irréguliers au conditionnel.

être	je **ser**ais	savoir	je **saur**ais
avoir	j'**aur**ais	devoir	je **devr**ais
aller	j'**ir**ais	venir	je **viendr**ais
faire	je **fer**ais	tenir	je **tiendr**ais
pouvoir	je **pourr**ais	courir	je **courr**ais
devenir	je **deviendr**ais	accueillir	j'**accueiller**ais
voir	je **verr**ais		

→ CAHIER D'EXERCICES P. 33 – EXERCICES 18, 19, 20, 21

Produire et interagir

8. À votre avis, comment pourrions-nous lutter contre les préjugés liés aux différences sociales, culturelles, de genre... ?

- *Pour moi, nous devrions montrer aux enfants les coutumes et les richesses des autres cultures.*

9. Choisissez une thématique des étiquettes, puis échangez sur ce qu'il faudrait changer dans votre pays.

le recyclage | la santé | l'alimentation | le sport

- *Il faudrait apprendre aux gens à utiliser les poubelles de recyclage.*

10. Imaginez que vous êtes dans une pièce sans meubles et sans matériel. Que pourriez-vous faire pour ne pas vous ennuyer ? En petits groupes, trouvez un maximum d'idées, puis présentez-les à un autre groupe.

- *On pourrait chanter !*
- *Ah oui, et on ferait une chorégraphie sur une chanson !*

11. En petits groupes, énoncez à tour de rôle un problème de votre vie quotidienne. Vos camarades trouvent un maximum de solutions.

- *Mes voisins font du bruit pendant la nuit.*
- *Tu pourrais discuter avec eux.*
- *Tu pourrais faire encore plus de bruit !*

12. Imaginez que vous vivez dans un monde à l'envers... Que se passerait-il ?

- *Les gens marcheraient sur les mains.*

Écouter, comprendre et réagir

13. Écoutez cette conversation entre Laure et Auguste. Écrivez les problèmes de Laure et les solutions proposées par Auguste.

17

Problèmes	Solutions

Avant de lire

1. **Connaissez-vous des ambassadeurs ou ambassadrices de l'Unicef ? Que font-ils ? Faites des recherches sur Internet si nécessaire.**

2. **Parmi les personnes citées dans l'activité précédente, combien sont des sportifs(ives) ? Quel sport pratiquent-ils ?**

Actu Sport

http://www.actu_sport.com.def

Actu sport

L'ambassadrice de Belgique, Nafissatou Thiam, championne olympique d'heptathlon en 2016

Les ambassadrices de bonne volonté de l'Unicef

À l'occasion de la nomination de Nafissatou Thiam comme ambassadrice de bonne volonté de l'Unicef Belgique, nous avons rencontré un responsable de l'organisation.

Pourquoi choisissez-vous des stars comme ambassadrices ?
Les stars attirent l'attention du grand public et des médias. Grâce à leur célébrité, beaucoup plus de gens nous rejoignent ou font des dons.

Donc c'est vraiment important d'avoir des célébrités ?
Oui, oui, ces personnes sont mondialement connues, alors les gens les écoutent. Et c'est pour ça que leur message est plus fort.

Pourquoi faites-vous appel aux sportifs ?
Parce que les sportifs partagent les valeurs de l'Unicef. Ils deviennent ambassadeurs ou ambassadrices afin de donner de l'espoir aux enfants. Ils voyagent dans le monde pour leur transmettre l'envie de réussir dans la vie, la volonté de se dépasser et, également, pour les motiver. Nous faisons aussi appel à eux parce que nous pensons que le sport est un droit pour tous les enfants. Ces ambassadeurs sont un merveilleux exemple pour eux.

Qu'apportent les ambassadrices ?
Il est très important de collaborer avec des sportives parce qu'elles utilisent leur popularité afin d'encourager les filles à terminer leurs études. Elles deviennent donc des modèles pour les jeunes filles. C'est le cas de Nafissatou Thiam qui a rejoint l'Unicef cette année.

Ambassadrices

L'ambassadrice du Luxembourg, Elizabeth May, triathlète

L'ambassadrice du Maroc, Nawal El Moutawakel, médaille d'or du 400 mètres en 1984

L'ambassadrice de Belgique, Justine Henin, championne olympique de tennis en 2004

Ah bon ?!

L'Unicef, ou *United Nations International Children's Emergency Fund* (Fonds des Nations unies pour l'enfance), est née en 1946. C'est l'organisation qui a le plus grand nombre d'ambassadeurs et d'ambassadrices de bonne volonté au monde. Ce sont généralement des stars du cinéma, de la chanson et du sport.

Lire, comprendre et réagir

3. **Lisez l'article et répondez aux questions.**

- Pourquoi l'Unicef fait-il appel à des personnes célèbres ?
- Pourquoi en particulier à des sportifs ?
- Pourquoi à des femmes sportives ?

4. **L'engagement d'une célébrité pour une cause peut-il vous influencer pour faire un don ? Échangez en classe.**

5. **Citez des stars qui soutiennent une cause dans votre pays. Faites des recherches si nécessaire.**

Travailler la langue

6. **Repérez dans l'article les mots suivants : *afin de, alors, c'est pour ça que, donc, grâce à, parce que, pour*. Qu'introduisent-ils ? Classez-les.**

- la cause : ....
- la conséquence : ....
- le but : ....

7. **Complétez le tableau à l'aide de l'activité précédente et de l'article.**

LA CAUSE, LA CONSÉQUENCE ET LE BUT

- **La cause**

PARCE QUE + PHRASE

Ex. : ....

GRÂCE À + NOM

Ex. : ....

- **La conséquence**

DONC + PHRASE

Ex. : ....

C'EST POUR ÇA / CELA QUE + PHRASE

Ex. : ....

ALORS + ...

Ex. : ....

- **Le but**

POUR + ...

Ex. : ....

AFIN DE + ...

Ex. : ....

→ CAHIER D'EXERCICES **P. 33-34** – EXERCICES 22, 23, 24, 25, 26, 27, 28

Produire et interagir

8. **Dans chaque situation, imaginez une cause et une conséquence à ces actions.**

- faire du yoga
- faire de la natation
- s'inscrire dans une salle de sport
- apprendre à cuisiner
- acheter un chien
- ne pas aimer lire
- faire un don
- fermer son compte Facebook

— *Mon père est stressé, alors il fait du yoga. Il fait du yoga, c'est pour cela qu'il n'est plus stressé.*

9. **En petits groupes, cherchez et proposez chacun/e une réponse vraie ou imaginaire à ces questions. Votez pour la réponse la plus scientifique et pour la plus drôle.**

- Pourquoi le ciel est bleu ?
- Pourquoi la mer est salée ?
- Pourquoi les pandas sont noir et blanc ?
- Pourquoi la tartine tombe toujours du côté de la confiture ?
- Pourquoi le lion est le roi des animaux ?

10. **Pensez à votre vie personnelle, professionnelle ou imaginaire et complétez ces phrases. Puis, échangez avec un/e camarade.**

- Je fais .... afin de ....
- Je suis .... grâce à ....
- J'ai acheté .... pour ....
- Je devrais .... pour ....
- J'ai appris .... parce que ....
- J'ai changé .... alors ....

Écouter, comprendre et réagir

11. **Écoutez cette chronique radio sur l'ambassadeur de bonne volonté de l'Unesco, le Français Jean-Michel Jarre. Repérez tout ce qu'il a fait en tant qu'ambassadeur.** 🎧 18

- En 1993 : ....
- En 1995 : ....
- En 2001 : ....
- En 2006 : ....

DÉFI #02

JOUER UNE SCÈNE DE THÉÂTRE PARTICIPATIVE SUR LES DISCRIMINATIONS

Vous allez jouer une scène de théâtre sur les discriminations en faisant participer la classe.

▶ En petits groupes, pensez à une situation de discrimination sociale, culturelle, physique, raciale ou sexiste, que vous voulez dénoncer.

▶ Imaginez une situation qui illustre la discrimination choisie et écrivez une petite scène de théâtre.

▶ Chaque groupe présente à la classe la situation choisie, puis joue sa scène.

- *Nous voulons parler de la discrimination raciale dans le sport. Dans les stades de foot, il y a souvent des comportements racistes, donc on va jouer une scène sur ce sujet.*

▶ Pendant qu'un groupe joue sa scène, le public prend des notes sur les dialogues et les comportements. À la fin de la scène, le public réagit.

- *Pour moi, l'arbitre devrait expulser les joueurs qui disent des insultes racistes.*

Les mots assortis

1. **Complétez les séries avec les mots de l'unité.**

un sport • complet • individuel • ....

pratiquer • réussir dans • .... • **un sport**

faire • du footing • du yoga • de la randonnée • .... • .... • ....

se sentir • bien • ....

une discrimination • sexiste • physique • raciale • .... • ....

La grammaire des mots

2. **Comment ces expressions se traduisent-elles dans votre langue? Est-ce que les verbes et les mots sont similaires?**

- Être en bonne santé: ....
- Perdre du poids: ....
- Être en surpoids: ....

Mes mots

3. **Complétez la carte mentale du sport. Vous pouvez ajouter des branches si nécessaire.**

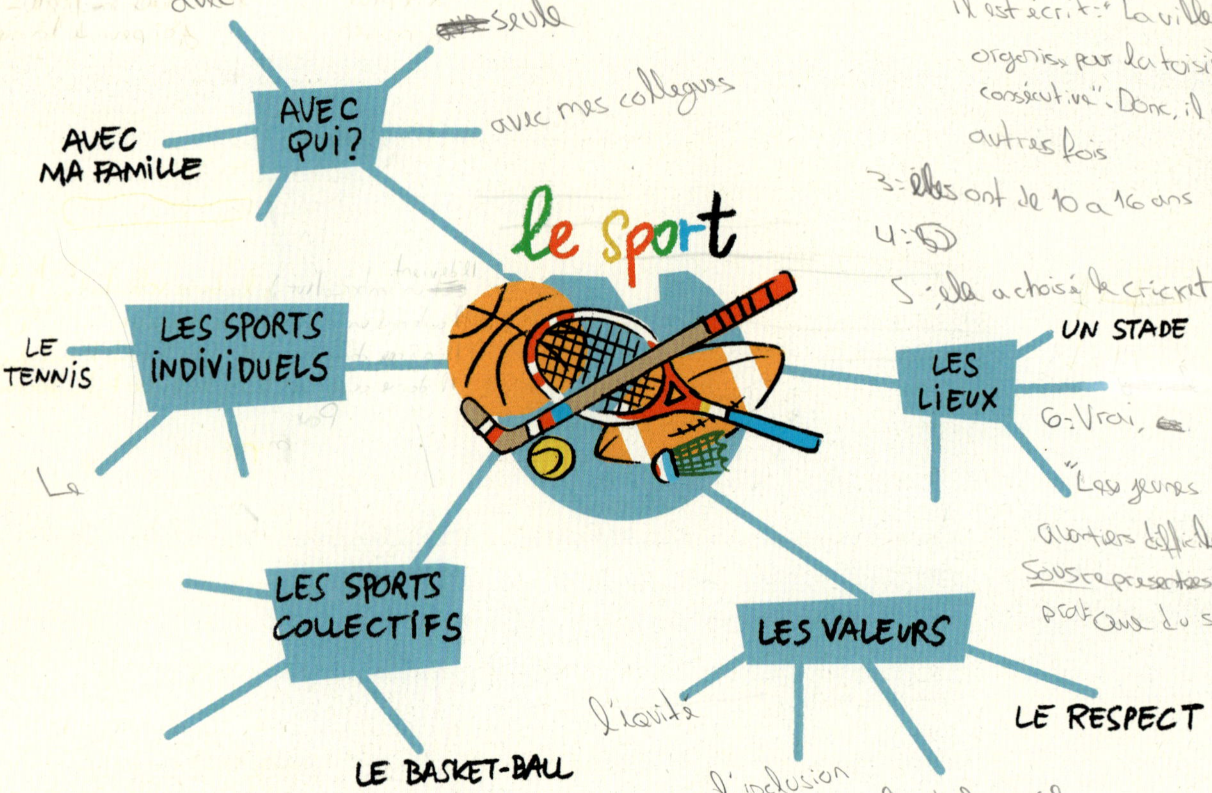

Mention très bien

05

DOSSIER 01
La scolarité et les études

CULTURE(S) ET SOCIÉTÉ(S)
- le baccalauréat français
- la formation en alternance
- l'éducation des filles en Afrique

GRAMMAIRE
- exprimer un souhait *(aimer, vouloir, espérer)*
- situer dans le futur
- *quand* + futur
- exprimer une condition avec *si*

COMMUNICATION
- présenter ses études et sa formation
- exprimer un souhait
- parler d'un projet futur

LEXIQUE
- les études et les différents types de formation
- la scolarisation
- les projets futurs

DÉFI #01
PROPOSER DES AMÉLIORATIONS DU SYSTÈME ÉDUCATIF DE SON PAYS

DOSSIER 02
La formation en ligne

CULTURE(S) ET SOCIÉTÉ(S)
- la pédagogie numérique
- le boom des MOOC
- le CV français

GRAMMAIRE
- exprimer les moments d'une action *(venir de, être en train de...)*
- exprimer la durée (1) (*depuis, pendant, il y a)*

COMMUNICATION
- parler de ses expériences d'élève
- parler des nouvelles façons de se former et d'apprendre
- parler de son parcours scolaire et professionnel

LEXIQUE
- la salle de classe
- les cours en ligne

DÉFI #02
FAIRE LE CV D'UN PERSONNAGE FICTIF ACTUALISÉ

DÉFI #03 NUMÉRIQUE
espacevirtuel.emdl.fr

ACTUALITÉS

BAC 2017 : FIN DU SUSPENSE POUR LES LYCÉENS FRANÇAIS

C'est la fin de plusieurs semaines d'attente pour les centaines de milliers de lycéens qui ont passé le bac cette année.

Chercher son nom sur les listes des résultats du baccalauréat affichées dans les lycées est un moment difficile. Mais pour les 550 000 candidats qui obtiennent le bac, ce sera finalement un moment heureux qu'ils garderont en mémoire toute leur vie.

Avec les résultats du bac, c'est une période de formation qui se termine, mais pas pour tout le monde : 14 % des lycéens qui n'ont pas réussi le bac pourront passer un examen supplémentaire (le rattrapage) les jours suivants afin d'obtenir le diplôme, et 7 % devront repasser le bac l'année suivante.

Source : adapté de francetvinfo.fr

Ah bon ?! +

Le **baccalauréat**, appelé **bac**, est une gigantesque organisation. Ce sont 4 411 centres d'examen et 170 000 examinateurs et correcteurs.

PHONÉTIQUE Le son [ɛ] **9**

Avant de lire

1. Quels sont les examens et les diplômes importants dans votre pays ? Et ceux importants pour vous ? Pourquoi ?

- *En Allemagne, l'Abitur est important. Mais pour moi, non, parce que je ne l'ai pas passé.*

Lire, comprendre et réagir

2. Lisez le document. Comprenez-vous ce qu'est le bac ? Échangez en classe.

3. Observez le schéma du système éducatif français et situez le bac.

Regarder, comprendre et réagir

4. Regardez la vidéo, vérifiez vos réponses des activités précédentes.

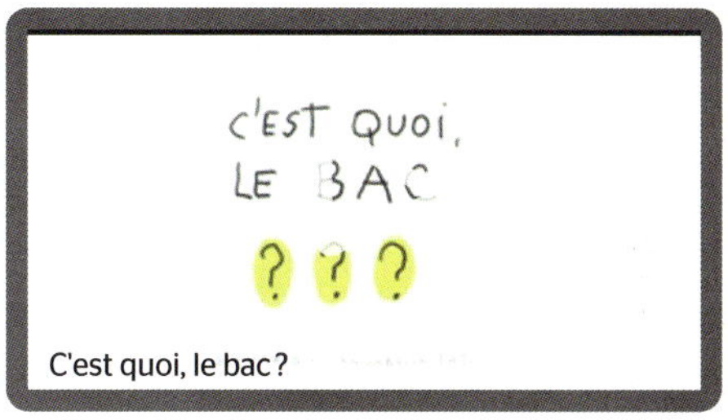

C'est quoi, le bac ?

5. Quelles autres informations retenez-vous ?

6. Existe-t-il un examen équivalent dans votre pays ? Comment s'appelle-t-il ? Quelle sont les différences et les ressemblances avec le bac ?

Mon panier de lexique

Quels mots de ces pages voulez-vous retenir ? Écrivez-les.

....

....

Le système éducatif français

Maternelle		Elémentaire		Collège		Lycée	
Petite section (PS)	3 ans	Cours préparatoire (CP)	6 ans	Sixième	11 ans	Seconde	15 ans
Moyenne section (MS)	4 ans	Cours élémentaire 1 (CE1)	7 ans	Cinquième	12 ans	Première	16 ans
Grande section (GS)	5 ans	Cours élémentaire 2 (CE2)	8 ans	Quatrième	13 ans	Terminale	17 ans
		Cours moyen 1 (CM1)	9 ans	Troisième	14 ans		
		Cours moyen 2 (CM2)	10 ans				

Avant de lire

1. Lisez le titre de l'article. Le comprenez-vous ? Aidez-vous de l'illustration pour répondre.

Vie étudiante

http://www.vieetudiante.def.fr

Vie étudiante

Accueil > orientation > formation > alternance

Formation en alternance = 1 formation + 1 job !

QU'EST-CE QUE C'EST ?

La formation en alternance associe un enseignement théorique à une expérience professionnelle pratique dans le but d'obtenir un diplôme.

Ce type de formation, très à la mode depuis quelques années, séduit de plus en plus les étudiants et offre une formation très concrète, payée par l'entreprise, et une possibilité d'embauche à la fin. Un jour, vous apprenez en classe. Le jour suivant, vous travaillez en entreprise.

POURQUOI CHOISIR L'ALTERNANCE ?

Cédric, étudiant en horlogerie à Genève

L'année prochaine, je commence une formation en alternance. Je voudrais être horloger, mais je n'aime pas l'école traditionnelle. En alternance, j'espère apprendre d'une autre façon, de manière plus pratique. J'aimerais bien découvrir tout de suite la réalité du métier et je voudrais entrer le plus tôt possible dans le monde du travail. En plus, quand je serai en alternance, je gagnerai un peu d'argent.

Dans trois ans, j'aurai un diplôme et de l'expérience. J'espère que je trouverai un travail l'année suivante et que je gagnerai correctement ma vie.

Yves, directeur d'une entreprise d'horlogerie dans le canton de Genève

Grâce à la formation en alternance, nous avons du personnel qualifié dans notre entreprise. Nous espérons garder les jeunes que nous formons et avoir ainsi des employés compétents, qui connaissent bien l'entreprise.

Source : adapté de etudiant.aujourdhui.fr

Ah bon ?! +

En Suisse, **l'alternance** est le moyen idéal pour se former à de nombreux métiers, alors qu'en France et en Belgique on l'associe souvent aux jeunes en échec scolaire.
Et chez vous, l'alternance, ça existe ?

Lire, comprendre et réagir

2. **Lisez le premier paragraphe de l'article. Qu'est-ce que la formation en alternance ? Expliquez avec vos mots.**

3. **Lisez les témoignages de Cédric et d'Yves. Quels sont les avantages de l'alternance, selon eux ?**

4. **Quels sont les avantages et les inconvénients de ce type de formation, selon vous ?**

5. **Est-ce que vous conseilleriez ce type de formation à quelqu'un que vous connaissez ? Pourquoi ?**

- *Je le conseillerais à ma sœur parce qu'elle voudrait être assistante sociale, mais elle déteste étudier. En plus, elle pourrait voir la réalité du métier.*

Travailler la langue

6. **Complétez le tableau à l'aide de l'article.**

EXPRIMER UN SOUHAIT

Pour exprimer un souhait, on peut utiliser les expressions suivantes :

AIMER / VOULOIR AU CONDITIONNEL + INFINITIF

Ex. : Je voudrais être...

Ex. : J'aimerais bien...

ESPÉRER + INFINITIF

Ex. : J'espère apprendre...

ESPÉRER QUE + FUTUR

Ex. : J'espère que je trouverai...

→ CAHIER D'EXERCICES P. 38-39 – EXERCICES 2, 3, 4, 5

7. **Repérez et soulignez dans l'article les mots et les expressions pour situer un événement dans le futur. Puis, complétez le tableau.**

SITUER DANS LE FUTUR

Pour situer un événement dans le futur par rapport au moment présent, on utilise :

- **dans** + quantité + **heures / jours / semaines / mois / années**...

Ex. :

- **la semaine prochaine**, **le mois prochain**...

Ex. : L'année prochaine

On ne dit pas ~~**le jour prochain**~~, mais **demain**.

Pour situer un événement par rapport à un moment futur, on utilise :

- **le jour / la semaine / le mois / l'année suivant(e)**

Ex. :

→ CAHIER D'EXERCICES P. 39-40 – EXERCICES 6, 7, 8, 9, 10, 11

Travailler la langue

8. **Complétez le tableau à l'aide de l'article.**

QUAND + FUTUR

QUAND + FUTUR est utilisé pour situer un événement dans le futur.

Ex. :

→ CAHIER D'EXERCICES P. 40 – EXERCICES 12

Produire et interagir

9. **Quels sont vos projets professionnels et personnels ? Situez-les dans le temps.**

- *L'année prochaine, j'aimerais vivre avec ma copine et j'espère qu'on aura un bébé l'année suivante.*

10. **Quels sont vos projets d'avenir les plus fous ? Échangez en classe.**

- *J'aimerais gagner assez d'argent et faire le tour du monde pendant un an. Je voudrais aussi m'acheter un cheval.*

11. **Que ferez-vous dans le futur ? Écrivez des phrases à l'aide des étiquettes.**

dans 1 an le même jour à la même heure

dans 2 ans | dans 5 ans

dans 10 ans | dans 20 ans

— *Dans 2 ans, j'irai perfectionner mon anglais à Londres.*

Écouter, comprendre et réagir

12. **Écoutez cette conversation entre Lisette et Carl à propos des études de Lisette, puis complétez la fiche.** 19

- Les futures études de Lisette :
- Le nombre d'années d'études :
- Le type d'entreprise où elle va travailler :
- Ses projets à long terme :

Nouvelles d'**Afrique**

Éduquer une fille, c'est éduquer toute une nation

Partout dans le monde, les filles ont moins de chances d'être scolarisées que les garçons : 62 millions de filles ne vont pas à l'école. En Afrique, ce sont près de 28 millions.

Dans certaines régions de la Guinée, moins de 20 % des filles en âge d'être scolarisées vont à l'école. Pourtant, se préoccuper de la scolarisation des filles, c'est se préoccuper de l'avenir d'un pays. En effet, scolariser les filles a des effets positifs et immédiats sur la société dans laquelle elles vivent.

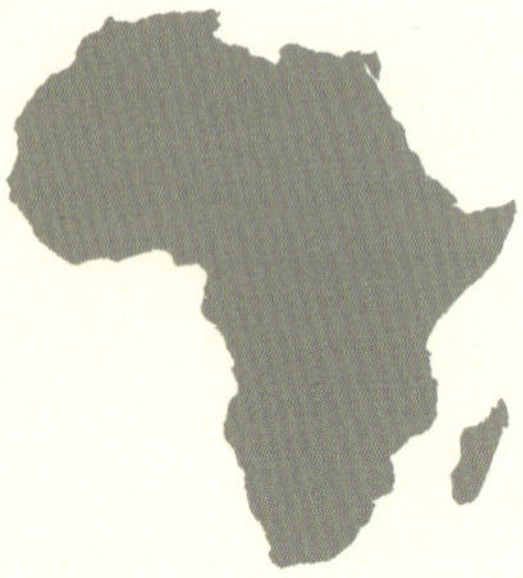

Quelques données :

- Si une fille sait lire, elle gagnera 25 % de plus qu'une fille analphabète.
- Si une fille reçoit une éducation sanitaire, elle aura trois fois moins de risques d'être malade du sida.
- Si une fille fait des études, elle se mariera et aura des enfants après l'âge de 15 ans.
- Si des enfants ont une mère instruite, ils seront en meilleure santé et ils auront plus de chances d'aller, eux aussi, à l'école.
- Les filles éduquées contribuent à la santé économique et au processus de démocratisation de leur pays.

Source : d'après https://fr.unesco.org/

Ah bon ?! +

En France, **l'enseignement laïque et obligatoire** pour tous existe depuis 1881. À cette époque, les filles vont à l'école, mais seulement pour apprendre à coudre et à cuisiner. Depuis 1924, elles peuvent passer le bac, après un enseignement semblable à celui des garçons.

Lire, comprendre et réagir

1. **Lisez le titre de l'article. Qu'est-ce que cela veut dire ? Êtes-vous d'accord ? Pourquoi une fille et pas un garçon ?**

2. **Lisez l'article. Selon le texte, pourquoi « éduquer une fille, c'est éduquer toute une nation » ? Dans quels domaines cela a-t-il des conséquences ?**

3. **Lisez l'encadré *Ah bon ?!* Quelle est l'histoire de l'éducation des filles dans votre pays ? Faites des recherches si nécessaire.**

Travailler la langue

4. **Repérez les phrases de l'article qui commence par *si*. Les comprenez-vous ?**

5. **Observez les temps des verbes de ces phrases. Que remarquez-vous ? Complétez le tableau.**

EXPRIMER UNE CONDITION

Pour exprimer une condition, on utilise :
Si + verbe au .... suivi d'une phrase avec un verbe au présent ou au ....
Ex. : ***Si*** *une fille* ***est*** *éduquée,* ***elle participe*** *au processus de démocratisation de son pays.*
Ex. : ....

→ CAHIER D'EXERCICES P. 40-41 – EXERCICES 13, 14, 15

Produire et interagir

6. **À quelles conditions pourrez-vous réaliser vos projets de l'activité 11 page 75 ?**

- *Dans 2 ans, si j'ai assez d'argent pour vivre en Angleterre, j'irai perfectionner mon anglais à Londres.*

Produire et interagir

7. **Échangez avec un/e camarade. Que faut-il faire si vous voulez...**

- acheter une maison
- monter un groupe de musique
- devenir célèbre
- partir vivre à l'étranger
- rencontrer votre star préférée
- être le président de votre pays

- *Si tu veux acheter une maison, tu dois faire des économies.*

8. **Selon vous, quelles sont les conséquences des actions suivantes quand on a 18 ans ? Échangez avec un/e camarade.**

- *À mon avis, si tu arrêtes tes études à 18 ans, tu peux trouver un travail dans un bar.*

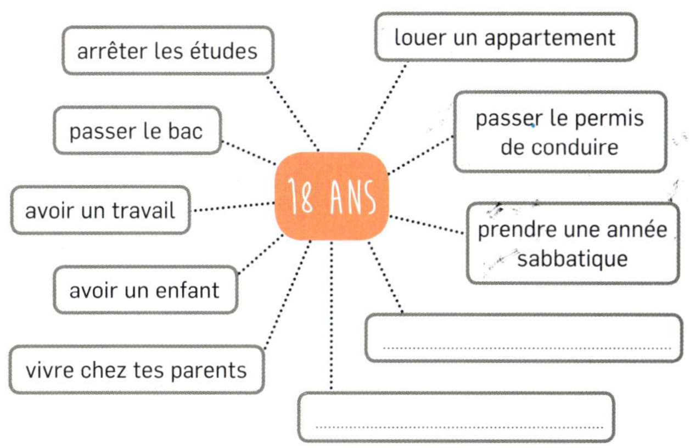

Écouter, comprendre et réagir

9. **Écoutez ce reportage sur une école au Sénégal, puis répondez aux questions.** 20

- Qu'a fait la directrice pour Aïcha ?
- Qu'est-ce qui est interdit à l'école ?
- De quoi parle-t-on dans les classes pour les adolescentes ?

DÉFI #01
PROPOSER DES AMÉLIORATIONS DU SYSTÈME ÉDUCATIF DE SON PAYS

Vous allez réfléchir au système éducatif de votre pays et proposer des améliorations.

- ▶ En petits groupes, faites un schéma du système éducatif de votre pays à l'aide de celui de la page 73.
- ▶ Faites un remue-méninges pour trouver des problèmes dans votre système éducatif.
- ▶ Choisissez un des problèmes cités, puis proposez des améliorations. Faites des recherches si nécessaire.
- ▶ Présentez et expliquez vos idées à la classe.

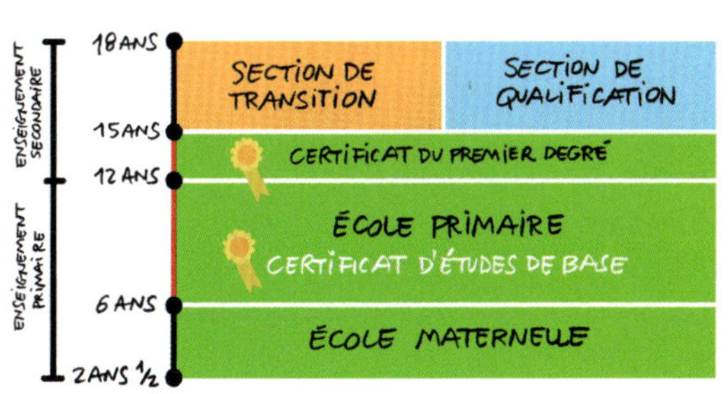

- *En Belgique, il n'y a pas de bac. À la fin des études secondaires, les professeurs préparent un examen pour leurs propres élèves et les notent eux-mêmes. Nous voudrions proposer la création d'un examen identique pour tous les élèves du pays. Si tous les élèves passent le même examen, le système sera plus égalitaire et plus juste.*

Source : http://uneanneeaulycee.blog.lemonde.fr/, *Une année au lycée*, Fabrice Erre, éditions Dargaud

Avant de lire

1. Observez les deux documents. De quoi s'agit-il ?

2. Lisez le titre et observez la couverture. Où se passe la scène ? Qui sont les personnages ? Que font-ils ?

Lire, comprendre et réagir

3. Lisez le message d'erreur sur l'écran de la classe. Pourquoi est-ce drôle ? Échangez en classe.

4. Avez-vous déjà vécu une situation similaire ?

5. Lisez le document de droite. Comment comprenez-vous la phrase « Personne n'a encore liké » ?

6. Voulez-vous connaître des mots de la salle de classe en français ?

   • *Comment on dit « videoproyector » ?*

Écouter, comprendre et réagir

7. Écoutez cette conversation entre Joseph et Carole sur leur façon d'utiliser une plateforme numérique pour apprendre l'anglais. Puis, complétez le tableau avec oui ou non. 21

	Joseph	Carole
Faire des exercices	oui	
Voir des vidéos	non	oui
Lire des articles de presse	oui	
Réviser les leçons	oui	oui

Mon panier de lexique

Quels mots de ces pages voulez-vous retenir ? Écrivez-les.

....

....

Ah bon ?! +

Fabrice Erre est un auteur de bande dessinée français. Il est aussi professeur d'histoire-géographie au lycée.
Il a un blog sur le site du journal *Le Monde* qui s'appelle *Une année au lycée*.

PHONÉTIQUE 10
L'intonation

Avant de lire

1. **Avez-vous déjà suivi un MOOC (un cours en ligne ouvert à tous)? Si oui, expliquez à la classe comment ça fonctionne.**

Blog du digital

http://www.blogdudigital-def.fr

BLOG DU DIGITAL

DOSSIER

Le boom des MOOC

Un MOOC (Massive Open Online Course) est un cours en ligne ouvert à tous, en général gratuit. Les MOOC sont proposés par des universités, des écoles ou des entreprises. Ils sont de plus en plus populaires dans le monde, particulièrement aux États-Unis et en Europe.

Les universités et les étudiants se passionnent pour cette nouvelle manière d'apprendre. Les étudiants y trouvent la possibilité de suivre des formations intéressantes et de haut niveau, mais qui ne sont pas proposées dans leur ville. Ils ont aussi la possibilité d'apprendre depuis leur domicile et à leur rythme.

Les MOOC se sont développés d'abord en anglais, mais aujourd'hui il en existe dans tous les domaines sur des plateformes francophones comme *Fun MOOC* et *MOOC Francophone*. Les formations proposées sont variées, par exemple en médecine (mieux lutter contre les virus tropicaux), en électricité (installer un réseau), en management (créer et développer son entreprise), en œnologie (découvrir le processus de fabrication et de fermentation du vin), en droit (connaître les règles de protection des données)...

COMMENTAIRES :

MOUSS Je suis en train de suivre un MOOC pour créer mon entreprise d'informatique. C'est très pratique car je peux le faire après le travail quand mes enfants dorment. Au début, ça a été un peu difficile de reprendre les études, mais je suis le point d'envoyer mon dernier devoir, donc je suis vraiment content !!!

LOLA La semaine prochaine, je vais commencer un MOOC sur la pâtisserie avec un grand chef français. J'espère que je pourrai pratiquer toute seule à la maison !

JOHN Super, cet article ! Je viens de créer mon blog sur la mode et je ne sais pas comment gérer la question des données personnelles sur Internet. Merci pour la suggestion des cours de droit sur la protection des données ;)

Lire, comprendre et réagir

2. Lisez l'article et les commentaires. Quels sont les avantages des MOOC ?

3. À votre avis, quels peuvent être les inconvénients des MOOC ? Échangez en classe.

4. Est-ce qu'il existe des MOOC dans votre langue ? Faites des recherches si nécessaire.

5. Aimeriez-vous suivre un MOOC ? Dans quel domaine ?

Travailler la langue

6. Repérez dans les commentaires toutes les actions exprimées avec *aller*, *être sur le point de*, *être en train de* et *venir de* + infinitif.

7. Placez les illustrations suivantes sur la ligne de temps.

a) Marie vient de manger

b) Marie est en train de manger

c) Marie est sur le point de manger

d) Marie va manger

Marie mange

avant l'action :	peu de temps avant l'action :	pendant l'action :	peu de temps après l'action : ......

8. Complétez le tableau à l'aide des commentaires et de l'activité précédente.

EXPRIMER LES MOMENTS D'UNE ACTION

Certaines formes verbales servent à exprimer les moments d'une action :

- ALLER AU PRÉSENT + INFINITIF exprime une action dans un futur proche.
  Ex. : Marie va manger
- ÊTRE SUR LE POINT DE + INFINITIF exprime une action dans un futur immédiat.
  Ex. : Marie est sur le point de manger
- ÊTRE EN TRAIN DE + INFINITIF exprime une action pendant sa réalisation.
  Ex. : Marie est en train de manger
- VENIR DE + INFINITIF exprime une action dans un passé récent.
  Ex. : Marie vient de manger

→ CAHIER D'EXERCICES P. 41-42 – EXERCICES 17, 18

Produire et interagir

9. Observez les images et écrivez un maximum de phrases pour exprimer les différents moments de l'action.

1

2

3

4

— *Ils sont en train de mettre les valises dans la voiture...*

10. En petits groupes, choisissez chacun/e un verbe et mimez un moment de l'action. Vos camarades devinent ce qu'il se passe.

- *Tu viens de recevoir une bonne nouvelle par téléphone !*

11. Écrivez sur un Post-it un cours ou une formation que vous avez suivi(e) et qui vous a plu. Affichez vos Post-it au tableau. Puis, échangez en classe sur vos expériences.

- *Qui a suivi un cours sur l'histoire de la pâtisserie ?*
- *Moi ! C'était génial ! On a appris l'origine de beaucoup de gâteaux.*

Écouter, comprendre et réagir

12. Écoutez la conversation entre Richard et Estelle. Quelles formations suit Richard ? Quand ?

22

- Avant la conversation : pour les chiens
- Au moment de la conversation : comment trouve l'amour
- Après la conversation : fabriquer les bijoux

Ouvrir un boutique pour vendre les bijoux et la couture pour les chiens

18 modèles de CV ×

http://www.blogdumoderateur.com/modeles-cv-gratuits/

Blog du modérateur

18 modèles de CV créatifs gratuits

Comment faire un beau CV ? Quand on est graphiste ou designer, c'est facile, il suffit d'ouvrir Photoshop ou Illustrator et de faire parler sa créativité. Pour les autres, c'est un peu plus compliqué. (...)

Pour vous faciliter la tâche, nous avons fait une sélection de modèles de CV gratuits, créatifs et adaptés aux candidatures en français. (...) N'hésitez pas d'ailleurs à nous faire part de vos découvertes ou de vos créations.

Sarah PLANTIN
Journaliste

Rubriques ACTUALITÉS, MODE, SPORT
Rédaction de contenus papier de 2010 à 2016
Rédaction de contenus Web depuis 2016
Curieuse, expérimentée, polyvalente
Disponible immédiatement

2005-2010 | 2010-2012 | 2012-aujourd'hui

EXPÉRIENCE PROFESSIONNELLE

Blogueuse, chroniqueuse [avril 2016 - aujourd'hui]
L'Express.fr, Le Monde.fr, *Elle*, *Le Parisien*

Rédactrice [mars 2012 - sept. 2016]
Ouest France, rubrique actualités politiques

Assistante de rédaction [sept. 2010 - févr. 2012]
The New York Times, rubrique sports

COORDONNÉES

Sarah Plantin
12 novembre 1978

+33 (0)6 12 57 84 25
sarah_plantin_mayol@gmail.com
18, rue des Aubépines, 75011 Paris

LANGUES

anglais ●●●●●
espagnol ●●●●○
wolof ●●●○○

COMPÉTENCES

rédaction ●●●●●
communication ●●●●○
Web design ●●●●○

QUALITÉS

créative
rigoureuse
entreprenante
autonome

FORMATION UNIVERSITAIRE

École supérieure de journalisme
Lille **[2005 - 2010]**

Bac L [2005]
Lycée Legrand, Poitiers

FORMATION CONTINUE

MOOC Écrire pour le Web [2018]
Formation en ligne de 6 semaines

MOOC Photoshop [2017]
Mooc Francophone

Source : https://www.blogdumoderateur.com

Ah bon ?! +

En France, on n'est pas obligé d'indiquer son âge ou sa date de naissance sur son CV, ni de mettre une photographie. Et on ne mentionne jamais sa religion. Et chez vous ?

Lire, comprendre et réagir

1. **Lisez l'article. Est-ce qu'il est important d'avoir un beau CV dans votre pays ou dans votre profession ?**

2. **Observez le CV et écrivez la liste de ses différentes parties. Lesquelles vous semblent nécessaires ou, au contraire, inutiles ? Est-ce qu'il en manque, selon vous ? Échangez en classe.**

3. **Utiliseriez-vous ce modèle de CV ? Pourquoi ?**

Travailler la langue

4. **Observez les phrases suivantes et retrouvez les informations correspondantes dans le CV.**

- Sarah a étudié à Lille **pendant** cinq ans.
- Elle a vécu à New York **de** 2010 **à** 2012.
- Elle a fait un MOOC **durant** six semaines.
- Elle rédige des contenus Web **depuis** 2016.
- Elle est journaliste **depuis** dix ans (nous sommes en 2020).
- Elle a fait un MOOC **il y a** trois ans (nous sommes en 2020).

5. **Complétez le tableau en créant des phrases à partir des informations du CV.**

EXPRIMER LA DURÉE (1)

- Action en cours au moment où on parle :

DEPUIS + DURÉE, DATE OU ÉVÉNEMENT exprime une action qui a commencé dans le passé et qui continue.
Ex. : ....

PENDANT / DURANT + DURÉE OU ÉVÉNEMENT exprime une action limitée dans le temps.
Ex. : ....

- Action terminée au moment où on parle :

IL Y A + DURÉE exprime une action terminée dans le passé.
Ex. : ....

DE... À... exprime une action dans un intervalle de temps défini dans le passé ou dans le futur, en cours ou terminée.
Ex. : ....

→ CAHIER D'EXERCICES P. 42 – EXERCICES 19, 20, 21

Produire et interagir

6. **À deux, racontez votre parcours professionnel.**

- *J'ai travaillé chez Renault pendant dix ans, de 1990 à 2000. Puis, pendant six mois, j'ai fait une formation pour apprendre l'aromathérapie...*

7. **En petits groupes, dites votre métier réel ou idéal. Avec vos camarades, échangez sur les qualités nécessaires pour faire ce métier.**

- *Je suis coiffeuse.*
- *J'imagine que tu es aimable, créative...*

8. **Racontez une expérience ratée d'apprentissage ou celle de quelqu'un que vous connaissez.**

9. **En petits groupes, échangez sur vos expériences à l'aide de la fiche.**

- Quelque chose que vous faites depuis peu et que vous aimez.
- Quelque chose que vous avez fait il y a longtemps et qui a été une expérience inoubliable.
- Quelque chose que vous avez fait pendant très peu de temps et que vous n'avez pas aimé.
- Quelque chose que vous faites depuis peu de temps et que vous voulez continuer à faire.

Écouter, comprendre et réagir

10. **Observez ces images sur Sylvain Tesson. À votre avis, qui est-ce ? Que fait-il ?**

11. **Écoutez la biographie de Sylvain Tesson sans prendre de notes. Puis, à deux, écrivez tout ce que vous avez retenu.** 23

12. **Réécoutez le document et notez tous les mots et expressions que vous entendez pour reconstituer la biographie. Puis, en petits groupes, rédigez sa biographie à l'aide du tableau de l'activité 5.** 23

DÉFI #02
FAIRE LE CV D'UN PERSONNAGE FICTIF ACTUALISÉ

Vous allez faire le CV d'un personnage fictif (de BD, roman, film, etc.) que vous allez situer dans un contexte actuel.

- En petits groupes, choisissez un personnage et imaginez son parcours de vie au XXIe siècle.
- Rédigez son CV. Vous pouvez ajouter une photo.
- Présentez à l'oral les grandes lignes de votre CV à la classe. Puis, affichez tous les CV, lisez-les et votez pour le plus original.

COORDONNÉES
Obélix De la Pierre
5 mars 1978

+33 (0)6 54 58 64 95
obelix_delapierre@gmail.com
16, rue des Cailloux, 29690 Huelgoat

EXPÉRIENCE PROFESSIONNELLE
Chasseur de sangliers [1996 - 2006]
Fournisseur officiel de L'Élysée
Assistant personnel d'Astérix le Gaulois [2000 - aujourd'hui]
Astérix le Gaulois, leader politique indépendant
Sculpteur sur pierre [2006 - aujourd'hui]
Prix du plus beau menhir en 2008

LANGUES
français ●●●●●
breton ●●●●○
latin ●●●○○

QUALITÉS
créatif
fort
fidèle
paisible

COMPÉTENCES
chasse ●●●●●
sculpture ●●●●○
créativité ●●●●○

FORMATION UNIVERSITAIRE
École supérieure des Beaux-Arts
Brest [sept. 1996 - avril 2001]
Bac L [1996]
Lycée Jules-César, Brest

FORMATION CONTINUE
MOOC Cuisiner la viande [2017]
Formation en ligne de 4 semaines
MOOC L'art de la chasse [2018]
Formation en ligne de 5 semaines

Les mots assortis

1. Observez et complétez les séries.

les résultats • du bac • d'un examen

passer • un examen • .... • le permis de conduire

avoir • **obtenir** • le bac • un master • ....

faire des • études

arrêter les • études

un cours de/d' • français • informatique • pâtisserie • .... • ....

suivre • .... • un cours

aller • à l'école • à l'université • ....

Mes mots

2. Quels sont les mots pour parler du système éducatif de votre pays ?

En France	Dans votre pays	Où avez-vous suivi ces études ?
La maternelle (3-5 ans)		
L'école élémentaire (6-10 ans)		
Le collège (11-14 ans)		
Le lycée (15-17 ans)		

3. Faites une liste de tout ce que vous faites pour le cours de français.

En classe

Voir des vidéos

À la maison

Réviser les leçons

Gagner sa vie 06

DOSSIER 01
Le bien-être au travail

CULTURE(S) ET SOCIÉTÉ(S)
- trois initiatives de bonheur au travail
- le *burn-out*, le *bore-out* et le *brown-out*
- le télétravail

GRAMMAIRE
- exprimer des émotions
- exprimer l'obligation, l'interdiction et la permission

COMMUNICATION
- partager ses émotions
- échanger sur des initiatives originales au travail
- parler de sa relation au travail

LEXIQUE
- les émotions et les sentiments
- les espaces de travail

DÉFI #01
PARLER DE SON TRAVAIL ET DE SES ÉMOTIONS

DOSSIER 02
Les nouvelles formes de travail

CULTURE(S) ET SOCIÉTÉ(S)
- la Station F
- la francophonie et les start-up
- l'entretien d'embauche

GRAMMAIRE
- le discours rapporté
- le discours rapporté interrogatif

COMMUNICATION
- parler des nouveaux métiers et entreprises
- préparer un entretien d'embauche
- rapporter des propos et des questions

LEXIQUE
- les start-up
- les projets innovants
- l'entretien d'embauche

DÉFI #02
PRÉPARER ET JOUER UN ENTRETIEN D'EMBAUCHE

DÉFI #03 NUMÉRIQUE
espacevirtuel.emdl.fr

ÊTRE HEUREUX AU TRAVAIL

52 % des Français sont heureux au travail. Aujourd'hui, nous savons qu'un travailleur heureux est un travailleur en bonne santé et beaucoup plus productif. Certaines entreprises commencent à le comprendre et mettent en place des initiatives pour rendre leurs employés plus heureux.

Qu'est-ce qui rend un travailleur heureux ?

1

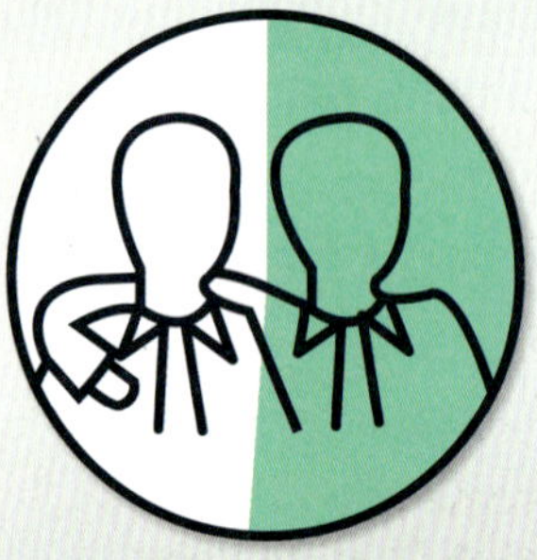

Bien s'entendre avec ses collègues

2

Être passionné par son travail

3

Se sentir reconnu par ses supérieurs

4

Travailler dans de bonnes conditions matérielles

5

Avoir un travail utile à la société

6

Ne pas souffrir dans son travail

7

Ne pas avoir un travail précaire

Source : ViaVoice, 2013

PHONÉTIQUE 11
Les semi-consonnes : le [j]

Trois initiatives originales

Un potager dans l'entreprise

Pour créer des liens entre les employés et lutter contre le stress, des entreprises françaises ont adopté le mini-potager **Ciel, mon radis!**, un kit qui permet aux salariés de jardiner au bureau.

Un piano au bureau

Chaque année, l'entreprise Gfi Informatique participe à la Fête de la musique en organisant un concert dans ses principales agences. Le piano reste ensuite à la disposition des salariés. « Ça produit des moments de convivialité qui sont bénéfiques pour l'harmonie et le bien-être dans les équipes », dit le directeur marketing et communication de Gfi Informatique.

Un animal au travail

En Suisse, les employés de l'entreprise Nestlé peuvent venir travailler au bureau avec leurs animaux de compagnie (chat ou chien). En effet, la présence des chats a un effet calmant, et celle des chiens favorise une ambiance joyeuse.

Source : adapté de lesechos.fr

Avant de lire

1. Pour vous, est-ce qu'il est important d'être heureux au travail ?

2. À votre avis, qu'est-ce qu'il faut pour être heureux au travail ? Échangez en classe.

Lire, comprendre et réagir

3. Lisez l'introduction du document. 52 %, c'est peu ou c'est beaucoup, selon vous ?

4. Selon le texte d'introduction, pourquoi le bien-être au travail est-il important ?

5. Lisez l'encadré *Qu'est-ce qui rend un travailleur heureux ?* et classez les critères de bonheur au travail par ordre d'importance pour vous.

1. ....
2. ....
3. ....
4. ....
5. ....
6. ....
7. ....

6. Lisez l'encadré *Trois initiatives originales*. Vous semblent-elles intéressantes ? Laquelle aimeriez-vous expérimenter au travail ?

7. Connaissez-vous d'autres initiatives pour être heureux au travail ?

Écouter, comprendre et réagir

8. 24 Écoutez les trois témoignages sur le bonheur au travail, puis complétez le tableau.

	Heureux au travail ?	Pourquoi ?	Améliorations possibles
1			
2			
3			

Mon panier de lexique

Quels mots de ces pages voulez-vous retenir ? Écrivez-les.

....

....

Avant de lire

1. **Avez-vous déjà entendu parler de *burn-out*, de *bore-out* ou de *brown-out* ? Si oui, expliquez ces mots à la classe. Si non, faites des recherches.**

TEST

Les nouvelles maladies du travail
Êtes-vous en *burn-out*, *bore-out* ou *brown-out* ?

Burn-out, *bore-out*, *brown-out*, tous ces anglicismes désignent de nouvelles formes de souffrance au travail. Êtes-vous dans une de ces situations ? Faites le test pour le découvrir.

1. C'est la fin du week-end. Vous pensez à votre travail du lundi…

- ● Vous vous sentez anxieux(se), votre travail vous stresse.
- ■ Vous êtes calme et content/e de retourner au bureau. Votre travail vous motive.
- ▲ Vous n'avez pas envie d'y penser. Votre travail vous ennuie.
- ✹ Vous n'avez pas envie d'y aller car vous ne vous sentez pas reconnu/e dans votre entreprise.

2. Quand votre chef vous apporte un nouveau dossier…

- ● Il y a déjà dix dossiers sur votre bureau… Vous êtes débordé/e !
- ✹ Aïe, aïe, aïe ! Vous avez peur : quelle tâche inutile allez-vous faire aujourd'hui ?
- ■ Chouette ! Vous vous sentez motivé/e. Les défis vous passionnent !
- ▲ Ouf ! Enfin quelque chose à faire ! Vous en avez marre de vous sentir inutile.

3. Quand vous sortez de votre travail…

- ■ Vous êtes content/e et fier(ère) de vous et du travail accompli.
- ● Vous êtes épuisé/e car vous n'avez pas eu une minute à vous et vous vous sentez triste.
- ▲ Vous partez le plus vite possible. Vous êtes fâché/e, vous en avez marre de ce travail !
- ✹ Vous êtes de mauvaise humeur et complètement démotivé/e.

4. Au travail, vous vous sentez…

- ■ En forme, actif(ve) et joyeux(se).
- ● Anxieux(se), stressé/e et épuisé/e.
- ▲ Déprimé/e, déconnecté/e, inutile.
- ✹ Insatisfait/e, mal dans votre peau et peu reconnu/e.

RÉSULTATS DU TEST : Vous avez une majorité de…

■ **Vous êtes bien dans votre travail**

Vous faites un travail qui vous convient. Quelle chance !

● **Vous êtes en *burn-out***

Votre travail vous épuise car votre employeur exige trop de vous. Vous devriez en parler avec votre supérieur/e.

▲ **Vous êtes en *bore-out***

Votre entreprise ne vous donne rien à faire, vous vous ennuyez et vous ne le supportez pas. Attention à la dépression !

✹ **Vous êtes en *brown-out***

Votre employeur ne reconnaît pas votre valeur et vous impose des tâches inutiles. La solution : changer de boulot ?

Lire, comprendre et réagir

2. Faites le test. Lisez le résultat. Êtes-vous d'accord ?

3. Connaissez-vous des personnes qui sont dans une de ces situations de souffrance au travail ?

4. Que pensez-vous de ce test ? Faites-vous des tests en général ?

Travailler la langue

5. Relisez le test et relevez les adjectifs qui désignent des émotions. Puis, écrivez-les dans le cercle correspondant à chaque profil.

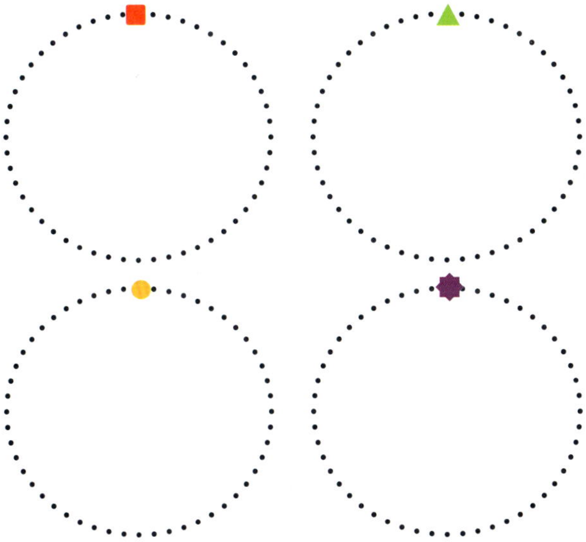

6. Complétez le tableau à l'aide de l'article.

EXPRIMER SES ÉMOTIONS ET SES SENTIMENTS

Pour exprimer une émotion ou un sentiment, on peut utiliser :
- **Être** + adjectif.

Ex. : ....

- **Se sentir** + adjectif.

Ex. : ....

- Des expressions avec le verbe **avoir** : **avoir envie de**, **avoir** ...., **en avoir marre**.

Ex. : ***Vous n'avez pas envie d'****y penser.*

Ex. : ....

Ex. : ....

- Des verbes d'émotion et de sentiment : **stresser**, **motiver**, **ennuyer**, **passionner**, **épuiser**...

Ex. : *Votre travail vous* ***stresse****.*

Ex. : ....

- On peut aussi utiliser ces verbes avec la structure ÇA + PRONOM COD + VERBE

Ex. : *Le travail,* ***ça me stresse****.*

→ CAHIER D'EXERCICES **P. 47** – EXERCICES 3, 4, 5, 6, 7, 8

Travailler la langue

7. Comment exprime-t-on ces émotions dans votre langue ou dans les langues que vous connaissez ? Les formes du tableau précédent existent-elles ?

- *En anglais, on dit « to be afraid » pour dire « avoir peur ».*

8. Repérez dans la question 2 du test les interjections suivantes et associez-les à leur signification.

Aïe, aïe, aïe O	O Je suis soulagé/e
Chouette O	O J'ai peur
Ouf O	O Je suis content/e

9. Connaissez-vous d'autres interjections en français ? Échangez en classe.

- *J'entends souvent « beurk ». Ça veut dire que quelque chose est dégoûtant.*

Produire et interagir

10. En petits groupes, mimez une émotion en vous aidant des adjectifs de l'activité 5. Vos camarades devinent l'émotion.

11. Complétez la fiche et échangez avec un/e camarade. Quelles émotions ressentez-vous quand...

- vous commencez un nouveau travail : *Je me sens nerveuse !*
- vous partez en voyage dans un pays lointain : ....
- vous pratiquez un sport que vous adorez : ....
- vous allez chez vos enfants/parents pour un anniversaire : ....
- vous prenez l'avion un jour de tempête : ....
- vous passez un entretien pour un travail génial : ....
- vous organisez une fête pour 20 personnes : ....
- vous êtes en réunion depuis quatre heures : ....

12. Échangez avec un/e camarade sur...

- quelque chose qui vous stresse tous les deux
- quelque chose qui vous ennuie tous les deux
- quelque chose qui vous passionne tous les deux
- quelque chose qui vous motive tous les deux
- quelque chose qui vous épuise tous les deux
- quelque chose dont vous avez peur tous les deux
- quelque chose dont vous avez envie tous les deux

• *Prendre le métro, ça me stresse. Et toi ?*
○ *Ah oui, ça me stresse aussi !*

Avant de lire

1. Observez le titre de l'article et les photos. À votre avis, qu'est-ce que le télétravail ?

Vie pro

http://www.vie-pro.def

Le télétravail, focus sur une nouvelle tendance

Le télétravail, c'est quoi ?

C'est travailler en dehors de son entreprise grâce aux nouvelles technologies et aux médias de communication.

Télétravailler... Oui, mais où ?

Chez soi, à la maison

Dans des espaces de *coworking* ou bureaux partagés

N'importe où

Les télétravailleurs, c'est qui ?

De plus en plus de personnes pratiquent le télétravail. Ce sont des travailleurs indépendants (architectes, journalistes, avocats…), mais aussi des salariés car, dans de nombreuses entreprises françaises, il est permis de travailler depuis son domicile un jour par semaine.

Quels sont les droits et les devoirs des télétravailleurs ?

- L'employé, comme l'employeur, peut accepter ou refuser une proposition de télétravail. S'ils acceptent, ils doivent préciser les conditions dans un contrat.
- La quantité de travail du salarié doit être la même que celle de ses collègues qui travaillent dans les bureaux. Elle doit être précisée dans le contrat : elle ne peut pas dépasser la durée maximale de travail prévue par la loi et doit respecter les temps de repos.
- Le salarié peut organiser son temps de travail, mais il doit communiquer ses horaires à son employeur. L'employeur doit respecter la vie privée du salarié et éviter son isolement : le salarié doit avoir la possibilité de rencontrer régulièrement ses collègues et ses employeurs.
- Dans certains cas, l'employeur est obligé de fournir, d'installer et d'entretenir le matériel informatique qu'utilise le salarié chez lui. Celui-ci doit en prendre soin et signaler tout problème.

Lire, comprendre et réagir

2. Lisez l'article. Quelles sont les différences et les ressemblances entre les télétravailleurs et les autres travailleurs ?

- *Les télétravailleurs ont la même quantité de travail que les autres.*

3. Pratiquez-vous le télétravail ? Quels sont les avantages et les inconvénients du télétravail, selon vous ? Échangez en classe.

Travailler la langue

4. Repérez les verbes *devoir* et *pouvoir* dans le texte. Qu'expriment-ils ? Comment les traduisez-vous dans votre langue ?

5. Complétez le tableau à l'aide de l'article.

EXPRIMER L'OBLIGATION, L'INTERDICTION ET LA PERMISSION

L'OBLIGATION

DEVOIR + INFINITIF

Ex. : ....

ÊTRE OBLIGÉ/E DE + INFINITIF

Ex. : ....

L'INTERDICTION

NE PAS POUVOIR + INFINITIF

Ex. : ....

IL EST INTERDIT DE + INFINITIF

Ex. : *Dans mon entreprise, **il est interdit de** travailler après 20 heures.*

LA PERMISSION

POUVOIR + INFINITIF

Ex. : ....

IL EST PERMIS DE + INFINITIF

Ex. : ....

→ CAHIER D'EXERCICES P. 48 – EXERCICES 9, 10, 11, 12

Produire et interagir

6. En petits groupes, échangez sur vos droits et vos devoirs professionnels. Aidez-vous du tableau de l'activité 5.

7. Quelles interdictions existe-t-il dans les lieux suivants ? Échangez en classe.

un hôpital | une école maternelle | un cinéma | un supermarché

- *Dans un hôpital, il est interdit de faire du bruit la nuit.*

8. À deux, choisissez un de ces professionnels et faites la liste de ses obligations, ses interdictions et ses droits. Puis présentez-les à la classe.

chef cuisinier(ère) | professeur/e de français | médecin | avocat/e | serveur(se) de bar

9. Quels droits aimeriez-vous avoir au travail ? Faites une liste du plus sérieux au plus original. Puis, en petits groupes, choisissez les idées les plus intéressantes et présentez-les à la classe.

— *J'aimerais pouvoir faire du télétravail une fois par semaine.*
— *J'aimerais pouvoir faire la sieste au travail.*

Écouter, comprendre et réagir

10. Écoutez Paola et répondez aux questions. 25

- Quel est son métier ?
  ....
- Pourquoi dit-elle qu'elle est nomade ?
  ....
- Où a-t-elle vécu ?
  ....
- Quels sont les avantages et les inconvénients de son mode de vie, selon elle ?
  ....

DÉFI #01

PARLER DE SON TRAVAIL ET DE SES ÉMOTIONS

Vous allez faire la liste de vos obligations professionnelles et parler de vos émotions au travail.

▶ Faites une liste de vos obligations professionnelles, comme dans l'exemple.

▶ Échangez votre liste avec un/e camarade. Puis, posez-vous des questions pour connaître vos émotions au travail.

- *Tu dois parler au téléphone toute la journée ?*
- *Oui.*
- *Et t'aimes bien faire ça ?*
- *Oui, j'aime bien. Parfois, je me sens débordé car il y a beaucoup d'appels. Mais je me sens utile. En plus, mes collègues sont sympas. Ça me motive !*

<u>Mes obligations</u>

- Je travaille dans une agence qui organise des voyages d'affaires.
- Dans mon travail, il faut rédiger des e-mails en anglais.
- Je dois répondre aux appels des clients.
- Je dois régler leurs problèmes le plus rapidement possible.
- Je ne peux pas travailler à domicile....

LA STATION F

En juin 2017, le président français Emmanuel Macron a inauguré la Station F, un immense espace de *coworking* destiné à accueillir des start-up du monde entier.

QU'EST-CE QUE C'EST ?

- C'est un immense bâtiment (34 000 m²) où plus d'un millier de jeunes entrepreneurs du monde entier peuvent louer un espace de travail pour 195 euros par mois.
- C'est un espace de formation et d'échanges, où les jeunes entrepreneurs peuvent écouter des conférences (auditorium de 370 places) ou discuter entre eux (60 salles de réunion).
- La Station F offre des conditions matérielles et des installations de qualité grâce auxquelles les entrepreneurs peuvent travailler, tester leurs produits et les exposer.
- Les utilisateurs bénéficient d'espaces de détente pour manger, boire un verre, faire du sport, jouer... (restaurant, cuisines, bar, baby-foot).

QUI A IMAGINÉ CE PROJET ?

C'est Xavier Niel, un homme d'affaires français qui souhaite encourager le développement des start-up en France.

POURQUOI FINANCE-T-IL CE PROJET ?

« C'est un lieu qui crée une image forte pour Paris, et si ce lieu est grand, c'est plus facile d'en parler », dit Xavier Niel. Quand on lui demande combien ça a coûté, il répond qu'il a investi 250 millions d'euros, et il explique : « C'est un usage peut-être moins idiot de mon argent que de le donner à mes enfants qui en feront des bêtises, probablement. »

Source : texte adapté de cheeckmagazine.fr

Avant de lire

1. Lisez le titre et observez les photos. À votre avis, de quoi s'agit-il ?

Lire, comprendre et réagir

2. Lisez l'introduction de l'article. Connaissez-vous le mot *start-up* ? Échangez en classe.

3. Lisez l'article. Quels éléments reconnaissez-vous sur les photos ?

4. Quelles sont les motivations de Xavier Niel ?

5. Que pensez-vous de ce projet ? Échangez en classe.

Regarder, comprendre et réagir

6. Regardez l'interview de Roxanne Varza à propos de la Station F, puis répondez aux questions.

- Qui est Roxanne Varza ?

....

- Quelle partie du projet a été financée par Xavier Niel ?

....

- Combien y a-t-il de postes de travail à la Station F ?

....

- Comment comprenez-vous la phrase suivante : « On fait tout pour avoir tout un écosystème sur place » ?

....

Mon panier de lexique

Quels mots de ces pages voulez-vous retenir ? Écrivez-les.

....

....

PHONÉTIQUE 12
Le son [R]

Avant de lire

1. **Selon vous, le français est-il une langue utilisée dans le commerce international ? Échangez en classe.**
2. **Lisez le titre et les titres de paragraphe de l'article. À votre avis, de quoi parle-t-il ?**

INTERNATIONAL

LA FRANCOPHONIE, UNE CHANCE POUR LES START-UP

La francophonie permet à de nombreux entrepreneurs de développer leurs activités à l'étranger sans être obligés de parler anglais. En effet, les pays francophones représentent aujourd'hui 15 % du PIB mondial. L'IE Business School de Madrid l'a compris et a organisé un concours de start-up francophones.

Pourquoi un concours francophone ?

Le directeur de l'école internationale IE Business School pour la France et Monaco, Joseph Freiha, rappelle que la francophonie compte 55 pays membres et qu'elle représente 15 % du PIB mondial. Le français est la deuxième langue des affaires en Europe et la cinquième la plus parlée dans le monde. Il ajoute : « Son potentiel est fabuleux, c'est une énorme communauté. »

Son école a donc organisé un concours de *pitch* de start-up francophones : de courtes présentations de projets devant un jury d'investisseurs et de directeurs de grands groupes. Joseph Freiha affirme que la qualité des projets l'a impressionné.

Les gagnants du premier concours

- Julien Hobeika a obtenu le premier prix dans la catégorie « Big Data » pour **Julie Desk**, une application basée sur l'intelligence artificielle qui organise l'emploi du temps et les rendez-vous professionnels.
- Kémo Touré a eu le deuxième prix pour son site **Wutiko** (« trouve-le » en wolof). Ce site classifie les entreprises sénégalaises et permet aux candidats d'envoyer leur CV. Il facilite la rencontre entre recruteurs et demandeurs d'emploi. Kémo commente : « Ce deuxième prix veut dire que mon projet intéresse. Les sessions de *pitch* m'ont beaucoup apporté. »
- Caroline Van Renterghem a obtenu le deuxième prix dans la catégorie « Objets connectés » pour **WAIR**, un foulard antipollution connecté qui filtre l'air et informe sur le taux de pollution. Caroline raconte qu'elle a rencontré des gens qui travaillent sur la pollution au Liban et qu'elle réfléchit à l'idée de développer son projet sur les marchés francophones.

Et maintenant ?

Aujourd'hui, les concours de *pitch* se sont développés dans de nombreux organismes et institutions francophones, certains soutenus par l'Organisation internationale de la francophonie.
La francophonie, une valeur sûre pour les entrepreneurs de demain !

Source : adapté de https://start.lesechos.fr/entreprendre/actu-startup, 2015

Lire, comprendre et réagir

3. **Lisez l'article. Quels mots pouvez-vous écrire sur un moteur de recherche pour retrouver l'article original ?**

4. **Quel projet est le plus intéressant, selon vous ? Pourquoi ? Échangez en petits groupes.**

5. **Est-ce que votre langue est une chance pour faire des affaires au niveau international ? Est-ce que les pays qui parlent votre langue forment une communauté ?**

Travailler la langue

6. **Dans cet article, le journaliste rapporte les paroles de trois personnes. Trouvez-les et soulignez-les dans le texte.**

7. **Relevez les verbes utilisés par le journaliste pour rapporter ces paroles et repérez les mots ou la ponctuation qui suivent les verbes. Puis, complétez le tableau.**

LE DISCOURS RAPPORTÉ

On peut rapporter les paroles de quelqu'un de manière directe ou indirecte. On utilise des verbes introducteurs comme **dire**, **rappeler**, **ajouter**, ..., **commenter**, ...

Le discours rapporté direct

Les paroles sont rapportées comme elles ont été prononcées. À l'écrit, le verbe introducteur est suivi de la phrase prononcée entre guillemets.

Ex : *Le directeur* ***dit*** *: « La francophonie est une chance. »*

Ex : *Il* ***ajoute*** *: « Son potentiel est fabuleux. »*

Ex : ....

Le discours rapporté indirect

Les paroles sont rapportées avec un verbe introducteur suivi de **que**.

Ex : *Le directeur* ***dit que*** *la francophonie est une chance.*

Ex : *Il* ***rappelle que*** *la francophonie compte 55 pays.*

Ex : ....

Le discours rapporté indirect entraîne des changements pour les pronoms et les déterminants possessifs dans la phrase rapportée.

Ex : *Joseph Freiha* ***affirme que*** *la qualité des projets* ***l'a*** *impressionné.* (Il affirme : « La qualite des projets **m'a** impressionné. »)

→ CAHIER D'EXERCICES **P. 49** – EXERCICES 14, 15

8. **Trouvez les deux phrases écrites au discours direct dans l'article, puis écrivez-les au discours indirect.**

Écouter, comprendre et réagir

9. **Écoutez l'interview d'Amaury qui parle de son application musicale, Vidibox. Puis, répondez aux questions.** (piste 26)

- Quel âge a Amaury ? Quel est son métier ? Où habite-t-il ?
  ....
- Que permet de faire Vidibox ?
  ....
- Pour qui a-t-il créé Vidibox ?
  ....
- A-t-il gagné un prix ? Quand ?
  ....
- Où a-t-il fait des *pitch* pour présenter Vidibox ?
  ....

10. **Réécoutez l'interview d'Amaury. Puis, répondez aux questions.** (piste 26)

- Que dit-il sur Barcelone ?
  ....
- Que dit-il sur la communauté qui utilise Vidibox ?
  ....
- Que dit-il à propos de la musique électronique ?
  ....

Produire et interagir

11. **En petits groupes, faites une liste des phrases que dit souvent votre professeur. Puis, mettez vos listes en commun. Sont-elles similaires ?**

— *Le prof dit tout le temps « Voilà ».*
— *Il nous dit qu'il faut réviser avant chaque examen.*

12. **En petits groupes, pensez à des phrases célèbres prononcées par des personnes ou des personnages connus. Écrivez des questions et posez-les à un autre groupe.**

• *Quelle chanteuse dit qu'elle voit la vie en rose ?*
○ *Édith Piaf !*

13. **Racontez quelque chose de surprenant sur vous à l'oreille d'un/e camarade. Il / Elle répète votre secret à la classe.**

• *Steve dit qu'il aimerait être chanteur d'opéra.*

Avant de lire

1. Avez-vous déjà passé un entretien d'embauche ? Comment s'est-il passé ? Notez-le à l'aide des étoiles.

☆ ☆ ☆ ☆ ☆

Étudiants aujourd'hui

http://www.etudiantaujourdhui.def

Étudiant aujourd'hui

Accueil > jobs > entretien d'embauche

Comment préparer un entretien

Vous allez passer un entretien d'embauche ? Vous devrez défendre vos compétences devant des recruteurs. Mais attention, un entretien, ça se prépare !

Les questions qu'on va vous poser

On vous demandera...

- quelle est votre formation.
- où vous l'avez suivie et pendant combien de temps.
- si vous avez déjà occupé un poste similaire.
- ce que vous voulez faire dans cinq ou dix ans.

On peut aussi vous demander...

- comment vos amis vous voient.
- si vous savez dire non.
- ce que vous faites pendant votre temps libre.
- ce qui vous motive dans la vie.

Les questions que vous devez poser

Pensez à demander...

- ce que vous allez faire.
- quelles seront vos fonctions.
- avec qui vous allez travailler.
- où vous allez travailler.

Ne demandez pas...

- s'il faut arriver tous les jours à l'heure.
- si vous pouvez commencer dans un mois parce que vous partez en vacances la semaine suivante.

Source : adapté de http://etudiant.aujourdhui.fr/etudiant/

Lire, comprendre et réagir

2. **Lisez l'article. Y a-t-il des questions inutiles ou étranges, selon vous ? Échangez en classe.**

3. **Est-ce qu'il manque des questions, à votre avis ? Écrivez-les, puis mettez-les en commun.**

4. **En petits groupes, faites une liste de questions et de phrases à ne pas dire dans un entretien. Mettez en commun avec la classe, puis votez pour les trois les plus inappropriées.**

Travailler la langue

5. **Écrivez les questions directes.**

- On vous demandera quelle est votre formation.
  — *Quelle est votre formation ?*
- On peut vous demander si vous savez dire non.
  ....
- On vous demandera où vous avez suivi votre formation.
  ....
- On vous demandera ce que vous voulez faire dans cinq ans.
  ....
- On peut vous demander ce qui vous motive.
  ....

6. **Complétez les tableaux.**

LE DISCOURS RAPPORTÉ INTERROGATIF (1)

Question directe avec mots interrogatifs	Discours indirect
• Quelle est votre formation ?	• *Il demande **quelle** est votre formation.*
• Comment vos amis vous voient ?	• ....
• Qu'est-ce que vous voulez faire dans cinq ans ?	• *Il demande **ce que** vous voulez faire dans cinq ans.*
• Qu'est-ce qui vous motive ?	• ....

Travailler la langue

LE DISCOURS RAPPORTÉ INTERROGATIF (2)

Question directe avec réponse *oui* ou *non*	Discours indirect
Savez-vous dire non ?	• *Il demande **si** vous savez dire non*
Est-ce que vous avez déjà occupé un poste similaire ?	• ....

Dans le discours indirect, on n'utilise jamais l'inversion verbe-sujet, ni **est-ce que**, ni le point d'interrogation final. **Quoi**, **que** et **qu'** deviennent **ce que** (COD du verbe) et **ce qui** (sujet du verbe).

➔ CAHIER D'EXERCICES **P. 50** – EXERCICES 16, 17, 18, 19

Écouter, comprendre et réagir

7. 🎧 27 **Écoutez les questions posées par une recruteuse, puis par un candidat, durant un entretien d'embauche. Écrivez-les au discours rapporté indirect.**

— *La recruteuse demande s'il a de l'expérience.*

Produire et interagir

8. **Écrivez sur des feuilles trois questions anonymes pour vos camarades. Mélangez les feuilles, piochez une question et rapportez-la à la classe. La personne concernée répond.**

Est-ce que Yumi chante bien ?

• *Quelqu'un demande si Yumi chante bien.*
○ *Non, je chante très mal !*

9. **Que demandent toujours ces personnes ? Choisissez-en une et rédigez un texte.**

- le médecin
- vos grands-parents
- quelqu'un qu'on rencontre dans une fête
- un/e serveur(se) de restaurant

DÉFI #02
PRÉPARER ET JOUER UN ENTRETIEN D'EMBAUCHE

En groupes, vous allez préparer et jouer un entretien d'embauche pour un travail original.

▶ Complétez une fiche présentant un emploi, comme dans l'exemple. Mélangez les fiches.

▶ En petits groupes, piochez une fiche. Puis échangez sur les questions à poser aux candidats.
• *Il faut demander si le candidat a déjà travaillé avec des personnes âgées.*
○ *On peut aussi lui demander si ça lui a plu.*

▶ Choisissez cinq questions et écrivez-les.
— *Est-ce que vous avez déjà travaillé avec des personnes âgées ?*
— *Est-ce que ça vous a plu ?*

▶ Préparez également quelques questions du candidat sur le poste.
— *Combien de personnes travaillent pour Clown and Cie ?*

▶ Au sein des groupes, choisissez un recruteur et un candidat. Jouez les entretiens devant la classe. Quel est l'entretien le plus original ?

NOM DE L'ENTREPRISE :
Clown and Cie
OBJECTIF(S) DU POSTE :
faire rire les personnes âgées dans les maisons de retraite
PROFIL RECHERCHÉ :
– études de théâtre
– expérience de 3 ans exigée
– maîtrise d'un instrument de musique
– titulaire du permis de conduire et d'un véhicule personnel
– disponible le week-end

Les mots assortis

1. Complétez les séries avec vos mots.

Des émotions et des sentiments positifs au travail

se sentir • motivé/e • content/e • fier(ère) • .... • .... • .... • ....

Avoir envie de • ....

Votre travail vous • plaît • passionne • ....

Des émotions et des sentiments négatifs au travail

se sentir • épuisé/e • stressé/e • anxieux(se) • .... • .... • .... • ....

Avoir envie de • ....

Votre travail vous • ennuie • ....

Mes mots

2. Complétez.

- Mon métier actuel: ....
- Le métier de mes rêves: ....
- Le métier de mes parents: ....
- Le métier de mon/ma conjoint/e: ....
- Le métier de mon/ma meilleur/e ami/e: ....
- Un métier très courant dans ma ville: ....

3. Est-ce qu'il existe des interjections similaires dans votre langue?

- Aïe, aïe, aïe
- Chouette
- Ouf
- Beurk

4. Complétez cette carte mentale en ajoutant des branches.

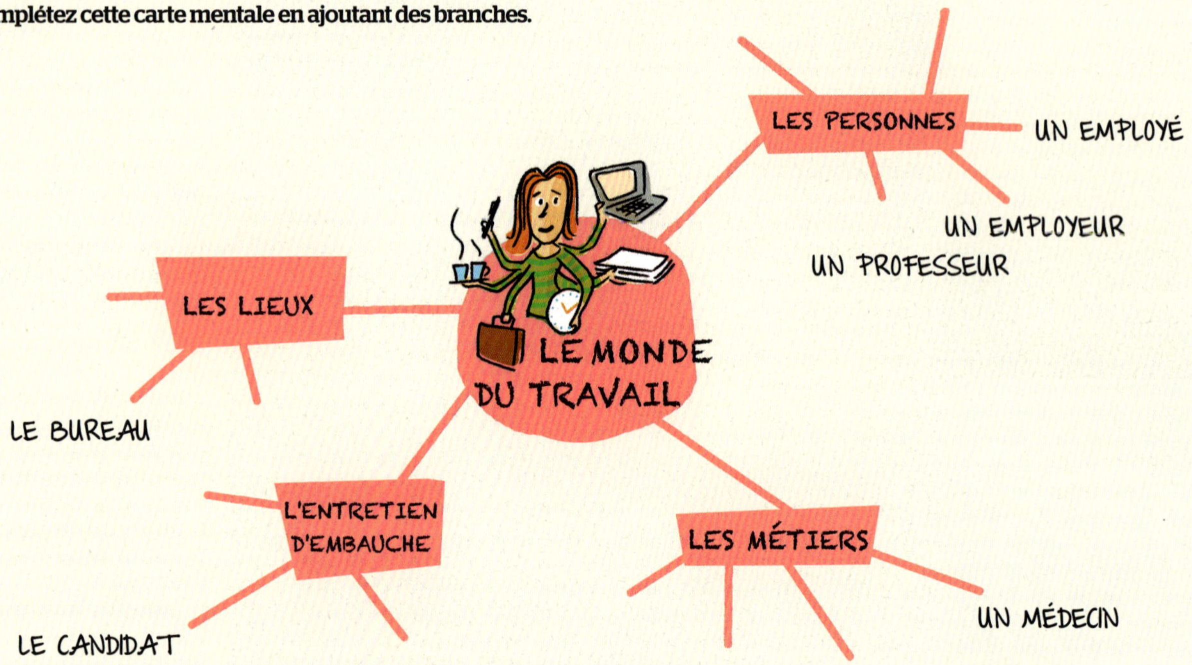

Un chef-d'œuvre !

07

DOSSIER 01
Le patrimoine du futur

CULTURE(S) ET SOCIÉTÉ(S)
- les nouveaux monuments
- quelques lieux culturels à Paris
- la transformation des villes grâce aux lieux culturels

GRAMMAIRE
- l'imparfait

COMMUNICATION
- décrire un bâtiment
- proposer et répondre
- comparer avant et après
- parler de ses goûts en art

LEXIQUE
- Les monuments
- le vocabulaire de l'art
- exprimer une passion
- faire une proposition
- répondre avec indifférence
- situer dans l'espace

DÉFI #01
RÉALISER UN MUSÉE DE L'ADOLESCENCE

DOSSIER 02
Les livres en fête

CULTURE(S) ET SOCIÉTÉ(S)
- les événements littéraires québécois
- les livres de poche et des auteurs francophones
- les autres usages du livre

GRAMMAIRE
- exprimer la durée (2)
- la négation complexe (2) (*ne... rien / personne / aucun/e*)
- la restriction (*ne... que*)

COMMUNICATION
- présenter un livre, un film, une série
- donner son avis sur un livre, un film, etc.

LEXIQUE
- les livres et les genres littéraires
- les expressions pour présenter un livre, un film

DÉFI #02
CONSTITUER LE CATALOGUE D'UNE MÉDIATHÈQUE

DÉFI #03 NUMÉRIQUE
espacevirtuel.emdl.fr

Les nouveaux monuments

La tour Eiffel et la pyramide du Louvre, deux monuments très novateurs pour leur époque, ont choqué le public au moment de leur construction. Aujourd'hui, ces monuments font partie de notre patrimoine. Mais, quel sera le patrimoine de demain ?

1

LE MUSÉE DES CIVILISATIONS NOIRES, à Dakar au Sénégal, veut être le plus grand musée du continent consacré aux civilisations africaines. C'est un bâtiment circulaire de quatre étages avec des salles d'exposition, un hall de cérémonie et un auditorium. La collection du musée présente des statues et des masques d'Afrique centrale, et le musée du quai Branly à Paris pourrait aussi prêter des œuvres.

2

LE LOUVRE ABU DHABI fait partie d'un ensemble de musées et de salles de spectacles des Émirats arabes unis. Il présente des expositions temporaires et permanentes qui réunissent des œuvres et des artistes de différentes périodes et civilisations. À l'extérieur, les visiteurs peuvent se promener dans cette ville-musée de 55 bâtiments, inspirés de l'architecture arabe, protégés par une coupole de 180 mètres de large.

Le **MICX** se trouve entre le centre historique de Mons, en Belgique, et la banlieue. C'est un bâtiment destiné au tourisme d'affaires et à des événements artistiques. Il est équipé de trois auditoriums, de salles de conférences, de bureaux et d'un restaurant. Depuis le toit, on peut voir la vieille ville.

Dans la ville de Québec, le nouveau pavillon du **MUSÉE NATIONAL DES BEAUX-ARTS DU QUÉBEC** (MNBAQ) est situé au cœur d'un joli parc et fait partie d'un ensemble culturel près du fleuve Saint-Laurent. Dans le parc, on peut voir les sculptures d'artistes contemporains.

Avant de lire

1. Observez les photos. À votre avis, que sont ces bâtiments ? Lequel préférez-vous ?

Lire, comprendre et réagir

2. Lisez la présentation du monument que vous préférez, puis présentez-le à un/e camarade. Il / Elle vous présente ensuite son monument préféré.

3. Lisez les autres textes. Avez-vous envie de visiter un de ces bâtiments ?

4. En petits groupes, choisissez un de ces lieux et trouvez le plus grand nombre d'adjectifs et d'expressions possible pour le décrire et le qualifier.

5. Y a-t-il un nouveau lieu culturel dans votre ville ou dans votre pays ? Échangez en classe.

- *À Hambourg, au bord du fleuve, il y a l'Elbphilharmonie, c'est une magnifique salle de concert.*

Regarder, comprendre et réagir

6. Regardez la vidéo sur le musée de la Romanité de Nîmes, en France. Vous donne-t-elle envie de visiter ce musée ? Pourquoi ? Échangez en classe.

Le musée de la Romanité de Nîmes

Mon panier de lexique

Quels mots de ces pages voulez-vous retenir ? Écrivez-les.

....

....

PHONÉTIQUE 13
Le son [ø]

Avant de lire

1. Quelles sont vos dépenses prioritaires quand vous visitez une ville ?

logement | alimentation | visites culturelles | souvenirs/shopping | transport | ...

- *Moi je préfère dépenser de l'argent pour manger, j'adore aller au restaurant et goûter des spécialités.*

2. Quand vous visitez une ville, cherchez-vous les bons plans ?

- *Oui, je lis des forums de voyageurs.*

art mag
http://www.artmag.def

De l'art à Paris pour 0 euro !

**La capitale française est une ville de culture : art contemporain ou classique, peinture, sculpture, photographie.
Voici de bonnes idées pour se cultiver gratuitement.**

LE MUSÉE DU QUAI BRANLY

Vous êtes passionné par les arts et les civilisations du monde ? Dans ce magnifique musée, vous trouverez des collections d'objets, de sculptures et d'œuvres d'art provenant d'Afrique, d'Asie, d'Océanie et des Amériques.

Entrée gratuite le premier dimanche de chaque mois, toute l'année.
37, quai Branly, 75007 Paris

LE MUSÉE D'ART MODERNE

Situé dans le Palais de Tokyo, un bâtiment construit en 1937, c'est LE musée pour les fans d'art moderne et contemporain. Vous y découvrirez les grands courants artistiques du XXe siècle.

Entrée gratuite pour les collections permanentes.
11, avenue du Président-Wilson, 75116 Paris

L'INSTITUT DU MONDE ARABE

Le musée est payant, mais son archictecture est exceptionnelle et l'accès au toit est gratuit. Vous y verrez un magnifique panorama de Paris, avec vue sur la Seine et le Centre Pompidou au loin.

1, rue des Fossés-Saint-Bernard, 75005 Paris

STREET ART

Vous êtes fou de street art ? Vous aimerez les rues de Paris et sa banlieue ! Par exemple, à Saint-Denis, vous pourrez voir des œuvres de Guaté Mao, un street artiste spécialisé en portraits réalistes.

Canal Saint-Denis, 93200 Saint-Denis

LES ARÈNES DE LUTÈCE

Avant, des gladiateurs y combattaient devant 15 000 spectateurs. Aujourd'hui, c'est un parc public. On voit encore les ruines de l'amphithéâtre gallo-romain. Pour les amoureux de l'histoire antique.

Entrée gratuite. 49, rue Monge, 75005 Paris

Yacim

Hey Nico ! Tu sais si le Louvre est gratuit aujourd'hui ?

Aucune idée. Mais le musée du quai Branly, oui. Ça te dit ?

Pas vraiment.

Et l'archéologie, ça t'intéresse ?

Bof... J'sais pas.

Aller voir du street art, ça te plairait ?

Pfff... Moyen...

T'es compliqué ! Tu veux aller où ?

Je veux voir des tableaux, tu sais que j'aime la peinture.

Et si on va au Musée d'art moderne, ça te va ?

Lire, comprendre et réagir

3. Lisez l'article. Quelle visite vous intéresse le plus ? Pourquoi ?

4. Lisez les messages entre Yacim et Nico, comment réagit Yacim ?

- ☐ avec enthousiasme
- ☐ avec indifférence
- ☐ avec colère

Travailler la langue

5. Relevez dans l'article le vocabulaire de l'art, puis classez-le dans le tableau.

ce qu'on peut voir à l'extérieur	ce qu'on peut voir à l'intérieur

6. Relevez dans l'article les expressions pour dire qu'on aime beaucoup quelque chose.

EXPRIMER UNE PASSION

Être passionné par...

....

....

....

→ CAHIER D'EXERCICES P.54 – EXERCICES 3

7. Relevez dans les messages entre Yacim et Nico les expressions pour faire une proposition et pour répondre avec indifférence.

FAIRE UNE PROPOSITION

Phrase + **ça te dit** ?

....

....

....

RÉPONDRE AVEC INDIFFÉRENCE

Pas vraiment

....

....

....

Écouter, comprendre et réagir

8. Écoutez ces cinq petits dialogues. Est-ce que la personne accepte ou répond avec indifférence ? Cochez.

🎧 28

	1	2	3	4	5
accepte					
répond avec indifférence					

Produire et interagir

9. Connaissez-vous les goûts et les passions de vos camarades ? En petits groupes, faites des hypothèses sur les personnes des autres groupes, puis échangez avec eux.

- • *Je crois que Fabiola est fan de foot.*
- ○ *Pas vraiment. Mais, je suis passionnée par le volley.*

10. En petits groupes, faites une liste d'activités gratuites dans votre ville ou votre région. Puis, proposez-les à un/e camarade d'un autre groupe qui accepte ou refuse.

- • *Aller voir le coucher du soleil au parc del Amor, ça te dit ?*
- ○ *Bonne idée ! J'adore ce parc.*

11. À deux, choisissez une activité de la liste précédente et rédigez un petit texte de présentation, comme dans l'article *De l'art à Paris*. Affichez vos textes et présentez-les à la classe.

Le parc de l'Amour est situé à Miraflores. Il y a une sculpture qui s'appelle « El Beso » de l'artiste péruvien Victor Delfin, ce sont deux jeunes amoureux qui s'embrassent. C'est un endroit parfait pour voir le coucher du soleil, car la vue sur l'océan Pacifique est magnifique. Idéal pour les fans de romantisme ou pour un premier rendez-vous.

12. En petits groupes, à l'aide d'Internet si nécessaire, cherchez des lieux dans les pays francophones pour...

- les fans de romantisme
- les fans de musée
- les amoureux de la montagne
- les fous de sport

Avant de lire

1. Lisez le titre de l'article. À votre avis, est-ce que des lieux culturels peuvent transformer une ville ? De quelle façon ? Échangez en classe.

- *Je trouve que le Guggenheim de Bilbao a changé l'image de la ville dans le monde.*

architecture

http://www.architecture.def

Les lieux culturels transforment les villes

Depuis le début des années 2000, de nombreuses villes françaises construisent des lieux culturels dans des zones abandonnées. Ces bâtiments conçus par de grands architectes sont de véritables œuvres d'art. Leur mission : attirer des visiteurs et transformer les quartiers. Des habitants de trois grandes villes françaises témoignent.

AVANT

APRÈS

Le Mucem, musée des civilisations de l'Europe et de la Méditerranée, à Marseille

BÁLINT Marseille

Pour moi, le Mucem donne une nouvelle image de Marseille. Avant, personne ne venait dans cette zone, car cette partie du port n'était pas ouverte au public. Les touristes passaient leurs vacances près de Nice ou de Cannes. Aujourd'hui, ils visitent de plus en plus Marseille grâce au Mucem. En bas, on peut aller au musée, et en haut, on a une super vue sur la ville. Moi, j'adore y aller !

La Philharmonie de Paris

ALINE Paris

Avant, je sortais rarement du centre de Paris pour voir des concerts, j'allais toujours dans les mêmes salles. Maintenant, je vais souvent à la Philharmonie. Dehors, les espaces sont très agréables, et dedans la salle de concert est magnifique ! En plus, j'ai découvert un nouveau quartier de ma ville.

Le musée des Confluences, à Lyon

FARID Lyon

Au bout de la presqu'île des Confluences, il y avait seulement des usines abandonnées. Avec mes amis, nous l'appelions « le coin poubelle » parce que c'était sale. Aujourd'hui, le quartier est très dynamique, et je travaille dans une entreprise innovante près du musée des Confluences et du nouveau centre commercial.

Ah bon ?!

Le mot **musée** vient du grec *mouseîon*, un temple consacré aux Muses, les divinités des arts.
Ce mot est similaire dans plusieurs langues : *museo, museum, muzeum, müze...*
Et dans votre langue ?

Lire, comprendre et réagir

2. Lisez l'introduction de l'article. À votre avis, pourquoi construit-on des lieux culturels dans des zones abandonnées ?

3. Lisez les trois témoignages. Qu'est-ce qui a changé dans la vie de Bálint, Aline et Farid ?

Travailler la langue

4. Observez les verbes de l'article et relevez ceux qui sont dans un nouveau temps du passé. Puis, complétez le tableau.

L'IMPARFAIT

L'imparfait permet de décrire une situation ou une habitude dans le passé.
Pour former l'imparfait, on utilise la base de la **p**remière **p**ersonne du **p**luriel du **p**résent (la pppp = **nous**) + les terminaisons **-ais**, **-ais**, **-ait**, **-ions**, **-iez**, **-aient**.
Ex : *Nous **sort**ons –> Je **sort**ais*
Ex. : ....

Je / J'	
Tu	all**ais**
Il / Elle / On	
Nous	
Vous	all**iez**
Ils / Elles	

! Le verbe **être** est le seul verbe qui a une base irrégulière à l'imparfait : j'**ét**ais, tu **ét**ais, il **ét**ait, nous **ét**ions, vous **ét**iez, ils **ét**aient.

→ CAHIER D'EXERCICES P. 54-55 – EXERCICES 4, 5, 6, 7

5. Trouvez dans l'article les synonymes des mots suivants.

SITUER DANS L'ESPACE
à l'extérieur : ....
à l'intérieur : ....
à côté de : ....
à l'extrémité de : ....
dans la partie supérieure : ....
dans la partie inférieure : ....

→ CAHIER D'EXERCICES P. 55-56 – EXERCICES 9, 10, 11

Travailler la langue

6. Illustrez les mots de l'encadré précédent avec des petits dessins.

dedans

Écouter, comprendre et réagir

7. (29) Écoutez la conversation entre un touriste et une habitante de Marseille. Comment c'était avant ? Répondez à l'aide des étiquettes.

le quartier | les commerces | les monuments

Produire et interagir

8. Choisissez un bâtiment important de votre ville ou votre pays, puis décrivez-le. Où est-il situé ? À quoi sert-il ? Présentez-le à la classe.

- *Le Reichstag est le bâtiment du Bundestag : le parlement allemand. C'est un bâtiment du XIXe siècle, très grand et très beau. Il est situé à côté du fleuve, dans le centre de Berlin...*

9. En petits groupes, faites des devinettes sur des lieux connus de votre ville ou de votre pays.

- *Ce lieu est au bout du pont de Westminster, à côté de la Tamise. Dedans, il y a une énorme cloche.*
- *C'est Big Ben !*

10. Cherchez une photo d'un lieu qui a beaucoup changé. Qu'est-ce qu'on y faisait avant ? Préparez une petite présentation pour la classe.

Avant, à Venise dans le quartier de San Polo, les enfants jouaient dans la rue. Il y avait beaucoup de petits commerces locaux et pas chers. On mangeait du poisson frais que les pêcheurs vendaient sur les marchés et dans la rue...

DÉFI #01
RÉALISER UN MUSÉE DE L'ADOLESCENCE

Vous allez faire le portrait d'adolescent d'un/e camarade et créer le musée de l'adolescence de la classe.

- Apportez une photo ou un objet fétiche de votre adolescence. Mettez-les en commun.
- Tirez au sort une photo ou un objet. Préparez des questions pour la personne qui l'a apporté afin de connaître ses goûts et sa personnalité d'adolescent/e. Aidez-vous des étiquettes.

goûts vestimentaires | musique | meilleurs amis | vacances | alimentation
cinéma | lecture | loisirs | idées | télé | habitudes | sorties | ...

- Posez vos questions à votre camarade et notez ses réponses.
- Faites une affiche pour présenter à la classe votre camarade quand il était adolescent.
- Exposez toutes les affiches pour créer un musée de l'adolescence de la classe. Visitez-le. Qu'est-ce qui vous étonne ? Avez-vous des points communs avec vos camarades ?

LIVRES EN FÊTE AU QUÉBEC

Fans de livres, vous aimez aussi les événements littéraires? Si vous allez au Québec, voici une série d'événements à ne pas manquer cette année!

AVRIL

Salon international du livre de Québec – Festival La Muse

Pendant le salon, ne ratez pas le festival littéraire La Muse : des spectacles sur la littérature présentés par des musiciens et d'autres créateurs.

Festival de la BD francophone de Québec

Il se déroule dans toute la ville avec différents types d'activités sur la BD. Depuis 2017, le festival propose aux auteurs et aux illustrateurs un défi appelé **Les 24 heures de la BD de Québec** : réaliser une histoire de 24 pages en... 24 heures !

AOÛT

J'achète un livre québécois

L'initiative **Le 12 août, j'achète un livre québécois** est née en 2014 grâce à deux auteurs de littérature fantasy. Aujourd'hui, c'est une grande fête où les libraires conseillent les lecteurs et organisent des séances de dédicace avec des écrivains.

SEPTEMBRE

Festival international de la poésie de Trois-Rivières

Près de 350 activités se déroulent dans des bars, des galeries d'art, des écoles et des bibliothèques. Des poètes de tous les continents écrivent, lisent et affichent des poèmes dans la ville. Pendant le festival, tout est poétique dans la ville, il y a même un monument aux poètes !

SEPTEMBRE

Le Festival international de la littérature à Montréal

Le FIL est une fête de tous les genres littéraires (roman, nouvelle, poésie, littérature jeunesse...), avec aussi des spectacles faits pour les gens qui n'aiment pas lire.

OCTOBRE

Québec en toutes lettres

Ce festival propose des découvertes et des défis d'écriture et de lecture autour de thèmes différents chaque année : la science-fiction en 2012, le roman policier en 2016...

Avant de lire

1. Allez-vous à des salons, festivals, événements ou congrès ? De quel genre ?

Lire, comprendre et réagir

2. Lisez le document. Quel est l'événement le plus original, selon vous ?

3. Quel est l'événement qui vous intéresse le plus ?

- *Moi, j'aimerais aller au festival de Trois-Rivières, parce que j'aime la poésie.*

4. Existe-t-il des événements pour fêter la littérature dans votre ville ou votre pays ? Faites des recherches si nécessaire.

- *À Dublin, il y a l'International Literature Festival. Il existe depuis 1998.*

5. À votre avis, est-ce nécessaire d'organiser des événements sur la littérature et les auteurs de son pays ?

Écouter, comprendre et réagir

6. (30) Écoutez ce reportage d'une radio canadienne sur les habitudes de lecture des Québécois. Puis, répondez aux questions.

- Qui lit le plus ? Cochez les réponses correctes.

☐ les 15-24 ans	ou	☐ les plus de 24 ans
☐ les hommes	ou	☐ les femmes
☐ les francophones	ou	☐ les anglophones

- Est-ce qu'ils achètent ou ils empruntent les livres ?
- En France, on est fan de la littérature québécoise ?
  ☐ oui ☐ non

Mon panier de lexique

Quels mots de ces pages voulez-vous retenir ? Écrivez-les.

....

....

Ah bon ?!

Les livres papier représentent encore 95 % des ventes au Québec, en 2017. Et chez vous ?

PHONÉTIQUE 14 Le son [z]

Avant de lire

1. Aimez-vous lire ? Que lisez-vous ?

des romans | des BD | des magazines | des journaux | de la poésie | des livres d'art | des biographies | des guides de voyage | ...

2. Observez la photographie des livres de Léo. Choisissez un livre qui vous donne envie. Expliquez votre choix.

• *J'ai choisi « Ru » parce que j'aime bien la couverture.*

Leoetleslivres
http://www.leoetleslivres.def

LÉO ET LES LIVRES

Lire + | Ranger sa bibliothèque | Mes booktubers préférés | Ma médiathèque idéale

Des livres à emporter en vacances

Vous cherchez des livres pour les vacances ? En voici sept que j'ai adorés, ils existent tous en poche, pratique pour voyager ! Vous verrez, il y en a pour tous les goûts !

1. ROMAN
Kim Thúy, *Ru*
Ce roman composé de courts textes est inspiré de la vie de l'auteure. L'histoire commence à Saigon et finit au Québec. Ça parle d'émigration, de guerre et d'espoir. Un très beau livre.

2. SCIENCE-FICTION
Jean-Marc Ligny, *Acqua™*
L'action se passe en 2030. Les océans ont inondé l'Europe, l'Afrique et l'Amérique meurent de soif. Ça parle d'amour et d'écologie, l'intrigue est super. Un livre qui se lit facilement car les chapitres sont courts.

3. DRAME
Fatou Diome, *Le Ventre de l'Atlantique*
Génial du début à la fin ! Le style est simple, mais c'est bien écrit et ça fait réfléchir. Le sujet (l'immigration) est d'actualité, et l'histoire est touchante.

4. NOUVELLES
Régis Jauffret, *Microfictions*
Cinq cents nouvelles de deux pages, courtes, parfois violentes et souvent drôles. Pour moi, c'est LE chef-d'œuvre de Jauffret, à lire absolument !

5. AMOUR
Amélie Nothomb, *Mercure*
C'est l'histoire d'une fille très laide enfermée sur une île sans miroir... J'ai lu ce roman en quelques heures, impossible de m'arrêter ! Les dialogues sont bien écrits et il y a de l'humour noir jusqu'à la dernière page. La fin est inattendue...

6. POLAR
Virginie Despentes, *Apocalypse bébé*
Despentes écrit comme elle parle, et j'adore ses romans. L'histoire vous emporte dès le début. Il se passe plein de choses, les personnages sont passionnants, mais la fin est un peu décevante.

7. ESSAI
Michel Onfray, *Théorie du voyage*
Je l'ai lu en une nuit. Il y a des passages très poétiques sur l'art de voyager. C'est philosophique, mais facile à comprendre.

Ah bon ?! +

En France, 25 % des livres vendus sont des livres au format poche. **Le Livre de Poche** est né en 1953. À l'origine, c'était le nom d'une collection littéraire, puis c'est devenu un nom courant. Plus petit et moins cher, un livre de poche sort en général deux ans après la publication en grand format.

Lire, comprendre et réagir

3. Lisez la présentation du livre que vous avez choisi à l'activité précédente. Voulez-vous toujours le lire ? Pourquoi ?

4. Lisez les autres présentations des livres, puis répondez aux questions.

- Quel livre est autobiographique ?
- Lesquels parlent d'amour ?
- Lesquels Léo a-t-il lu en une seule fois ?
- De quel livre fait-il une critique négative ?
- Quels livres ont de l'humour ?
- Quel livre parle du futur ?

5. Quel est le dernier livre que vous avez lu ?

- *Moi, c'est « A hora da estrela » de Clarice Lispector. Je l'ai lu au lycée parce que j'étais obligé.*

Écouter, comprendre et réagir

6. Écoutez la conversation entre un libraire et une cliente. Pour qui la cliente cherche-t-elle un livre ? Quel livre propose le libraire ? Pourquoi ?

31

7. Réécoutez la conversation. Quelles autres informations retenez-vous ?

31

Travailler la langue

8. Relisez le blog. Soulignez en bleu les mots et expressions qui servent à parler de l'histoire et du thème du livre. Puis, soulignez en rouge les mots et expressions que Léo utilise pour donner son avis.

9. Quels mots et expressions soulignés dans le blog pourriez-vous utiliser pour parler d'un film ou d'une série ? Complétez le tableau.

parler de l'histoire d'un film ou d'une série	donner son avis
L'histoire commence à...	*Un très beau film*

→ CAHIER D'EXERCICES P. 56-57 – EXERCICES 12, 13, 14, 15, 16

Travailler la langue

10. Complétez le tableau à l'aide du blog.

EXPRIMER LA DURÉE (2)

- Pour marquer le point de départ d'une action :
DÈS + NOM / DATE
Ex. : ....
- Pour indiquer la durée nécessaire à la réalisation d'une action :
EN + DURÉE
Ex. : ....
- Pour marquer le point final d'une action :
JUSQU'À + NOM / DATE
Ex. : ....

→ CAHIER D'EXERCICES P. 57-58 – EXERCICES 18, 19

11. Comment traduisez-vous les exemples précédents dans votre langue ou dans les langues que vous connaissez ?

Produire et interagir

12. En petits groupes, faites deviner un livre, une série ou un film à vos camarades.

- *C'est une série australienne. Ça se passe à Canberra et dans le bush. Ça parle de politique et d'informatique.*
- *C'est « The Code » ?*
- *Oui !*

13. Choisissez un livre, un magazine, une série ou un film que vous adorez, puis rédigez un texte de présentation sur une feuille.

> *« Les Rivières pourpres », de Jean-Christophe Grangé : c'est un excellent polar, je l'ai lu en une semaine ! Il y a beaucoup de suspense dès le début. L'histoire est passionnante, on veut savoir la fin. Le livre a inspiré un film avec Jean Reno et Vincent Cassel.*

14. Mélangez les feuilles. Choisissez-en une et lisez-la. Selon vous, qui a écrit ce texte ? Avez-vous envie de découvrir l'œuvre conseillée ?

15. En petits groupes, échangez sur vos goûts en matière de lecture, cinéma, télé et séries pendant trois périodes de votre vie : l'enfance, l'adolescence et aujourd'hui.

- *Quand j'étais petit, je lisais surtout des BD, je les empruntais à la bibliothèque. J'étais fou de Batman !*

16. À deux, inventez un titre de livre ou de film, puis imaginez une histoire. Présentez-la à la classe.

- *Notre film s'appelle « Le Steward maudit ». Ça parle d'un steward qui travaille pour une compagnie aérienne de zombies. Il se passe plein de choses horribles, mais l'intrigue est parfois drôle, et la fin est inattendue ! C'est un film d'horreur pour les fans de zombies !*

Avant de lire

1. **Imaginez tout ce qu'on peut faire avec un livre, à part le lire. Échangez en classe.**

Et si on n'aime pas lire?

Qu'est-ce qu'on peut faire avec un livre? Le lire, bien sûr! Mais, pas seulement. Voici trois idées originales que nous avons repérées.

S'afficher sur les réseaux sociaux

Vous ne connaissez rien à la littérature et vous ne trouvez aucun intérêt à lire, mais vous voulez avoir l'air cool sur les réseaux sociaux? Postez des *bookfaces*: des portraits de vous avec des couvertures de livres. Avant, on ne faisait ça qu'avec des pochettes de disques, mais depuis peu, on utilise aussi les livres. Essayez, c'est drôle!

Bricoler et décorer

Vous ne trouvez aucune utilité à vos vieux livres, et ils n'intéressent personne? Avec un peu d'imagination, vous pouvez les transformer en meubles, étagères, tableaux... Vous pouvez faire de véritables œuvres d'art.

Écouter

Vous aimeriez lire, mais vous n'avez pas le temps? Bonne nouvelle, les livres audio ne sont pas que pour les personnes avec des problèmes de vue. Ils sont de plus en plus utilisés dans les transports en commun et même à la maison. Aujourd'hui, beaucoup de sites proposent des MP3 de livres lus par des acteurs célèbres, avec des ambiances sonores.

Lire, comprendre et réagir

2. **Lisez le titre de l'article, l'introduction et les titres de paragraphe. Observez les photos. Quelle idée vous amuse, laquelle vous semble étrange ? Pourquoi ?**

- *Je trouve amusant de s'afficher sur les réseaux sociaux avec des livres...*

3. **Lisez l'article. Avez-vous déjà utilisé les livres d'une de ces façons ?**

4. **Pourquoi les livres audio sont parfaits pour les gens qui n'ont pas le temps de lire ?**

Travailler la langue

5. **Complétez le tableau à l'aide de l'article.**

LA NÉGATION COMPLEXE (2)

- **ne** ... **rien** exprime l'absence de quelque chose.
Ex. : ....
- **ne** ... **personne** est la négation de **quelqu'un**.
Ex. : ....
- **ne** ... **aucun/e** (+ nom) indique l'absence complète d'un élément. **Aucun/e** est toujours au singulier et s'accorde en genre avec le nom qui suit.
Ex. : ....

→ CAHIER D'EXERCICES P. 58 – EXERCICES 20, 21, 23

6. **Repérez dans l'article les phrases suivantes avec la structure *ne... que*. À deux, trouvez une autre façon de dire ces phrases.**

- Avant, on **ne** faisait ça **qu'**avec des pochettes de disques.
- Les livres audio **ne** sont pas **que** pour les personnes avec des problèmes de vue.

Travailler la langue

7. **Complétez le tableau à l'aide de l'activité précédente**

LA RESTRICTION

Ne ... **que** n'est pas une négation, c'est une autre façon de dire **seulement**. **Ne** se place avant le verbe, et **que** se place devant le mot sur lequel est l'exclusivité.
Ex. : *Avant, on **ne** faisait ça **qu'**avec des pochettes de disques. (Avant, on faisait ça **seulement** avec des pochettes de disques).*
Ex. : ....

→ CAHIER D'EXERCICES P. 58 – EXERCICES 22, 23

Produire et interagir

8. **À deux, définissez les personnes suivantes, en exagérant si nécessaire, et en utilisant *ne ... rien, ne ... aucun, ne ... personne, ne ... jamais*.**

- une personne pauvre
- une personne drôle
- une personne idiote
- une personne égoïste
- une personne solitaire
- une personne rebelle

- *Une personne pauvre, c'est une personne qui n'a rien.*

9. **En deux minutes, trouvez dans la classe...**

- une personne qui n'a aucune BD.
- une personne qui ne lit que des romans.
- une personne qui n'aime que les polars.
- une personne qui n'a vu aucun film français.
- une personne qui n'a aucun ami français.

10. **À deux, répondez aux questions. Puis écrivez-en d'autres en utilisant la structure *ne ... que* et posez-les aux autres groupes.**

- Quel pays n'a qu'un seul pays voisin ?
- Quel animal ne mange que de l'herbe ?
- Quel objet on n'utilise qu'une fois ?
- Quel vêtement on ne porte qu'une fois ?

DÉFI #02
CONSTITUER LE CATALOGUE D'UNE MÉDIATHÈQUE

Vous allez choisir les œuvres de la médiathèque idéale pour connaître votre ville et constituer un catalogue.

- ▶ En classe, faites un remue-méninges pour trouver des œuvres (livres, films, séries, albums de musique) qui parlent de votre ville ou qui la représentent.
- ▶ En petits groupes, choisissez une œuvre et préparez une présentation : type d'œuvre, genre, auteur, thème ou résumé de l'histoire, intérêt de l'œuvre, public ciblé.
- ▶ Vous pouvez enrichir votre présentation avec des avis ou des critiques d'Internet.
- ▶ Cherchez des images (couverture, pochette, affiche de film...).
- ▶ Faites une fiche de présentation avec les informations, les critiques et les images.
- ▶ Mettez vos fiches en commun pour constituer le catalogue de votre médiathèque.

LA MÉDIATHÈQUE D'ISTANBUL

LIVRES
Cette chose étrange en moi, de Orhan Pamuk, 2014
Beaucoup de romans de cet auteur se passent à Istanbul. Celui-ci parle d'un vendeur ambulant et de l'évolution de la ville, de 1969 à 2012. Il y a beaucoup de personnages tragiques, et il se passe plein de choses. Un chef-d'œuvre !

FILMS
Crossing the Bridge, The sound of Istanbul, de Fatih Akin, 2005
Vous êtes fan de musique ? Ce long reportage sur toutes les musiques de la ville est fait pour vous !

Les mots assortis

1. Complétez les séries.

un bâtiment • haut • circulaire • ....
• moderne • magnifique • ....
• de deux étages
• du XIXe siècle

Mes mots

2. Complétez avec des noms d'espaces ou de lieux pour...

- voir des expositions d'art : *les musées, les galeries d'art,* ....
- voir des films : ....
- écouter des concerts : ....
- voir des spectacles : ....
- faire du shopping : ....
- écouter des conférences : ....

3. Comment s'appellent les œuvres des...

- écrivains : *les romans, les nouvelles,* ....
- sculpteurs : ....
- peintres : ....
- poètes : ....
- architectes : ....
- photographes : ....
- musiciens : ....

4. Complétez cette carte mentale sur le livre. Vous pouvez ajouter des branches si nécessaire.

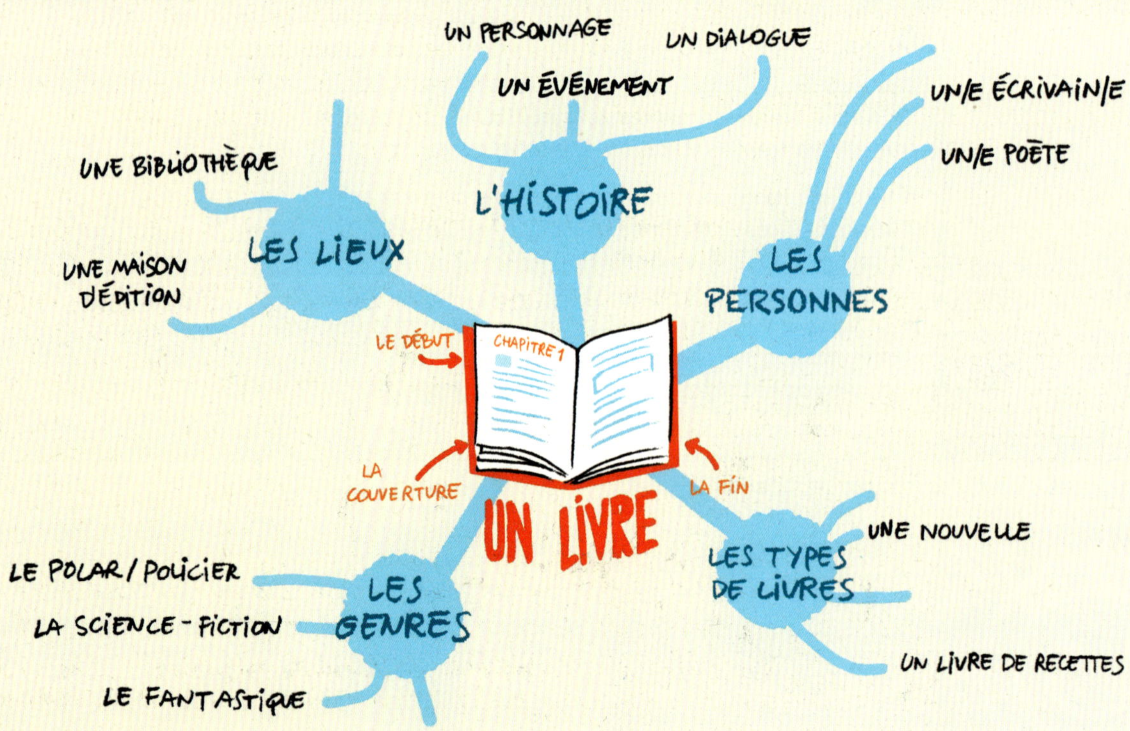

Ça vaut le détour !

08

DOSSIER 01
Pourquoi voyager ?

CULTURE(S) ET SOCIÉTÉ(S)
- les raisons de voyager
- les habitudes des Français en vacances
- les récits et carnets de voyage

GRAMMAIRE
- les adverbes en *-ment*
- l'alternance passé composé / imparfait

COMMUNICATION
- partager des raisons de voyager
- parler de ses vacances
- présenter des données chiffrées

LEXIQUE
- les destinations de voyage
- les logements de vacances
- les fractions et les pourcentages
- les types de voyage

DÉFI #01
RÉALISER LE RÉCIT DE VOYAGE D'UN TOURISTE IMAGINAIRE

DOSSIER 02
Suivez le guide !

CULTURE(S) ET SOCIÉTÉ(S)
- le *Guide du routard* et le guide *Michelin*
- les agences de voyages
- les blogs de tour du monde

GRAMMAIRE
- les pronoms *y* et *en*
- la place de l'adjectif
- le gérondif

COMMUNICATION
- parler de la préparation d'un voyage
- décrire un paysage
- raconter un voyage

LEXIQUE
- les paysages, les animaux
- les activités de vacances
- les points cardinaux

DÉFI #02
FAIRE UN GUIDE DE VOYAGE ORIGINAL

DÉFI #03 NUMÉRIQUE
espacevirtuel.emdl.fr

POURQUOI VOYAGE-T-ON ?

Avec l'arrivée des transports low cost au début du XXIe siècle, le tourisme mondial a explosé. Mais pourquoi voyage-t-on ? Voici quelques éléments de réponses.

Pour s'ouvrir au monde
Le philosophe français Hippolyte Taine affirme qu'« on voyage pour changer, non de lieu, mais d'idées ». En voyage, on découvre d'autres cultures, on mange des plats inconnus, on visite des monuments uniques et on voit des paysages nouveaux... Ces expériences nous ouvrent les yeux et l'esprit.

Pour prendre le temps de vivre
Partir loin de tout permet de se déconnecter du quotidien et de l'actualité. Au bout du monde, notre smartphone nous semble beaucoup moins important. On vit à un autre rythme : on se lève avec le soleil, on profite du temps sans horaire et sans obligation.

Pour rester en bonne santé
Voyager, c'est bon pour le corps et l'esprit ! De nombreuses études scientifiques montrent que les personnes qui ne prennent pas leurs congés annuels ont 30 % de risques en plus de faire un infarctus. Les voyages diminuent aussi les problèmes de sommeil et le stress.

Pour mieux se connaître
Voyager seul à l'étranger demande du courage : autre pays, autre langue, autre culture... Cette aventure est un excellent moyen pour connaître ses limites et apprendre à les dépasser. Pour ceux qui se cherchent, voyager est la meilleure façon de se découvrir.

« Le seul, le vrai, l'unique voyage, c'est de changer de regard. »

Marcel Proust (écrivain français)

32

Témoignages

Ils expliquent pourquoi ils voyagent.

Cléo

Adam

Jeanine

Avant de lire

1. Voyagez-vous souvent ? Dans votre pays ou à l'étranger ?
2. À votre avis, pourquoi voyage-t-on ? Échangez en petits groupes.

Lire, comprendre et réagir

3. Lisez les titres de paragraphe. Classez les raisons de voyager par ordre d'importance pour vous. Vous pouvez en ajouter d'autres. Puis, échangez en classe.
4. Lisez l'article. Êtes-vous d'accord avec les raisons citées ?
   - *Je ne suis pas d'accord avec la troisième raison parce que je suis toujours malade en voyage.*
5. À quelle(s) raison(s) de voyager associez-vous la photo principale ? Pourquoi ?
6. Quelles destinations pourriez-vous recommander pour chaque raison de voyager évoquée dans les textes ?
   - *Pour découvrir une autre culture, je recommanderais de visiter la Laponie.*
7. Comment comprenez-vous la citation de Proust ? Échangez en classe.
8. Dans votre langue, existe-t-il des proverbes sur le voyage ?
   - *Un proverbe berbère dit : « Qui voyage ajoute à sa vie. »*

Écouter, comprendre et réagir

9. Écoutez ces trois témoignages de voyageurs. Où et pourquoi voyagent-ils ? (32)
   - Cléo : ....
   - Adam : ....
   - Jeanine : ....

Mon panier de lexique

Quels mots de ces pages voulez-vous retenir ? Écrivez-les.

....

....

PHONÉTIQUE Le son [ɑ̃] **15**

Avant de lire

1. **Quelles sont les vacances idéales pour vous? Échangez en petits groupes à l'aide des étiquettes.**

où? | quand? | pour quoi faire? | avec qui?

Quelles sont les vacances ×

https://www.ouest-france.fr

ouest france

Quelles sont vos vacances idéales?

Le 21/07/2017, par Dmitry Panchenko

Chaque été, près de six Français sur dix partent en vacances. Alors plutôt «farniente» au soleil, fêtes toutes les nuits ou visites de musées? Une étude explique la définition des «vacances idéales» pour les Français. Soleil, repos, détente, découvertes, famille... Voilà les mots qui viennent à la bouche des Français interrogés (...) quand on leur parle de vacances. 94% d'entre eux attendent impatiemment cette période pour se changer les idées.

Plage ou montagne?

86% des Français désirent un dépaysement total pendant leurs vacances. Alors, la majorité part pour une destination ensoleillée proche de la mer, souvent sans quitter le pays. (...) Pour l'hébergement, beaucoup de vacanciers louent un appartement ou une maison de vacances (40%) ou vont à l'hôtel (33%). Un quart des Français ont trouvé une solution plus économique: ils vont séjourner chez des membres de leur famille. Le camping et les clubs de vacances attirent un peu moins les touristes. (...)

Juillettistes ou aoûtiens?

Traditionnellement, les vacanciers préfèrent partir au mois d'août. (...) Mais de plus en plus de Français prennent des vacances au mois de septembre: ils sont 24% à travailler tout l'été pour être plus tranquille en vacances après la rentrée scolaire. Ils sont même plus nombreux que les juillettistes (19%).

Bronzage ou découverte d'un nouveau sport?

Les vacanciers rêvent d'une chose: avoir l'esprit libre! Pas de plans et de sorties préparés à l'avance, 60% des Français improvisent le plus possible leurs activités. La moitié des touristes est prête à découvrir de nouvelles activités ou de nouveaux sports (et les trois quarts des 18-24 ans). Globalement, faire la fête et revenir bronzé ne sont pas des priorités. Par contre, faire rêver ses collègues et sa famille en revenant, c'est capital! La moitié des Français veut ramener de jolies photos de vacances. (...)

Source : www.ouest-france.fr

Lire, comprendre et réagir

2. **Écrivez cinq mots qui représentent les vacances. Puis, lisez l'introduction de l'article. Est-ce que les Français ont la même représentation des vacances que vous ?**

3. **Lisez les titres des paragraphes. À votre avis, que préfère la majorité des Français dans chaque cas ?**

4. **Lisez les paragraphes pour vérifier vos hypothèses.**

5. **Qu'avez-vous en commun avec les vacanciers français ?**

Travailler la langue

6. **Repérez dans l'article comment on exprime les proportions suivantes, puis complétez l'encadré.**

LES FRACTIONS

1/4 : ....
1/2 : ....
1/3 : *un tiers*
2/3 : *deux tiers*
3/4 : ....

Après une fraction au singulier suivie d'un nom, on peut mettre le verbe au singulier ou au pluriel.
Ex. : *Un quart des Français **ont** trouvé une solution.*
Ex. : *Un quart des Français **a** trouvé une solution.*

→ CAHIER D'EXERCICES P. 62 – EXERCICES 1, 2

7. **60 % des Français partent en vacances chaque été. Repérez dans l'introduction comment est exprimé ce chiffre.**

8. **Complétez le tableau à l'aide de l'article.**

LES ADVERBES EN *-MENT*

Les adverbes en **-ment** sont invariables, ils modifient le sens d'un mot ou d'une phrase.

- En général, ils se construisent avec l'adjectif à la forme .... + **-ment**.
  Ex. : .... > *traditionnellement*
  Ex. : .... > *globalement*
- Avec les adjectifs qui se terminent par **-ent** ou **-ant**, l'adverbe se termine par **-emment** ou **-amment**.
  Ex. : *élégant* > *élégamment*
  Ex. : *impatient* > ....

→ CAHIER D'EXERCICES P. 62 – EXERCICES 3, 4, 5

9. **Relevez dans l'article les verbes utilisés avec les mots suivants, puis écrivez-les.**

- *partir en* vacances, ... vacances
- .... appartement
- .... hôtel

Écouter, comprendre et réagir

10. **Écoutez l'émission de radio sur la route nationale 7, puis répondez aux questions.** 33

- Combien de kilomètres fait cette route ?
  ....
- Que relie-t-elle ?
  ....
- Combien de temps fallait-il dans les années 1960 pour descendre la nationale 7 ?
  ....
- Quelles images positives ont les Français de cette route ?
  ....
- Quels aspects négatifs avait cette route ?
  ....

11. **Existe-t-il une route similaire dans votre pays ?**

Produire et interagir

12. **Comment les gens de votre pays voyageaient dans les années 1960 ? Échangez en classe.**

- *Dans les années 1960, les gens ne prenaient pas souvent l'avion. C'était trop cher.*

13. **À deux, créez un adverbe à partir de chaque adjectif, puis échangez sur ce que vous aimez faire de cette façon.**

Adjectifs	Adverbes
tranquille	
lent	
luxueux	
rapide	

- *Qu'est-ce que tu aimes faire tranquillement en vacances ?*
- *J'aime prendre mon petit déjeuner tranquillement.*

14. **À deux, inventez des slogans publicitaires pour des voyages ou des moyens de transport à l'aide des étiquettes. Écrivez-les, puis présentez-les à la classe.**

rapide | difficile | confortable | calme | direct

— *Les trains Frecciarossa : le meilleur moyen pour arriver rapidement à destination.*

15. **Proposez des questions pour connaître les habitudes de la classe en vacances, à l'aide des étiquettes. Écrivez-les au tableau, puis répondez-y. Présentez les résultats en utilisant des fractions.**

mois de l'année | logement | destination | activités | seul/e, en famille ou en couple | ...

- *Dans notre classe, 70 % des personnes partent en vacances au mois d'août.*

« Quand rien n'est prévu, tout est possible. »
Antoine de Maximy (voyageur français)

Après trois jours à Nouméa, Quentin et moi avons décidé d'aller à Hienghène dans le nord-est de la Nouvelle-Calédonie. Quand nous sommes arrivés le lundi 24 octobre au matin, nous n'avions pas d'hébergement. Finalement, l'office de tourisme nous a proposé de loger dans une communauté kanake.

Nous étions impatients de découvrir la culture kanake. Pour « faire la coutume », nous avons apporté au chef du village deux chouchoutes, un igname et un manou. Je pensais rencontrer un homme en habit traditionnel, mais il portait un jean et un tee-shirt. ☺

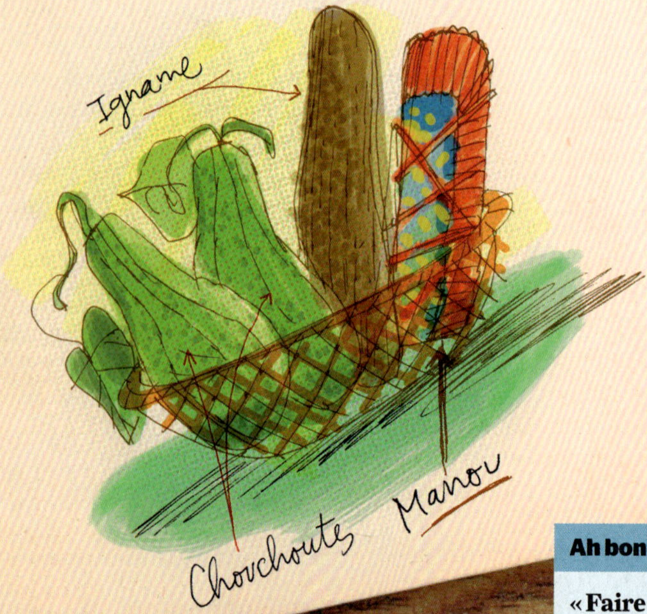

Ensuite, on nous a montré notre logement, c'était une case traditionnelle. Il y avait seulement un matelas par terre avec une couverture. Les toilettes se trouvaient dehors et il n'y avait pas d'eau chaude. Heureusement, nous étions au mois d'octobre et il faisait 26 degrés ! Et puis, nous voulions vivre une expérience authentique.

Notre hôte, Mauricette, était une femme discrète qui cuisinait extraordinairement bien. Elle nous a servi un ragoût de roussette. Pendant le dîner, Quentin me regardait fixement parce qu'il était surpris de me voir manger de la chauve-souris. Mauricette souriait pendant que je dégustais son plat. Moi, je me sentais bien, ce voyage m'ouvrait l'esprit et l'appétit…

Ah bon ?!

« **Faire la coutume** » est un ensemble d'actions pour entrer dans une communauté kanake. On dépose un cadeau devant le chef : un manou (un paréo), de l'argent, de la nourriture… et on lui explique pourquoi on est là.

Lire, comprendre et réagir

1. **Lisez les souvenirs de voyage de Chloé en Nouvelle-Calédonie. Voudriez-vous vivre la même expérience ? Pourquoi ?**

2. **Situez la Nouvelle-Calédonie sur la carte de la francophonie pages 162-163, puis observez les dessins. Qu'est-ce que c'est ? Pourquoi Chloé en parle-t-elle ?**

3. **Quel autre dessin pourriez-vous faire pour illustrer son récit ?**

4. **Écrivez-vous des carnets ou des récits de voyage ? Si non, comment gardez-vous vos souvenirs de vacances ?**

Travailler la langue

5. **Quel temps verbal utilise Chloé pour...**

- décrire le logement : ....
- décrire Mauricette : ....
- décrire des sentiments : ....
- raconter des actions et des événements : ....

6. **Complétez le tableau à l'aide de l'activité précédente.**

L'ALTERNANCE PASSÉ COMPOSÉ / IMPARFAIT

Le .... est le temps qui fait « avancer » le récit et qui présente les actions comme des faits terminés.
Le .... est le temps qui « suspend » le récit, il décrit une situation, une personne ou une action dans laquelle se passe l'événement.
Ex. : *Quand nous **sommes arrivés** le lundi 24 octobre, nous n'**avions** pas d'hébergement.*
Ex. : ....

→ CAHIER D'EXERCICES P. 63-64 – EXERCICES 6, 7, 8

7. **Est-ce qu'il existe une alternance du même type dans votre langue ? Fonctionne-t-elle de la même manière ?**

Écouter, comprendre et réagir

8. **Hier, Liliane a eu une journée un peu particulière. Écoutez le document. À deux, rédigez ce qui s'est passé aux différents moments de la journée.** (34)

- À 7 h
- À 8 h
- À 17 h
- À 19 h

Produire et interagir

9. **Quel est l'endroit le moins confortable, le plus original ou le plus beau où vous avez dormi ? Choisissez-en un et complétez la fiche. Puis, en petits groupes, racontez votre expérience.**

L'endroit le .... où j'ai dormi
- quand : ....
- où : ....
- avec qui : ....
- contexte et décor : ....
- sentiments ressentis : ....

10. **À deux, chacun écrit des questions pour connaître le passé de l'autre. Puis, posez-vous les questions. Racontez à la classe une anecdote surprenante sur votre camarade.**

— *Où tu es né ?*
— *Est-ce que tu aimais aller à l'école ?*
— *Comment et où tu as rencontré ton premier amour ?*
— *Qu'est-ce que tu as étudié ?*
— *Quel est ton pire souvenir de voyage ?*

DÉFI #01
RÉALISER LE RÉCIT DE VOYAGE D'UN TOURISTE IMAGINAIRE

Vous allez écrire le récit de voyage d'un touriste imaginaire dans votre ville.

- ▶ En petits groupes, imaginez les raisons que peut avoir un touriste de voyager dans votre ville (monuments, sites exceptionnels, événements sportifs ou culturels, gastronomie...).
- ▶ À deux, choisissez un lieu ou une activité et écrivez une page de son récit de voyage. Racontez ce qu'il a vu et ce qui s'est passé : les lieux, les gens, ses impressions, etc.
- ▶ Pour illustrer votre page, vous pouvez dessiner, faire des collages, mettre des photographies...

CARNET DE VOYAGE À MOSCOU

J'ai toujours rêvé d'aller en Russie. En juin 2017, je suis parti à Moscou. Après trois heures de vol et un voyage avec un chauffeur de taxi très bavard, je suis arrivé directement sur la place Rouge. Il faisait très beau et il y avait des centaines de personnes qui admiraient ce lieu magnifique...

Deux guides de voyage incontournables

Quel guide acheter pour partir en vacances? Tout dépend de votre profil de voyageur. Comparons ces guides de voyage mythiques en France: le *Routard* et le *Michelin*.

Le Guide du routard

Le *Guide du routard* est né en France en 1973. Il propose des bons plans pour voyager pas cher et rencontrer la population locale. Il recommande des musées et des vistes culturelles, mais aussi des bars sympas. Aujourd'hui, c'est le guide le plus vendu en France.

Les plus :

- On y trouve des indications pratiques : horaires, transports, conseils…
- Il recommande de bonnes adresses de restaurants et d'hôtels avec un bon rapport qualité/prix.
- On y lit des anecdotes drôles sur les pays et les villes visités.

Les moins :

- On y trouve peu d'informations culturelles.
- Le guide est victime de son succès : dans les restaurants recommandés, il n'y a souvent que des Français !

Le guide Michelin

En 1900, le *guide Michelin* était un manuel gratuit avec des conseils en mécanique pour les automobilistes. En 1920, ce manuel est devenu un guide avec des adresses d'hôtels et de restaurants. Aujourd'hui, les éditions Michelin publient deux collections : le Guide Rouge pour la gastronomie et le Guide Vert pour le tourisme.

Les plus :

- Il accorde une grande importance au patrimoine culturel et naturel.
- On y trouve de nombreuses informations historiques.
- Il évalue les sites avec des étoiles : 3 étoiles = « vaut le voyage », 2 étoiles = « mérite un détour », 1 étoile = « intéressant ».
- Il y a des illustrations et des photos.

Les moins :

- On y trouve peu d'informations pratiques (plans des transports, horaires…).
- Il recommande peu d'adresses bon marché.

Dernières publications

Avec la collection « Les Petits Explorateurs », les enfants peuvent participer activement aux visites grâce à des histoires et des jeux adaptés !

Le guide *g'palémo* propose 200 dessins pour se faire comprendre dans toutes les langues.

Avant de lire

1. **Comment préparez-vous vos vacances ? Échangez en petits groupes.**

- *Moi, je regarde des émissions de voyage sur Internet. Ça me donne des idées.*

2. **Observez les logos et les titres des guides de la page de gauche. Les connaissez-vous ?**

Lire, comprendre et réagir

3. **Lisez la présentation des deux guides. Lequel choisiriez-vous pour partir en vacances ? Pourquoi ?**

4. **Lisez l'encart *Dernières publications*. Comprenez-vous le titre *g'palémo* ? Échangez en classe.**

5. **Trouvez-vous ces deux dernières publications utiles ? Pourquoi ?**

6. **Existe-t-il des guides de voyage célèbres dans votre pays, comme le *Routard* ou le *Michelin* ?**

- *En Allemagne, nous avons le « Baedeker ».*

Écouter, comprendre et réagir

7. **Écoutez cette émission de radio sur les guides de voyage. Puis répondez aux questions.** (35)

- Quel est le profil des voyageurs pour chaque guide ?
- Qu'est-ce qu'un routard ?
- Quels sont les avantages du *Routard* ?
- Quel est le profil des voyageurs qui utilisent le *Michelin* ?

Mon panier de lexique

Quels mots de ces pages voulez-vous retenir ? Écrivez-les.

....

....

Ah bon ?!

Bibendum, aussi appelé Bonhomme Michelin, est le symbole de l'entreprise française de pneumatiques Michelin. Il a été créé en 1898 et élu meilleur logo du siècle en 2000. Aujourd'hui, il est devenu un objet de collection et fait partie de la culture populaire française.

PHONÉTIQUE 16 Les groupes rythmiques

Avant de lire

1. Avez-vous déjà fait un voyage organisé ? Si oui, décrivez votre expérience. Si non, expliquez pourquoi.

Evaneos

www.evaneos.fr

evaneos DESTINATIONS OÙ PARTIR CONCEPT Recherche

EVANEOS : LE NOUVEAU CONCEPT DU VOYAGE 100% SUR MESURE

En contact direct avec un agent de voyages local, vous personnalisez vos hébergements, votre itinéraire, vos activités, et bien plus encore...

AGENCES LOCALES EXPERTES

Les agences locales sont sélectionées selon des critères de qualité très exigeants. En plus d'être des experts locaux, les agences sont francophones !

100 % SUR MESURE

Vous pouvez personnaliser votre voyage à l'infini : étapes, herbergements, activités, guides....

PRIX EN DIRECT

Sur Evaneos, vous avez accès aux prix en direct des agences locales. Sans intermédiaires, vous économisez sur le prix de votre voyage.

Randonnée aventure

Croisière inoubliable

Forum voyages

http://www.forum/voyages/madagascar.def

Forum Madagascar

Sujet : Madagascar avec Evaneos

MALIK Paris
Est-ce que quelqu'un est allé à Madagascar avec Evaneos? Je souhaite y aller en famille l'été prochain.

FAVI Nantes
Nous sommes partis en juin dernier pour découvrir Madagascar à pied. L'agence locale a organisé une belle randonnée : nous avons longé le grand lac Itasy, puis nous avons traversé des paysages volcaniques, des rivières et des montagnes dans les terres centrales. Les paysages étaient magnifiques, on s'en souviendra toute notre vie ! Notre guide était génial, je recommande Evaneos sans problème !

LEVON Orléans
Moi, j'ai voyagé avec mes deux enfants. Evaneos a tout organisé comme on le voulait. Nous avons visité le parc national de Ranomafana dans l'est de l'île, où nous nous sommes baignés dans des sources d'eau chaude. Pendant notre balade dans la forêt tropicale, nous avons vu beaucoup d'espèces de lémuriens, et les enfants ont adoré ces jolis singes. Petit bémol, il y a beaucoup de moustiques. Pensez-y quand vous partez en randonnée.

MARIN Tours
Le printemps dernier, nous avons fait une croisière fantastique avec Evaneos dans le sud-ouest de Madagascar. Nous en gardons un souvenir incroyable ! Le premier jour, nous avons vu des baleines et des dauphins. Le deuxième jour, nous avons fait de la plongée, du kayak et de la pêche. Nous avons aussi passé des heures sur les plages de sable fin. Absolument parfait !

Regarder, comprendre et réagir

2. **Regardez la vidéo de présentation d'Evaneos. Quelles sont les particularités de cette agence ?**

Lire, comprendre et réagir

3. **Lisez la présentation d'Evaneos. Voudriez-vous organiser vos vacances avec cette agence ? Pourquoi ? Connaissez-vous des personnes que ça pourrait intéresser ?**

- *Ça pourrait intéresser mes parents. Ils aiment beaucoup voyager avec des guides locaux et ils parlent français.*

4. **Lisez les commentaires des voyageurs. Sont-ils positifs comme le dit la vidéo (97 % de satisfaction) ?**

5. **Est-ce que ces commentaires vous donnent envie de visiter Madagascar ? Qu'est-ce qui vous plairait ?**

Travailler la langue

6. **Retrouvez dans les commentaires les mots et expressions pour parler des paysages, des activités et des animaux.**

Les paysages

Les activités

Les animaux

7. **Complétez cette rose des vents à l'aide des commentaires et de vos hypothèses.**

le nord-ouest ....

8. **Relisez les commentaires. Que remplacent les pronoms *y* et *en* ?**

- Je souhaite **y** aller : ....
- On s'**en** souviendra toute notre vie : ....
- Pensez-**y** : ....
- Nous **en** gardons un souvenir incroyable : ....

Travailler la langue

9. **Complétez le tableau à l'aide des commentaires et de l'activité précédente.**

LES PRONOMS *Y* ET *EN*

- On utilise le pronom ______ pour ne pas répéter un complément introduit par **à**, **sur**, **dans**, **chez**.
Ex. : ....
- On utilise le pronom ______ pour ne pas répéter un complément introduit par **de**.
Ex. : ....

→ CAHIER D'EXERCICES P. 65 – EXERCICES 12, 13, 14, 15

10. **Repérez et soulignez dans le document tous les adjectifs placés à côté d'un nom. Puis, complétez le tableau.**

LA PLACE DE L'ADJECTIF

- En général, les adjectifs se placent après le nom.
Ex. : ....
- Certains adjectifs se placent avant le nom. Généralement, ils sont courts et fréquents : **bon**, **mauvais**, **jeune**, **vieux**, **autre**, **même**, **ancien**, **gros**, ______, ______, ______, ______.
- Les adjectifs ordinaux se placent avant le nom : ______, deuxième, troisième...

→ CAHIER D'EXERCICES P. 65-66 – EXERCICES 16, 17

Produire et interagir

11. **Que rêvez-vous de voir ou de revoir dans votre vie ?**

- *Je rêve de voir les aurores boréales en Alaska.*

12. **À deux, choisissez une région de votre pays, puis préparez une description de ses paysages, à l'aide du dictionnaire si nécessaire. Présentez-la à la classe.**

- *Nous allons parler du comté Wicklow au sud de Dublin. Il a deux parties très différentes : la côte et les montagnes. Sur la côte, il y a de belles plages et des rochers...*

13. **En petits groupes, créez des devinettes sur des lieux touristiques avec le pronom *y*, à l'aide des étiquettes. Puis, posez-les à un autre groupe.**

manger | voir | boire | fabriquer | danser

- *On y voit des kangourous.*
- ○ *C'est le bush d'Australie ?*

14. **Complétez cette fiche et échangez avec un/e camarade.**

- Vous y pensez souvent : *mes dernières vacances*
- Nous n'en parlez jamais à vos parents : ....
- Vous ne vous en souvenez plus : ....
- Vous y croyez toujours : ....
- Vous en avez besoin tous les jours : ....
- Enfant, vous y jouiez souvent : ....
- Enfant, vous ne vous en sépariez jamais : ....

Avant de lire

1. **Connaissez-vous le mot « globe-trotter » ? Faites des recherches, si nécessaire. À votre avis, que pourrait signifier « blog-trotter » ?**

blog de Jade

www.le-blog-de-jade.fr

Accueil | Mes voyages | Mes photos | **Mes livres**

Mes livres

Ils ont fait le tour du monde 32 portraits de blog-trotters

Faire le tour du monde, ça fait rêver ! Dans cet ouvrage, Sandrine Mercier et Michel Fonovich ont sélectionné « une trentaine d'itinéraires : hommes et femmes qui ont su partir et revenir. En famille, entre amis, en solo ou en couple ; à vélo, en bateau, à cheval, à mobylette, en fourgon…
Leurs motivations étaient variées : échapper à la routine et à la société de consommation, vivre une aventure en famille, prendre le temps, se lancer un défi, oublier une longue maladie, donner une nouvelle orientation à sa vie… À la fois globe-trotters et blog-trotters, ils ont raconté leur expérience sur Internet en postant textes, photos et vidéos ».
Ils partagent dans ce livre joliment illustré leur expérience avant, pendant et après leur voyage.

Voici des extraits de trois histoires qui m'ont particulièrement intéressée :

Un billet contre un sourire

Sarah : le « free tickets world tour »

Durant un an et demi, Sarah a fait en solo un tour du monde de quelques concerts et événements sportifs sans payer une seule entrée. À 32 ans, cette jeune journaliste a suivi Coldplay, U2 ou Eric Clapton sur les routes du globe, en échangeant son sourire contre un billet.

De ferme en ferme

Nathalie et Nicolas : un tour du monde bio

Nathalie Jouat et Nicolas Bonniot sont partis voir le vaste monde avec une idée en tête : mettre à profit ce voyage pour apprendre à construire leur future maison écologique à la campagne. Comment ? En faisant du wwoofing. En échange du gîte et du couvert, ils travaillaient dans des fermes biologiques où ils pouvaient apprendre les techniques qui leur serviraient à réaliser leur projet.

Le club des cinq à bicyclette

Florence, Joël, Jules, Faustine et Marick : 20 000 km à vélo

Florence, ingénieure dans une usine automobile, et Joël, père au foyer, manquaient d'air et d'espace. Rattrapés à la quarantaine par le temps qui file, ils décident de réaliser un vieux rêve : faire le tour du monde avec leurs trois enfants.

Source : *Ils ont fait le tour du monde*, de Sandrine Mercier et Michel Fonovich, éditions de La Martinière

Lire, comprendre et réagir

2. **Lisez la présentation du livre. Comparez votre définition de « blog-trotter » avec ce que dit l'article.**

3. **Est-ce que cette introduction vous donne envie de lire le livre ? Pourquoi ?**

4. **Lisez les trois extraits. Pourquoi ces personnes sont-elles parties ? Comment ont-elles fait leur tour du monde ?**

5. **Que pensez-vous de leur expérience ? Comment la feriez-vous ?**

- *Moi, je pense que c'est une expérience incroyable, mais je n'aimerais pas partir à vélo avec mes enfants.*

Écouter, comprendre et réagir

6. **Écoutez la conversation entre Pia et Rachid, puis répondez aux questions.** 36

- Quels pays a-t-elle visité en premier ?
- Où logeait-elle ?
- Quel est l'avantage du CouchSurfing ?
- Que dit Rachid sur le Japon ?
- Pourquoi dit-elle qu'elle s'est sentie plus touriste que voyageuse ?

Travailler la langue

7. **Repérez dans le blog ces trois extraits qui présentent une nouvelle forme verbale : le gérondif. Qu'est-ce qu'il précise : le lieu, la manière ou la cause ?**

- Ils ont raconté leur expérience sur Internet **en postant** textes, photos et vidéos.
- Cette jeune journaliste a suivi Coldplay (...) **en échangeant** son sourire contre un billet.
- Comment ? **En faisant** du wwoofing.

Travailler la langue

8. **Complétez le tableau à l'aide du blog et de l'activité précédente.**

LE GÉRONDIF

- Le gérondif est une forme verbale invariable. On l'emploie avec un autre verbe pour exprimer la manière et la simultanéité. Les deux verbes ont le même sujet.
Ex. : ....
- Le gérondif se forme avec la préposition .... + le participe présent du verbe. Pour former le participe présent, on ajoute la terminaison **-ant** à la base de la première personne du pluriel du présent (la pppp).
Ex. : *Nous parlons* > **en** *parl***ant** ; *Nous allons* > **en** *allant*
Nous échangeons > ....

❗ Certains verbes ont un participe présent irrégulier : *savoir* > ***sachant*** ; *être* > ***étant*** ; *avoir* > ***ayant***

→ CAHIER D'EXERCICES P.66 – EXERCICES 18, 19, 20, 21

Produire et interagir

9. **Complétez la fiche, puis échangez avec un/e camarade.**

Quand on voyage, comment peut-on...
- dépenser moins d'argent ? ....
- se sentir mieux quand on a le mal du pays ? ....
- rencontrer des habitants locaux ? ....
- ne pas prendre de risques ? ....
- s'amuser tous les jours ? ....

- *On peut dépenser moins d'argent en allant au camping.*

10. **Comment peut-on avoir l'impression de voyager sans partir de chez soi ? En petits groupes, faites une liste d'idées de la plus simple à la plus compliquée.**

- *On peut avoir l'impression de voyager en achetant une plante exotique...*

DÉFI #02
FAIRE UN GUIDE DE VOYAGE ORIGINAL

Vous allez proposer différentes façons originales de faire le tour du monde et faire un guide de voyage.

▶ En classe, faites une liste des manières originales de visiter le monde.

- *En allant voir toutes les villes qui s'appellent Paris dans le monde.*
- *En visitant tous les grands stades du monde...*

▶ En petits groupes, choisissez une des idées et proposez un itinéraire. Faites des recherches si nécessaire.

▶ Rédigez une fiche avec la description de votre tour du monde : situation géographique et description des lieux visités, hébergement, activités, moyens de transport...

▶ Vous pouvez ajouter une carte ou des images pour illustrer votre fiche.

▶ Présentez votre tour du monde à la classe, puis mettez vos fiches en commun pour créer un guide de voyage.

LE TOUR DU MONDE DES STADES DE FOOT

PREMIÈRE ÉTAPE : Stade de France.

SITUATION GÉOGRAPHIQUE : au nord de Paris, en France.

DESCRIPTION : c'est le plus grand stade de football français avec 81 338 places.

HÉBERGEMENT : auberge de jeunesse St Christopher's Inn Paris, à côté du bassin de la Villette, Paris, 19e.

ACTIVITÉS : visite de la tour Eiffel, dégustation de vin, spectacle au Moulin-Rouge.

Les mots assortis

1. Continuez les séries avec les mots de l'unité.

partir • en vacances • à la montagne • à la plage / à la campagne • en été • au mois d'août • en hiver / au printemps, en automne • un week-end • une semaine • ....

voyager • seul/e • avec des amis • en solo • en famille. • en avion • à pied • à vélo en bus, en bateau,

voyager • pour s'ouvrir au monde • pour se reposer • pour découvrir un nouveau sport • ....

loger • à l'hôtel • chez l'habitant • dans un camping • à l'auberge • chez une amie

Mes mots

2. Racontez vos dernières vacances à l'aide des expressions de l'activité précédente.

....

....

3. Dites où vous aimez...

- vous baigner : dans un lac, à la mer,
- vous promener : dans un parc zoo botanique, dans un musée, dans la montagne, par les rues
- bronzer : à la plage,
- faire la sieste : ....
- faire un pique-nique : ....

4. Complétez la carte mentale avec vos mots.

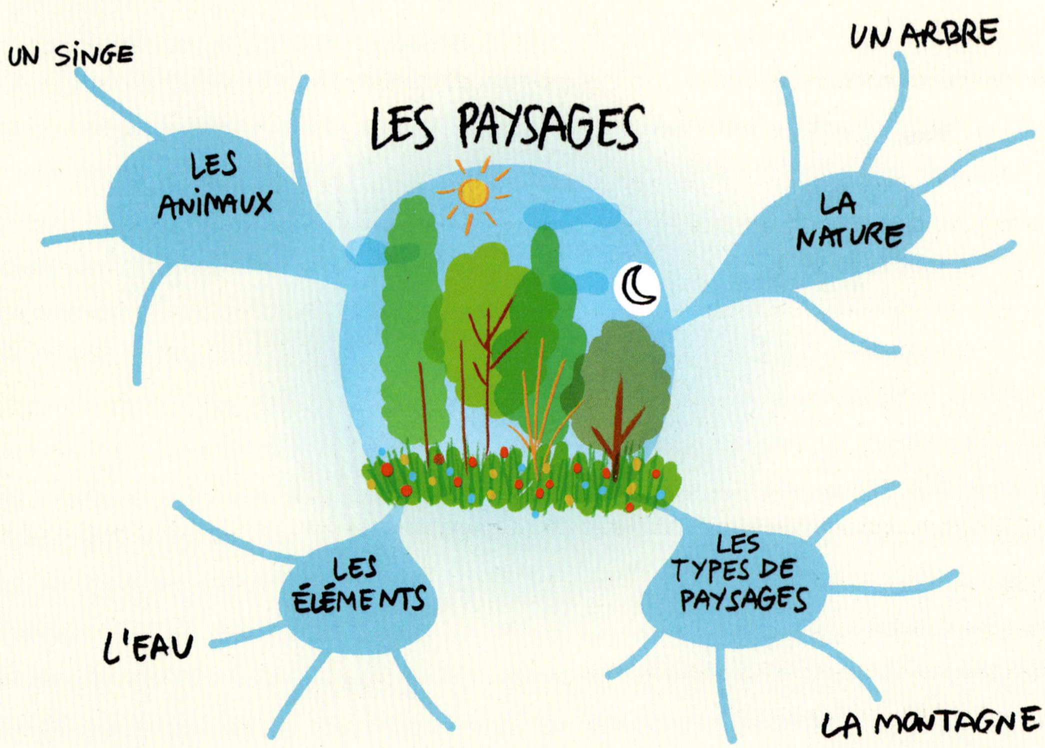

Mémento des stratégies de lecture

Les stratégies de lecture vous aident à mieux comprendre un document (article, infographie, affiche, quiz...). Dans ce mémento, retrouvez l'ensemble des stratégies de lecture présentes dans les unités de *Défi*. Cochez les stratégies utilisées pour chaque document.

Le mémento est téléchargeable en plusieurs langues en ligne

Les stratégies avant de lire

1 FAITES DES HYPOTHÈSES SUR LE CONTENU DU DOCUMENT

▶ **Avant de lire un document, vous pouvez faire des hypothèses sur le contenu.**

Pour cela, aidez-vous :

- ☐ des illustrations (images, photos, graphiques, icônes...)
- ☐ du titre et des sous-titres
- ☐ de l'introduction (le petit texte qui introduit, et parfois résume, un texte)
- ☐ des mots que vous connaissez déjà dans le texte

▶ **Ensuite, vous pouvez vérifier vos hypothèses.**

- ☐ en lisant le document entier
- ☐ en lisant des parties du document (titre, sous-titre, légende...)

DANS LES UNITÉS :
1 p. 17 ; 2 p. 23 ; 1 p. 26 ; 2 et 3 p. 31 ; 2 p. 33 ; 3 p. 37 ; 1 p. 40 ; 1 p. 63 ; 1 p. 74 ; 1 p. 77 ; 1 et 2 p. 79 ; 1 p. 90 ; 1 p. 93 ; 1 p. 101 ; 2 p. 108

2 UTILISEZ VOS CONNAISSANCES SUR LE THÈME

▶ **Avant de lire un texte, faites la liste de vos connaissances sur le thème du texte.**

Pensez :

- ☐ aux informations que vous connaissez sur le thème
- ☐ aux mots qui peuvent être associés à ce thème (vous pouvez par exemple faire une carte mentale)

DANS LES UNITÉS :
1 p. 18 ; 1 p. 20 ; 3 p. 23 ; 1 et 2 p. 24 ; 1 p. 31 ; 1 et 4 p. 37 ; 1 p. 45 ; 2 p. 46 ; 1 p. 48 ; 2 p. 59 ; 1 p. 80 ; 1 p. 87 ; 1 p. 93 ; 1 p. 104 ; 2 p. 117 ; 2 p. 121 ; 1 p. 124

3 FAITES DES RECHERCHES AVANT DE LIRE

▶ **Avant de lire un document, vous pouvez faire des recherches pour découvrir le thème et faire des hypothèses.**

Vous pouvez :

- ☐ faire des recherches sur Internet
- ☐ échanger avec des camarades qui connaissent le thème
- ☐ poser des questions à l'enseignant/e

DANS LES UNITÉS :
2 p. 26 ; 5 p. 37 ; 2 p. 38 ; 2 p. 45 ; 1 p. 54 ; 1 p. 65 ; 1 p. 68 ; 2 p. 87 ; 1 p. 88 ; 1 p. 94

Les stratégies pendant la lecture

4 DEMANDEZ DE L'AIDE À QUELQU'UN

▶ **Pendant la lecture, vous pouvez demander de l'aide :**

☐ à vos camarades : qu'est-ce qu'ils ont compris ?
☐ à votre enseignant/e : comment traduire un mot ou une expression ?

DANS LES UNITÉS :
toutes les unités

5 UTILISEZ DES RESSOURCES

▶ **Pendant la lecture, vous pouvez utiliser un dictionnaire unilingue ou bilingue pour traduire les mots que vous ne comprenez pas.**

DANS LES UNITÉS :
3 p. 27 ; 2 p. 49 ; 2 p. 53

6 COMPLÉTEZ VOS HYPOTHÈSES ET FAITES DES SUPPOSITIONS

▶ **Vous comprenez toujours quelque chose dans un texte, parfois un ou des mots, parfois une idée... Vous pouvez améliorer votre compréhension en faisant des suppositions.**

Vous pouvez :
☐ souligner tous les mots que vous connaissez
☐ essayer de comprendre le texte à l'aide de vos hypothèses avant de le lire

DANS LES UNITÉS :
2 et 3 p. 21 ; 5 p. 25 ; 3 p. 45 ; 4 p. 47 ; 3 p. 49 ; 2 p. 75 ; 2 p. 94 ; 3 p. 109 ; 2 p. 125

7 REPÉREZ LA STRUCTURE DU TEXTE

▶ **Vous pouvez repérer la structure du texte : son titre, son introduction, ses sous-titres, ses parties, ses photos, ses légendes... De quoi parle chaque partie du texte ?**

DANS LES UNITÉS :
3 p. 19 ; 1 p. 32 ; 2 p. 49 ; 2 p. 111 ; 3 p. 115 ; 3 p. 117

8 REPÉREZ LES CONTENUS CULTURELS

▶ **Dans les documents, certains mots, phrases ou photos parlent de la culture francophone ou de contenus culturels nouveaux. Ces contenus peuvent être similaires dans votre culture ou différents. Vous pouvez alors faire des recherches sur Internet ou comparer ces contenus avec votre culture.**

DANS LES UNITÉS :
2 p. 101 ; 2 p. 105 ; 2 p. 119 ; 3 p. 125

PRÉCIS DE GRAMMAIRE

LES DÉTERMINANTS

Les déterminants accompagnent le nom. Ils le précèdent et s'accordent en genre et en nombre avec celui-ci.

Les articles

	Articles définis	Articles indéfinis	Articles partitifs	Articles contractés
Masculin singulier	le, l'	un	du, de l'	du, au
Féminin singulier	la	une	de la, de l'	de la, à la
Masculin pluriel / **Féminin pluriel**	les	des	des	des, aux

Ex. : ***Un*** (article indéfini) *homme entre dans* ***la*** (article défini) *boulangerie de mon frère. Il vient* ***du*** (article contracté) *village voisin. Il achète* ***du*** (article partitif) *pain.*

Les adjectifs possessifs

Ils indiquent un lien d'appartenance entre deux personnes, entre une ou plusieurs personne(s) et un ou plusieurs objet(s).

Personne	Masculin	Féminin	Masculin	Féminin
	Singulier		Pluriel	
	C'est...		Ce sont...	
à moi	**mon** livre	**ma** table	**mes** objets	
à toi	**ton** livre	**ta** table	**tes** objets	
à lui à elle	**son** livre	**sa** table	**ses** objets	
à nous	**notre** projet		**nos** objets	
à vous	**votre** projet		**vos** objets	
à eux à elles	**leur** projet		**leurs** objets	

! On emploie **mon**, **ton**, **son** devant un nom féminin commençant par une voyelle ou un **h** muet et on fait la liaison.
Ex. : *La gastronomie de* ***son île*** *est variée.* (une île) → [sɔ̃nil]

Les déterminants démonstratifs

Ils introduisent des noms représentant des personnes, des choses, des lieux qu'on désigne à l'interlocuteur ou bien ils reprennent un nom déjà évoqué.

	Masculin	Féminin
Singulier	ce / cet	cette
Pluriel	ces	

Ex. : *Regarde* ***ce*** *magnifique collier !*

! Devant un nom commençant par une voyelle ou un **h** muet, **ce** → **cet** [sɛt].

LE NOM

Le nom a un genre : il est masculin ou féminin. Il varie en nombre : il peut être au singulier ou au pluriel. Il est presque toujours précédé d'un déterminant. Le déterminant au singulier exprime le genre et le nombre du nom.
Ex. : ***La*** *formation.* ***Le*** *diplôme.*

Le genre

Quand il représente des êtres animés, le genre du nom correspond au genre de l'être représenté.
Ex. : ***Une*** *fille* (nom féminin, représente un être de sexe féminin)
Un *garçon* (nom masculin, représente un être de sexe masculin)

Pour former le féminin des noms de métiers, on ajoute un **-e** au mot masculin. Cet ajout peut modifier l'orthographe et la prononciation :

- consonne finale muette au masculin + **-e**.
  (➔ orthographe et prononciation différentes)

Ex. : *Il est assist****ant*** *social.* → *Elle est assist****ante*** *sociale.*
[ilɛasistɑ̃sosjal] → [ɛlɛasistɑ̃tsosjal]

- voyelle finale prononcée au masculin + **-e**.
  (➔ orthographe différente et prononciation identique)

Ex. : *Il est employ****é****.* → *Elle est employ****ée****.*
[ilɛɑ̃plwaje] → [ɛlɛɑ̃plwaje]

- mot terminé par un **-e** final au masculin.
  (➔ orthographe et prononciation identiques)

Ex. : *Il est secrét****aire****.* → *Elle est secrét****aire****.*
[ilɛsəcretɛr] → [ɛlɛsəcretɛr]

Les formations particulières

Fin du mot au masculin	Fin du mot au féminin	Prononciation différente	Exemples
-ien	-ienne	[jɛ̃] / [jɛ̃n]	*un technic****ien*** *une technic****ienne***
-(i)er	-(i)ère	[je] / [jɛr]	*un infirm****ier*** *une infirm****ière***
-teur	-trice	[tœr] / [tris]	*un agricul****teur*** *une agricul****trice***
-eur	-euse	[œr] / [øz]	*un vend****eur*** *une vend****euse***

Quand le nom commun est non animé, le genre est arbitraire.
Ex. : ***Le*** *soleil* (nom masculin) et ***la*** *lune* (nom féminin).

Dans certains cas, on peut déduire le genre d'un nom non animé en fonction de sa terminaison :

- Noms masculins qui se terminent par **-ier**, **-age**, **-as**, **-ement**, **-ament**, **-in**, **-is**, **-on**, **-illon**, **-isme**, **-oir**.

Ex. : *Un quartier, un gaspillage, un repas, un appartement, un matin, un avis, un bouton, du bouillon, le tourisme, le soir.*

- Noms féminins qui se terminent par **-ade**, **-aie**, **-aille**, **-aine**, **-aison**, **-ance**, **-ande**, **-esse**, **-ette**, **-ie**, **-ille**, **-ise**, **-sion**, **-tion**, **-té**, **-ure**.

Ex : *Une pommade, une monnaie, une taille, une dizaine, une maison, une ressemblance, une commande, une caresse, une cigarette, une maladie, une béquille, une surprise, une tension, une transaction, une publicité, une chaussure.*

Le nombre

Le nom commun peut être au singulier ou au pluriel.
Pour former le pluriel, on ajoute en général un **-s**.
Ex. : ***Les** médecine**s** alternative**s** sont de plus en plus à la mode.*

L'ADJECTIF QUALIFICATIF

L'adjectif qualificatif permet de caractériser une personne ou un objet. Il s'accorde en genre et en nombre avec le nom qu'il caractérise.
L'accord en genre et en nombre produit plus de modifications à l'écrit (l'orthographe est différente), qu'à l'oral (la prononciation est souvent identique).

La formation du féminin

En général, pour former le féminin, on ajoute un **-e** à l'adjectif au masculin.

- Consonne finale prononcée au masculin + **-e**.
  (➔ orthographe différente et prononciation parfois différente)

Fin du mot au masculin	Fin du mot au féminin	Exemples
-é	-ée	*réserv**é** / réserv**ée*** [rezɛrve] / [rezɛrve]
-f [f]	-ve [v]	*sporti**f** / sporti**ve*** [spɔrtif] / [spɔrtiv]
-l	-le/-lle	*origina**l** / origina**le*** [oriʒinal] / [oriʒinal] *traditionne**l** / traditionne**lle*** [tradisjonɛl] / [tradisjonɛl]
-eur	-euse	*rêv**eur** / rêv**euse*** [rɛvœr] / [rɛvøz]

- consonne finale muette au masculin + **-e**.
  (➔ orthographe et prononciation différentes)

Fin du mot au masculin	Fin du mot au féminin	Exemples
-eux	-euse	*génére**ux** / génére**use*** [ʒenerø] / [[ʒenerøz]
-d	-de	*bavar**d** / bavar**de*** [bavar] / [bavard]
-t	-te	*intelligen**t** / intelligen**te*** [ɛ̃teliʒɑ̃] / [ɛ̃teliʒɑ̃t]

❗ **beau** → **belle** au féminin, mais **bel** devant un nom masculin commençant par une voyelle ou un **h** muet.
Ex. : *C'est un **bel** arbre.*

❗ **vieux** → **vieille** au féminin, mais **vieil** devant un nom masculin commençant par une voyelle ou un **h** muet.
Ex. : *C'est un **vieil** homme.*

- mot terminé par un **-e** final au masculin.
(➔ orthographe et prononciation identiques)

Ex. : *Il est drôl**e**, elle est drôl**e**.*

Le féminin des adjectifs de nationalité

L'adjectif de nationalité suit les règles de formation de l'adjectif qualificatif.

- Pour former le féminin, on ajoute un **-e** à l'adjectif au masculin :

Fin du mot au masculin	Fin du mot au féminin	Exemples
-d	-de	*alleman**d** / alleman**de*** [almɑ̃] / [almɑ̃d]
-s	-se	*françai**s** / françai**se*** [frɑ̃sɛ] / [frɑ̃sɛz]
-ain	-aine	*maroc**ain** / maroc**aine*** [marokɛ̃] / [marokɛn]
-ois	-oise	*québéc**ois** / québéc**oise*** [kebekwa] / [kebekwaz]

- Les adjectifs qui se terminent en **-ien** au masculin ont un féminin en **-ienne**.

Ex. : *Il est ital**ien*** [italjɛ̃] *et elle est ital**ienne*** [italjɛn].

- Les adjectifs qui se terminent par un **-e** au masculin ne changent pas au féminin.
  (➔ orthographe et prononciation identiques)

Ex. : *Elle est belg**e** et il est suiss**e**.*

La formation du pluriel

En général, pour former le pluriel de l'adjectif qualificatif, on ajoute un **-s** à l'adjectif au singulier :

- adjectif + **-s** → orthographe différente et prononciation identique.

Ex. : *Elle est célibataire et ses amis sont célibataire**s**.*

- on n'ajoute pas de **-s** au pluriel aux adjectifs qui se terminent par un **-s** ou un **-x** au masculin singulier.

Ex. : ***Il** est amoureu**x**. → **Ils** sont amoureu**x**.*

- on ajoute un **-x** au pluriel aux adjectifs qui se terminent en **-eau** au masculin singulier.

Ex. : *Il est **beau**. → Ils sont **beaux**.*

❗ La plupart des adjectifs qui se terminent en **-al** au singulier font leur masculin pluriel en **-aux**.
Ex. : *Il est origin**al**. → Ils sont origin**aux**.*

Les adjectifs de couleur

L'accord des adjectifs de couleur dépend de la nature du mot qui exprime la couleur :

- quand ce sont des adjectifs qualificatifs, ils s'accordent en genre et en nombre avec le nom qu'ils qualifient. On trouve dans cette catégorie des adjectifs de couleur comme **jaune**, **vert**, **bleu**, **blanc**, **noir**, **rouge**, **violet**...

Ex. : *J'aime **les plantes vertes** dans un salon.*

- quand ce sont des noms qui désignent la couleur, ils ne s'accordent pas. On trouve dans cette catégorie des adjectifs de couleur comme **marron** et **orange**.

Ex. : *Je déteste* ***les murs orange****.*

- quand la couleur est composée de deux mots, ils ne s'accordent pas.

Ex. : *Je préfère la chaise* ***bleue*** *à la chaise* ***vert clair.***

❗ **Rose, mauve** et **fauve** sont devenus des adjectifs qualificatifs.

Les adjectifs ordinaux

Les adjectifs ordinaux indiquent l'ordre dans un classement. Ils se forment à partir des nombres auxquels on ajoute **-ième**. Ils suivent les règles d'accord de l'adjectif et se placent entre l'article et le nom.

Ex. : *Tu habites dans* ***le cinquième*** *ou dans* ***le sixième*** *arrondissement de Paris ?*

❗ L'adjectif ordinal **premier** ne se forme pas avec le nombre **un**.

❗ Il existe deux adjectifs ordinaux pour le nombre **deux** : **deuxième**, formé à partir du nombre **deux** et **second**, plus soutenu.

Les abréviations des adjectifs ordinaux sont :
- Premier/ière → 1er ou 1re
- Deuxième ou second/e → 2e, 2nd ou 2nde
- Troisième, quatrième, cinquième... → 3e, 4e, 5e...

La date	On emploie **premier** pour indiquer le jour qui débute un mois puis les nombres pour indiquer tous les autres jours du mois. Ex. : *Tu es arrivé le* ***premier*** *janvier.* *Je suis née* ***le 16 juin 1986****. Et toi ?*
Les siècles	On emploie les adjectifs ordinaux pour indiquer les siècles. On écrit en général les nombres en chiffres romains. Ex. : *Au* ***XXIe*** *siècle, la France est un pays de personnes âgées !*

Correspondance des chiffres arabes et des chiffres romains.

Chiffres arabes	Chiffres romains	Chiffres arabes	Chiffres romains
1	I	10	X
2	II	20	XX
3	III	40	XL
4	IV	50	L
5	V	60	LX
6	VI	100	C
7	VII	200	CC
8	VIII	500	D
9	IX	1000	M

LES NOMBRES

de 0 à 1000

0	**zéro**	22	**vingt-deux**
1	**un**	23	**vingt-trois**
2	**deux**	30	**trente**
3	**trois**	31	**trente et un**
4	**quatre**	32	**trente-deux**
5	**cinq**	33	**trente-trois**
6	**six**	40	**quarante**
7	**sept**	50	**cinquante**
8	**huit**	60	**soixante**
9	**neuf**	70	**soixante-dix**
10	**dix**	71	**soixante et onze**
11	**onze**	72	**soixante-douze**
12	**douze**	77	**soixante-dix-sept**
13	**treize**	80	**quatre-vingts**
14	**quatorze**	81	**quatre-vingt-un**
15	**quinze**	82	**quatre-vingt-deux**
16	**seize**	83	**quatre-vingt-trois**
17	**dix-sept**	90	**quatre-vingt-dix**
18	**dix-huit**	91	**quatre-vingt-onze**
19	**dix-neuf**	97	**quatre-vingt-dix-sept**
20	**vingt**	98	**quatre-vingt-dix-huit**
21	**vingt et un**	100	**cent**
		1 000	**mille**

Les nombres sont invariables.
Ex. : ***quatre*** *copains /* ***douze*** *ans /* ***cinquante*** *euros...*

❗ **Cinq, six, huit, dix** : on prononce la dernière lettre quand ces nombres ne sont pas suivis d'un nom.
Ex. : *Tu as combien de chats ? J'en ai six ! [ʒañɛsis]*

- nombre + nom commençant par une voyelle = liaison.

Ex. : *Il a dix ans. [dizɑ̃]*

- nombre + nom commençant par une consonne = pas de liaison, la dernière lettre du nombre n'est pas prononcée.

Ex. : *Il a dix mois. [dimwa]*

La formation des nombres

La conjonction **et** apparaît entre les dizaines et le chiffre **1 (un)** ou entre les dizaines et le nombre **11 (onze)**.
Ex. : *21 = vingt* ***et*** *un / 31 = trente* ***et*** *un / 41 = quarante* ***et*** *un.*
Ex. : *71 = soixante* ***et*** *onze...*
Sauf 81 = **quatre-vingt-un**
91 = **quatre-vingt-onze**
On met un trait d'union (-) entre les dizaines et les unités (autres que 1 et 11) :
Ex. : *22 = vingt-deux ; 29 = vingt-neuf ; 70 = soixante-dix*

- les dizaines 70 et 90 (**soixante-dix** et **quatre-vingt-dix**) sont formées sur la dizaine d'avant à laquelle on ajoute 11, 12, 13... au lieu de 1, 2, 3.

Ex. : *91 =* ***quatre-vingt-onze***

- 80 prend un **s** final quand il n'est pas suivi d'un autre nombre.

Ex. : *80 = quatre-vingt****s*** *; 83 = quatre-vingt-trois*

LE VERBE

Le verbe est formé de deux parties : la base + la terminaison. Certains verbes ont une seule base, d'autres en ont deux ou trois. La terminaison indique le mode et le temps du verbe.

❗ ***Être***, ***avoir***, ***aller*** et ***faire*** ont plusieurs bases, ils sont irréguliers.

Être

Je suis	[ʒəsɥi]
Tu es	[tyɛ]
Il / Elle / On est	[il/ɛl/ɔ̃ɛ]
Nous sommes	[nusɔm]
Vous êtes	[vuzɛt]
Ils / Elles sont	[il/ɛlsɔ̃]

Avoir

J'ai	[ʒɛ]
Tu as	[tya]
Il / Elle / On a	[il/ɛl/ɔ̃a]
Nous **avons**	[nuzavɔ̃]
Vous **avez**	[vuzave]
Ils / Elles ont	[il/ɛlzɔ̃]

Penser (verbe à 1 base)

Je **pense**	[ʒəpɑ̃s]
Tu **pens**es	[typɑ̃s]
Il / Elle / On **pense**	[il/ɛl/ɔ̃pɑ̃s]
Nous **pens**ons	[nupɑ̃sɔ̃]
Vous **pens**ez	[vupɑ̃se]
Ils / Elles **pens**ent	[il/ɛlpɑ̃s]

Jeter et *acheter* (verbes à 2 bases)

Les verbes en **-eter** ont deux bases. La plupart se conjuguent comme **jeter** mais quelques-uns se conjuguent comme **acheter**.

Jeter	
Je **jett**e	[ʒəʒɛt]
Tu **jett**es	[tyʒɛt]
Il / Elle / On **jett**e	[il/ɛl/ɔʒɛt]
Nous **jet**ons	[nuʒɛtɔ̃]
Vous **jet**ez	[vuʒete]
Ils / Elles **jett**ent	[il/ɛlʒɛt]

Acheter	
J'**achèt**e	[ʒaʃɛt]
Tu **achèt**es	[tyaʃɛt]
Il / Elle / On **achèt**e	[il/ɛl/ɔ̃aʃɛt]
Nous **achet**ons	[nuzaʃtɔ̃]
Vous **achet**ez	[vuzaʃte]
Ils/Elles **achèt**ent	[il/ɛlzaʃɛt]

❗ Dans un cas, le son [ɛ] est rendu par le doublement de la consonne : *jette* → [ʒɛt] ; *jetez* → [ʒəte].
Dans l'autre cas, le son [ɛ] est rendu par l'accent grave sur le **e** : *achète* → [aʃɛt] ; *achetez* → [aʃte].

Ex. : *J'**achète** seulement le strict nécessaire, je ne **jette** rien.*

LES TEMPS ET LES MODES

On distingue trois grandes familles de temps : le passé, le présent et le futur.

Il existe six modes qui se conjuguent avec des temps différents : l'indicatif (avec le conditionnel), le subjonctif, l'impératif, l'infinitif, le participe, le gérondif.

Le passé composé PAGE 27

Le passé composé se forme avec deux éléments : l'auxiliaire **avoir** ou **être** conjugué au présent de l'indicatif + le participe passé du verbe conjugué.

Avec l'auxiliaire **être**, le participe passé s'accorde en genre et en nombre avec le sujet.

Les verbes pronominaux se conjuguent avec **être**. Le participe passé s'accorde avec le sujet quand le pronom réfléchi est COD ou quand les verbes sont essentiellement pronominaux.

***Se sentir* (verbe à 1 base)**	
Je **me** suis **senti(e)**	[ʒəməsɥisɑ̃ti]
Tu **t'**es **senti(e)**	[tytɛsɑ̃ti]
Il / Elle / On s'est **senti(e)s**	[il/ɛl/ɔ̃sɛsɑ̃ti]
Nous **nous** sommes **senti(e)s**	[nunusɔmsɑ̃ti]
Vous **vous** êtes **senti(e)s**	[vuvuzɛtsɑ̃ti]
Ils / Elles **se** sont **senti(e)s**	[il/ɛlsəsɔ̃sɑ̃ti]

Ex. : *Nous nous sommes réuni**s** pour créer une association.*

L'imparfait PAGE 105

Pour former l'imparfait, on ajoute les terminaisons **-ais**, **-ais**, **-ait**, **-ions**, **-iez**, **-aient** à la base du verbe conjugué au présent de l'indicatif et à la première personne du pluriel (nous). La base est identique pour toutes les personnes.

Ex. : *Nous visitons → Je visit**ais**, tu visit**ais**, il / elle / on visit**ait**, nous visit**ions**, vous visit**iez**, ils / elles visit**aient***

Rester	
Je rest**ais**	[ʒərɛstɛ]
Tu rest**ais**	[tyrɛstɛ]
Il / Elle / On rest**ait**	[il/ɛl/ɔ̃rɛstɛ]
Nous rest**ions**	[nurɛstjɔ̃]
Vous rest**iez**	[vurɛstje]
Ils / Elles rest**aient**	[il/ɛlrɛstɛ]

Être	
J'ét**ais**	[ʒetɛ]
Tu ét**ais**	[tyetɛ]
Il / Elle / On ét**ait**	[il/ɛl/ɔ̃etɛ]
Nous ét**ions**	[nuzetjɔ̃]
Vous ét**iez**	[vuzetje]
Ils / Elles ét**aient**	[il/ɛletɛ]

! La base du verbe **être** à l'imparfait est **ét-**.

Avoir	
J'av**ais**	[ʒavɛ]
Tu av**ais**	[tyavɛ]
Il / Elle / On av**ait**	[il/ɛl/ɔ̃avɛ]
Nous av**ions**	[nuavɛjɔ̃]
Vous av**iez**	[vuavɛje]
Ils / Elles av**aient**	[il/ɛlzavɛ]

Quelques verbes courants

Infinitif	**Présent**	**Imparfait**
Aller	Nous **all**ons	J'**all**ais
Devoir	Nous **dev**ons	Je **dev**ais
Faire	Nous **fais**ons	Je **fais**ais
Pouvoir	Nous **pouv**ons	Je **pouv**ais
Venir	Nous **ven**ons	Je **ven**ais
Voir	Nous **voy**ons	Je **voy**ais

L'imparfait est un temps du passé. Il ne précise pas les bornes temporelles de l'action ou de l'état dont on parle. Il permet de décrire une situation passée.

Ex. : *Avant, les gens n'**allaient** pas au cinéma.*

L'alternance imparfait / passé composé PAGE 119

On utilise très souvent l'imparfait et le passé composé pour raconter, évoquer le passé. Les deux temps forment un contraste dans le récit :

- Les verbes à l'imparfait constituent l'arrière-plan du récit. On utilise l'imparfait pour décrire la situation.
- Les verbes au passé composé font avancer le récit. On emploie le passé composé pour rapporter les actions.

Ex. : *Dans le quartier des Confluences, il y **avait** seulement des usines abandonnées* (contexte). *Puis on **a construit** un musée* (action).

Le futur PAGE 61

Le futur permet d'exprimer la réalisation d'un fait, d'un état dans l'avenir proche ou lointain. Il indique une idée de certitude.

Ex. : *Je suis sûre que dans une semaine tout **ira** mieux.*

La base du verbe conjugué au futur est en général l'infinitif de ce verbe. On ajoute les terminaisons **-ai**, **-as**, **-a**, **-ons**, **-ez**, **-ont** à la base verbale (identique pour toutes les personnes).

Participer	
Je particper**ai**	[ʒəpartisiprɛ]
Tu participer**as**	[typartisipra]
Il / Elle / On participer**a**	[il/ɛl/ɔ̃partisipra]
Nous participer**ons**	[nupartisiprɔ̃]
Vous participer**ez**	[vupartisipre]
Ils / Elles participer**ont**	[il/ɛlpartisiprɔ̃]

Les verbes qui se terminent par un **-e** à l'infinitif (*dire, prendre*, etc.) perdent ce **-e** final au futur.

Ex. : *Demain, ils nous **diront** ce qu'il **prendront** pour le petit déjeuner.*

Être	
Je ser**ai**	[ʒəsərɛ]
Tu ser**as**	[tysəra]
Il / Elle / On ser**a**	[il/ɛl/ɔ̃səra]
Nous ser**ons**	[nusərɔ̃]
Vous ser**ez**	[vusəre]
Ils / Elles ser**ont**	[il/ɛlsərɔ̃]

Avoir	
J'aur**ai**	[ʒorɛ]
Tu aur**as**	[tyora]
Il / Elle / On aur**a**	[il/ɛl/ɔ̃ora]
Nous aur**ons**	[nuzorɔ̃]
Vous aur**ez**	[vuzore]
Ils / Elles aur**ont**	[il/ɛlzorɔ̃]

Quelques futurs irréguliers (leur base pour former le futur n'est pas l'infinitif).

Infinitif	Futur
Aller	J'**i**rai
Devoir	Je **devr**ai
Faire	Je **fer**ai
Pouvoir	Je **pourr**ai
Venir	Je **viendr**ai
Voir	Je **verr**ai
Savoir	Je **saur**ai
Tenir	Je **tiendr**ai
Courir	Je **courr**ai
Mourir	Je **mourr**ai

Le conditionnel présent

PAGE 67

La base du verbe conjugué au conditionnel est identique à celle du futur. Pour former le conditionnel, on ajoute les terminaisons de l'imparfait **-ais**, **-ais**, **-ait**, **-ions**, **-iez**, **-aient** à la base verbale qui est la même pour toutes les personnes.

Vouloir	
Je voudr**ais**	[ʒəvudrɛ]
Tu voudr**ais**	[tyvudrɛ]
Il / Elle / On voudr**ait**	[il/ɛl/ɔ̃vudrɛ]
Nous voudr**ions**	[nuvudrijɔ̃]
Vous voudr**iez**	[vuvudrije]
Ils/Elles voudr**aient**	[il/ɛlvudrɛ]

Pouvoir	
Je pourr**ais**	[ʒəpurɛ]
Tu pourr**ais**	[typurɛ]
Il / Elle / On pourr**ait**	[il/ɛl/ɔ̃purɛ]
Nous pourr**ions**	[nupurijɔ̃]
Vous pourr**iez**	[vupurije]
Ils/Elles pourr**aient**	[il/ɛlpurɛ]

Devoir	
Je devr**ais**	[ʒədəvrɛ]
Tu devr**ais**	[tydəvrɛ]
Il / Elle / On devr**ait**	[il/ɛl/ɔ̃dəvrɛ]
Nous devr**ions**	[nudəvrijɔ̃]
Vous devr**iez**	[vudəvrije]
Ils/Elles devr**aient**	[il/ɛldəvrɛ]

On emploie le conditionnel pour :

- faire une proposition

Ex. : *On **pourrait** visiter une expo samedi prochain.*

- donner un conseil ou suggérer quelque chose

Ex. : *Tu **devrais** faire du yoga pour ton mal de dos.*

- évoquer une hypothèse, faire une supposition

Ex. : *Ce **serait** à cause de la pollution.*

- formuler une demande (on parle du conditionnel de politesse)

Ex. : *Je **voudrais** un kilo de carottes, s'il vous plaît.*

Pour ne pas confondre le futur et le conditionnel à la première personne du singulier qui s'entendent de la même manière à l'oral [rɛ], il suffit de remplacer **je** par **tu**.

Ex. : ***Je serais** content de visiter le musée des Confluences à Lyon.* → ***Tu serais** content de visiter le musée des Confluences à Lyon.* → expression de l'hypothèse : conditionnel

Ex. : ***J'irai** à Paris mardi.* → ***Tu iras** à Paris mardi.* → expression de la certitude : futur

L'impératif

PAGE 53

Le mode impératif se conjugue avec **tu**, **nous** et **vous**. Pour le former, on prend le verbe conjugué au présent de l'indicatif et on supprime les pronoms personnels.

Ex. : *Nous réduisons le gaspillage.* → ***Réduisons** le gaspillage.*

! Pour les verbes qui se terminent en -**er** à l'infinitif, le -**s** de la deuxième personne du singulier disparaît.

Ex. : *Tu mange**s**.* → *Mang**e**.*

À la forme négative, le verbe à l'impératif est encadré par **ne** et **pas**.

Ex. : ***Ne** regarde **pas** ça.*

La place des pronoms à l'impératif

- Les pronoms **en** et **y** se placent après le verbe. Le verbe à l'impératif et le pronom sont reliés par un trait d'union.

Ex. : *Prends-**en**. Prenez-**en**.*

On rétablit le **-s** à la 2e personne du singulier des verbes en **-er**.

Ex. : *Va* → *Va**s**-y. Mange* → *Mange**s**-en.*

- Avec les verbes pronominaux

À la forme affirmative, le pronom est placé après le verbe et relié par un trait d'union.

Ex. : *Repose-**toi**. Reposez-**vous**.* (infinitif : se reposer)

À la forme négative, le pronom réfléchi est placé juste avant le verbe.

Ex. : *Ne **te** fatigue pas trop. Ne **vous** fatiguez pas trop.* (infinitif : se fatiguer)

Le gérondif

PAGE 125

Le verbe au mode gérondif ne se conjugue pas. Il est invariable. Il se construit avec la préposition **en**.
La base verbale du participe présent et du gérondif est identique à celle du verbe conjugué au présent de l'indicatif et à la première personne du pluriel à laquelle on ajoute **-ant**.
Ex. : *Nous rêvons* (indicatif présent) → ***rêvant*** (participe présent) → ***en rêvant*** (gérondif présent)

Quelques verbes courants

Infinitif	Indicatif présent	Participe présent	Gérondif présent
Aller	Nous **all**ons	**all**ant	**en** all**ant**
Devoir	Nous **dev**ons	**dev**ant	**en** dev**ant**
Faire	Nous **fais**ons	**fais**ant	**en** fais**ant**
Pouvoir	Nous **pouv**ons	**pouv**ant	**en** pouv**ant**
Venir	Nous **ven**ons	**ven**ant	**en** ven**ant**
Voir	Nous **voy**ons	**voy**ant	**en** voy**ant**

! **Avoir** → nous avons (indicatif présent) → **ayant** (participe présent) → **en ayant** (gérondif présent)
Être → nous sommes (indicatif présent) → **étant** (participe présent) → **en étant** (gérondif présent)
Savoir → nous savons (indicatif présent) → **sachant** (participe présent) → **en sachant** (gérondif présent)

Le gérondif s'emploie pour donner des informations complémentaires sur le sujet. La personne qui fait l'action du verbe conjugué et l'action du verbe au gérondif est identique. Les informations sont l'équivalent d'un complément circonstanciel de temps (quand ?) ou de manière (comment ?).
Ex. : *J'ai appris à connaître la Norvège* ***en préparant*** *mon voyage.* (comment j'ai appris ? en préparant)
Ex. : ***En arrivant*** *à Paris, j'ai été surpris par l'architecture.* (quand j'ai été surpris ? en arrivant)

LA NÉGATION

La négation simple

Pour former une phrase négative, on place **ne** avant le verbe et **pas** après le verbe.
Ex. : *Vous aimez lire, mais vous* ***n'****avez* ***pas*** *le temps ?*

La négation complexe

PAGES 63-111

Lorsqu'on emploie **rien** (pronom indéfini), **personne** (pronom indéfini), **jamais** (adverbe) et **plus** (adverbe de négation), on supprime le **pas** de **ne... pas** car ces mots contiennent déjà l'idée de négation.

- **Rien** est la négation de **quelque chose**.

Ex. : *Il* ***n'****aime* ***rien****.*

- **Personne** est la négation de **quelqu'un**.

Ex. : *Il* ***n'****écoute* ***personne****.*

- **Jamais** est la négation de **toujours**.

Ex. : *Tu* ***ne*** *lis* ***jamais*** *de bandes dessinées ?*

- **Plus** est un adverbe de négation qui peut remplacer **pas** et qui marque un changement par rapport au passé.

Ex. : *Mon frère* ***ne*** *lit* ***plus*** *de livres papier.* (Avant, il en lisait.)

- **Aucun** indique une absence complète. Il est toujours au singulier et s'accorde en genre avec le nom qui suit.

Ex. : *Vous* ***ne*** *trouvez* ***aucune*** *utilité à vos vieux livres.*

LES PRONOMS

Les pronoms remplacent un groupe de mots. En général, ils permettent d'éviter les répétitions.

Les pronoms personnels sujets

Les pronoms personnels sujets désignent ou remplacent quelqu'un ou quelque chose qui a le rôle de sujet dans la situation de communication. Ils précèdent toujours le verbe, sauf dans la phrase interrogative.
Il existe six personnes grammaticales.

Singulier	1re personne	Je
	2e personne	Tu
	3e personne	Il / Elle / On
Pluriel	1re personne	Nous
	2e personne	Vous
	3e personne	Ils / Elles

Les pronoms toniques

Un pronom tonique correspond à chaque pronom personnel sujet. Certaines formes du pronom tonique sont identiques aux pronoms personnels sujets.

Pronoms personnels sujets	Pronoms toniques
Je	Moi
Tu	Toi
Il	Lui
Elle	Elle
Nous	Nous
Vous	Vous
Ils	Eux
Elles	Elles

On utilise le pronom tonique pour :
- se démarquer : ***Moi****, je suis européenne !*
- interroger : *Je suis togolais. Et* ***toi*** *?*
- désigner : *C'est* ***lui****.*

Le pronom *on*

On est un pronom indéfini qui a la fonction de sujet. Il désigne un ensemble de personnes, mais il correspond à la troisième personne du singulier : le verbe conjugué s'accorde comme avec **il** ou **elle**. Il est très employé à l'oral.

On peut désigner :
- les gens en général, tout le monde. Il est utilisé pour exprimer une généralité.

Ex. : ***On*** *a tous un/e ami/e...*
- un groupe de personnes précis. À ce moment-là, il a la valeur de **nous**.

Ex. : ***On*** *peut discuter si tu veux, je pense que ça fait du bien.*

Les pronoms démonstratifs PAGE 25

Les formes simples

	Masculin	Féminin	Neutre
Singulier	celui	celle	ce / c'
Pluriel	ceux	celles	ce

Celui, **celle**, **ceux** et **celles** ne peuvent pas s'employer seuls. Ils sont complétés en général par une proposition relative introduite par **qui** ou **que**.
Ex. : *Regarde ces bracelets connectés. Tu voudrais* ***celui qui*** *est plus original ou* ***celui que*** *tout le monde porte ?*

Ce / C' est sujet du verbe **être**.
Ex. : ***C'est*** *nouveau ?*

Les formes composées

	Masculin	Féminin	Neutre
Singulier	celui-ci celui-là	celle-ci celle-là	ceci, cela ça
Pluriel	ceux-ci ceux-là	celles-ci celles-là	

- À l'oral, les pronoms démonstratifs représentent un ou des objet(s) que le locuteur désigne à son interlocuteur. La parole peut être accompagnée d'un geste (par exemple, la main ou le doigt pointé sur la chose désignée).
- Dans un texte, ils sont utilisés pour reprendre un groupe de mots déjà évoqué ou qui va être évoqué.

Les pronoms démonstratifs prennent le genre et le nombre du groupe de mots qu'ils remplacent.
Ex. : *Je n'aime pas les chaussures noires qui sont en promotion, je préfère* ***celles-ci****.*

! Avant, les adverbes **-ci** et **-là** permettaient de distinguer un objet proche du locuteur d'un objet plus éloigné. Mais aujourd'hui, on a tendance à utiliser l'adverbe **-là** pour désigner tout objet proche ou éloigné du locuteur.

Les pronoms personnels COD

Le complément qui suit le verbe construit sans préposition s'appelle complément d'objet direct (COD). On peut remplacer ce COD par un pronom personnel qui possède le même genre et le même nombre.
Ex. : ***Mon amie Jodie*** *habite à Toronto. Je* ***la*** *connais depuis dix ans.*

		Masculin	Féminin
Singulier	1re personne	me	
	2e personne	te	
	3e personne	le / l'	la
Pluriel	1re personne	nous	
	2e personne	vous	
	3e personne	les	

Le suivi d'une voyelle → **l'**.
Ex. : *Mon quartier, je* ***l'****adore !*

Le pronom personnel COD se place entre le sujet et le verbe conjugué.
Ex. : ***Le tram****, je* ***le*** *prends tous les jours pour me déplacer.*

Les pronoms personnels COI PAGE 41

Le complément du verbe construit avec la préposition **à** s'appelle un complément d'objet indirect (COI).
On peut remplacer ce COI par un pronom personnel quand il s'agit d'une personne.

		Masculin	Féminin
Singulier	1re personne	me	
	2e personne	te	
	3e personne	lui	
Pluriel	1re personne	nous	
	2e personne	vous	
	3e personne	leur	

! On utilise **lui** et **leur** pour remplacer aussi bien une personne de sexe féminin qu'une personne de sexe masculin.

Ex. : *Je téléphonerai au médecin demain. → Je* ***lui*** *téléphonerai demain.*

Ex. : *Je téléphonerai à ma meilleure amie demain. → Je* ***lui*** *téléphonerai demain.*

! Ne pas confondre **leur** pronom COI et **leur** déterminant possessif. Pour cela, il suffit de remplacer **leur** déterminant possessif par un autre déterminant possessif et **leur** pronom COI par **à eux** ou **à elles** ou **lui**.

Ex. : ***Leur*** *résultat d'analyse, je* ***leur*** *donne quand ?*
→ Ses résultat d'analyse, je lui donne quand ?

La place des pronoms COD et COI

Les pronoms COI sont placés avant les pronoms COD, sauf à la troisième personne du singulier et du pluriel.
Ex. : *Il offre* ***le séjour en Thaïlande*** ***à moi, à toi, à nous, à vous.***
→ Il ***me/te/nous/vous l'****offre.*
Il offre ***le séjour en Thaïlande*** ***à elle, à lui, à elles, à eux.*** → *Il* ***le lui/leur*** *offre.*

La place des pronoms *en* et *y* avec les COI

Les pronoms **en** et **y** se placent entre le pronom COI et le verbe aux temps simples.
Ex. : *Il* ***me/te/lui/nous/vous/leur*** *donne* ***du sucre****?* → *Il* ***m'/t'/lui/nous/vous/leur en*** *donne ?*

Ex. : *Elle* ***m'/t'/l'/nous/vous/les*** *invite tous les samedis* ***au cinéma****.* → *Elle* ***m'/t'/l'/nous/vous/les y*** *invite tous les samedis.*

Les pronoms relatifs *qui, que, où*

PAGE 19

Les pronoms relatifs **qui**, **que**, **où** remplacent un mot ou un groupe de mots. On les utilise pour relier deux phrases et éviter les répétitions.

- **Qui** est le sujet du verbe de la proposition relative. Le verbe s'accorde en genre, en nombre et en personne avec le mot représenté. Mot représenté + **qui** + verbe.

Ex. : *J'utilise Notteco, un site* ***qui*** *permet de faire du covoiturage.*

- **Que** est le COD du verbe de la proposition relative. Mot représenté + **que** + sujet + verbe.

Ex. : *La robe* ***que*** *je dois recoudre sera prête pour demain.*

Devant un mot commençant par une voyelle ou un **h** muet, **que** → **qu'**.

Ex. : *Les produits* ***qu'****achètent les Canadiens viennent souvent des États-Unis.*

- **Où** permet d'introduire des informations complémentaires sur un lieu, un moment.

Ex. : *Les endroits* ***où*** *on gaspille le plus au monde sont l'Amérique du Nord et l'Océanie.*

Le pronom *en*

PAGE 123

Le pronom **en** remplace :
- un groupe de mots complément d'un verbe et introduit par la préposition **de**.

Ex. : *Il parle toujours de ses souvenirs.* → *Il* ***en*** *parle toujours.*

Quelques verbes courants qui se construisent avec **de** :
avoir besoin de, avoir envie de, avoir peur de, manquer de, parler de, rêver de, se servir de, se souvenir de, s'occuper de, sortir de, venir de, parler de...
- un groupe de mots exprimant une quantité précise ou imprécise.

Ex. : *Il mange des pommes tous les jours.* → *Il* ***en*** *mange tous les jours.* (quantité imprécise)

Ex. : *Il mange deux pommes tous les jours.* → *Il* ***en*** *mange* ***deux*** *tous les jours.* (quantité précise)

Le pronom **en** remplace une chose ou un concept, il ne remplace jamais une personne.

La place du pronom *en*

	Phrase affirmative	Phrase négative
Temps simple	*J'****en*** *bois souvent.*	*Je n'****en*** *bois pas souvent.*
Temps composé	*J'****en*** *ai bu souvent.*	*Je n'****en*** *ai pas bu souvent.*
Suivi d'un infinitif	*Tu peux* ***en*** *boire souvent.*	*Tu ne peux pas* ***en*** *boire souvent*

Le pronom *y*

PAGE 123

Le pronom **y** remplace un groupe nominal introduit par la préposition **à**. En général, il s'agit de lieux.
Ex. : *On va souvent* ***au restaurant****.* → *On* ***y*** *va souvent.*

Le pronom **y** remplace une chose ou un concept, il ne remplace jamais une personne.

L'INTERROGATION

On utilise la phrase interrogative pour demander des informations.
On reconnaît la phrase interrogative :
- à l'oral, grâce à l'intonation montante ;
- à l'écrit, grâce au point d'interrogation (?).

L'interrogation totale

PAGE 39

On répond à l'interrogation totale avec **oui**, **non** ou **peut-être**.

Phrase affirmative + **?**	*Tu aimes la musique ?*
Est-ce que + phrase + **?**	***Est-ce que*** *tu aimes la musique ?*
Inversion sujet-verbe + **?**	***Aimes-tu*** *la musique ?*

L' interrogation partielle

PAGE 39

L'interrogation partielle porte sur une partie de la phrase et se forme avec un mot interrogatif.

Phrase affirmative + mot interrogatif + **?**	*Vous vous sentez* ***comment*** *?*
Mot interrogatif + **est-ce que** + phrase + **?**	***Comment est-ce que*** *vous vous sentez ?*
Mot interrogatif + inversion sujet-verbe + **?**	***Comment*** *vous* ***sentez-vous*** *?*

Dans l'interrogation totale et partielle, l'inversion du verbe et du sujet appartient au registre soutenu, elle est surtout pratiquée à l'écrit.

Les pronoms interrogatifs

PAGE 49

Les formes simples (rappel)

- **Qui** permet de demander des informations sur une personne.

Ex. : ***Qui** est végétarien dans la classe ?*

- **Que** et **quoi** permettent de demander des informations sur un objet ou une chose.

Ex. : ***Qu**'est-ce que tu cuisines ? Tu cuisines **quoi** ?*

Les formes composées

	Masculin	Féminin
Singulier	lequel	laquelle
Pluriel	lesquels	lesquelles

Ces pronoms interrogatifs remplacent un mot désignant quelqu'un ou quelque chose déjà connu par les interlocuteurs. Ils s'accordent en genre et en nombre avec le mot qu'ils remplacent.

Ex. : ***Laquelle** préfères-tu, la cuisine japonaise ou la cuisine indienne ?*

LES ADVERBES

Les adverbes sont des mots invariables qui permettent de modifier le sens d'autres mots de la phrase.

Les adverbes en *-ment*

PAGE 117

Ces adverbes se forment généralement à partir d'un adjectif au féminin auquel on ajoute **-ment**.

Ex. : *heureuse* → ***heureusement***

Mais pour les adjectifs se terminant par **-ai**, **-é**, **-i** et **-u** au masculin, on ajoute **-ment** à la forme masculine.

Ex. : *vrai* → ***vraiment***

Pour les adjectifs qui se terminent par **-ant** ou par **-ent**, on forme l'adverbe de manière en ajoutant **-emment** ou **-amment** (prononcés tous les deux [amɑ̃]).

Ex. : *prudent* → ***prudemment***
courant → ***couramment***

(!) La formation d'un adverbe de manière à partir d'un adjectif n'est pas systématique. Par exemple **content** et **beau** ne forment pas d'adverbe.

Les adverbes *encore* et *toujours*

Les adverbes **encore** et **toujours** permettent d'exprimer la continuité. Ils se placent en général tout de suite après le verbe.

Ex. : *Il travaille **encore/toujours**.* (= Il n'a pas fini son travail. Ou = Il n'a pas perdu son travail.)

LE COMPARATIF

PAGE 21

Quand on compare deux éléments, on détermine l'infériorité, l'égalité ou la supériorité de l'un par rapport à l'autre (en qualité ou en quantité).

Ex. : *Il a **plus de** stylos **que** moi.* (quantité)

Ex. : *Les souvenirs vivent **plus** longtemps **que** les choses.* (qualité)

Infériorité	Égalité	Supériorité
moins + adj. / adv. + **que**	**aussi** + adj. / adv. + **que**	**plus** + adj. / adv. + **que**
moins de + nom + **que (de)**	**autant de** + nom + **que (de)**	**plus de** + nom + **que (de)**
verbe + **moins que**	verbe + **autant que**	verbe + **plus que**

Ex. : *On possède **plus de** choses **qu'**avant. Et maintenant on a **moins de** temps **que d'**objets ! En tout cas, mon mari garde des choses inutiles **autant que** moi.*

(!) Les comparatifs de supériorité de **bon**, **bien** et **mauvais** sont irréguliers :

bon → **meilleur**

bien → **mieux**

mauvais → **pire**

LE SUPERLATIF

PAGE 35

Le superlatif exprime le plus haut degré d'un adjectif ou d'un adverbe et la plus grande quantité ou intensité d'un nom ou d'un verbe.

Infériorité	Supériorité
le moins + adjectif / adverbe Ex. : *Ce vaccin est **le moins** dangereux.*	**le plus** + adjectif / adverbe Ex. : *Ce vaccin est **le plus** efficace.*
le moins de + nom Ex. : *C'est le pays où il y a **le moins de** vaccination.*	**le plus de** + nom Ex. : *C'est le pays où il y a **le plus de** méfiance sur les vaccins.*
verbe + **le moins** Ex. : *C'est le pays où on vaccine **le moins**.*	verbe + **le plus** Ex. : *C'est le pays où on vaccine **le plus**.*

(!) bon → le meilleur/la meilleure/les meilleurs/les meilleures
bien → le / la / les mieux
mauvais → le / la pire / les pires

Ex. : *Se laver les mains est **le meilleur** moyen de lutter contre les épidémies.*

LE DISCOURS RAPPORTÉ

PAGE 95

Pour rapporter les paroles de quelqu'un, on peut :

- restituer les mots prononcés de manière directe.

À l'oral, on marque une légère pause avant de rapporter les paroles directement. À l'écrit, on encadre par des guillemets les paroles rapportées directement.

On utilise un verbe indiquant que l'on rapporte des paroles : **dire**, **remarquer**, **souligner**, **insister**, **affirmer**, **répéter**, suivi de deux-points et de guillemets.

Ex. : *Monsieur Freiha **dit : «** La qualité des projets m'a impressionné. **»***

- restituer les mots prononcés de manière indirecte. On utilise un verbe introducteur suivi de **que**.

Ex. : *Monsieur Freiha **affirme que** la qualité des projets l'a impressionné.*

Cela entraine certains changements pour les pronoms personnels sujets, COD et COI ainsi que pour les déterminants possessifs.

Paroles prononcées	Paroles rapportées indirectement
« La francophonie est une chance. » *« La qualite des projets m'a impressionné. »*	*Il **dit que** la francophonie est une chance.* *Joseph Freiha **affirme que** la qualité des projets **l'a** impressionné.*

LE DISCOURS RAPPORTÉ INTERROGATIF PAGE 97

Lorsqu'on rapporte une question de manière indirecte, on utilise un verbe introducteur suivi d'un mot interrogatif ou de **si** (dans le cas d'une interrogation qui a pour réponse *oui* ou *non*). Dans le discours indirect, on n'utilise jamais l'inversion verbe-sujet, ni la forme **est-ce que**, ni le point d'interrogation final. **Quoi**, **que**, **qu'** deviennent **ce que** (COD du verbe) et **ce qui** (sujet du verbe).

LE DISCOURS RAPPORTÉ INTERROGATIF

Question directe avec mots interrogatifs	Discours indirect
Quelle est votre formation ?	*Il demande **quelle** est votre formation.*
Comment vos amis vous voient ?	*Il demande **comment** vos amis vous voient.*
Qu'est-ce que vous voulez faire dans cinq ans ?	*Il demande **ce que** vous voulez faire dans cinq ans.*
Qu'est-ce qui vous motive ?	*Il demande **ce qui** vous motive.*
Question directe avec réponse *oui* ou *non*	**Discours indirect**
Savez-vous dire non ?	*Il demande **si** vous savez dire non.*
Est-ce que vous avez déjà occupé un poste similaire ?	*Il demande **si** vous avez déjà occupé un poste similaire.*

EXPRIMER LA DURÉE PAGE 83-109

Dès	Indique le point de départ d'une action. Ex. : *Je continue à lire un roman si je suis pris par l'histoire **dès** la première page.*
En + mois / année / saison	Précise le moment d'une action. Ex. : ***En** été, je lis un livre par semaine.*
Jusqu'à / jusqu'en	Indique le moment auquel l'action prend fin. Ex. : *Je lis toujours un livre **jusqu'à** la fin.*
Depuis + durée	Indique le point de départ d'une action et répond à la question : depuis combien de temps ? Ex. : *J'étudie en France **depuis** 2 ans.*
Depuis + repère temporel	Indique le point de départ d'une action et répond à la question : depuis quand ? Ex. : *J'étudie en France **depuis** le mois de septembre 2017.*
En + durée	Indique le temps nécessaire à la réalisation d'un fait. Ex. : *J'ai fini mes études **en** 4 ans.*
De... à...	Précise les bornes temporelles explicitement. Ex. : *Je suis restée aux États-Unis **de** 2010 **à** 2012.*
Pendant + nom indiquant un laps de temps	Précise les bornes temporelles implicitement. Ex. : ***Pendant** les années 80, les jeunes ne partaient pas beaucoup étudier à l'étranger.*

SITUER DANS LE FUTUR PAGE 75

Pour situer un événement, une action, un état dans le futur, on emploie des mots différents suivant le point de repère temporel que l'on prend.

Point de repère temporel	
Le moment où on parle	**Un autre moment**
Demain	Le jour suivant
Après-demain	Le lendemain
Dans + nombre + heures / jours / semaines / mois / années	
le / la / les semaine(s) / jour(s) / année(s)... + prochain(e)(s)	Le / La / Les semaine(s) / jour(s) / année(s)... + suivant(s) / suivante(s)
	Quand + verbe au futur

Ex. : ***L'année prochaine**, je partirai étudier six mois en Norvège.*
***L'année suivante**, j'irai au Québec.*

EXPRIMER LES MOMENTS D'UNE ACTION PAGE 81

On indique les moments d'une action en fonction d'un point de repère temporel qui peut être le moment où l'on parle ou un autre moment.

Aller + infinitif	Exprime l'idée de futur d'une action. Ex. : *On **va introduire** les Mooc partout.*
Être sur le point de + infinitif	Indique que l'action va commencer. Ex. : *On **est sur le point d'inventer** un Mooc.*
Être en train de + infinitif	Indique que l'action est en cours. Ex. : *On **est en train de monter** un projet.*
Venir de + infinitif	Indique que l'action s'est terminée il y a peu de temps. Ex. : *On **vient d'inventer** une technologie plus écologique.*

LA CAUSE, LA CONSÉQUENCE ET LE BUT PAGE 69

La cause

- **Parce que** + phrase

Ex. : *Je suis en forme* ***parce que*** *je fais du sport.* → Indique une cause objective.

- **Grâce à** + nom

Ex. : *Je me sens bien* ***grâce au*** *sport.* → Indique une cause jugée positive.

- **À cause de** + nom

Ex. : *On tombe malade* ***à cause du*** *froid.* → Indique une cause jugée négative.

La conséquence

- **Alors** + phrase

Ex. : *Tout le monde a le droit de faire du sport,* ***alors*** *mobilisons-nous.*→ Indique une conséquence.

- **Donc** + phrase

Ex. : *Tout le monde a le droit de faire du sport,* ***donc*** *mobilisons-nous.* → Indique une conséquence sous forme de conclusion.

- **C'est pour ça / cela que** + phrase

Ex. : *Tout le monde a le droit de faire du sport.* ***C'est pour cela qu'****on doit se mobiliser.* → Indique une relation étroite entre la cause et la conséquence.

Le but

- **Pour** + infinitif

Ex. : *Mobilisons-nous* ***pour*** *organiser des jeux sportifs dans notre quartier.* (langue standard)

- **Afin de** + infinitif

Ex. : *Mobilisons-nous* ***afin d'****organiser des jeux sportifs dans notre quartier.* (langue plus soutenue)

EXPRIMER DES ÉMOTIONS ET DES SENTIMENTS

Pour exprimer un état émotionnel, on utilise :

- **être** + adjectif.

Ex. : ***Es****-tu anxieux le dimanche soir ?*

- **se sentir** + adjectif

Ex. : ***Te sens****-tu anxieux le dimanche soir ?*

- Des expressions avec le verbe **avoir** : **avoir envie de**, **avoir peur de**, **en avoir marre de**.

Ex. : ***J'ai envie de*** *pleurer quand j'écoute cette musique.*

- Des verbes d'émotion : **stresser**, **motiver**, **ennuyer**, **passionner**, **épuiser**...

Ex. : *Votre travail vous* ***stresse****.*

- On peut aussi utiliser ces verbes avec la structure **ça** + pronom COD + verbe.

Ex : *Le travail,* ***ça me*** *stresse.*

EXPRIMER LA PROGRESSION PAGE 49

Pour exprimer l'évolution dans le sens d'une diminution, on utilise **de moins en moins**.
Pour exprimer l'évolution dans le sens d'une augmentation, on utilise **de plus en plus**.

- **de plus en plus de / de moins en moins de** + nom

Ex. : *Je mange* ***de moins en moins de*** *viande.*

- verbe + **de plus en plus / de moins en moins**

Ex. : *Je dors* ***de plus en plus****.*

- **de plus en plus / de moins en moins** + adjectif / adverbe

Ex. : *Les recettes de cuisine sont* ***de plus en plus*** *mondialisées.*

L'OBLIGATION, L'INTERDICTION ET LA PERMISSION PAGE 91

Pour exprimer l'obligation, la permission ou la permission, on peut employer :

- des tournures impersonnelles dont le sujet est **il** ;

- des tournures personnelles dont le sujet est individualisé.

L'obligation, l'interdiction ou la permission concerne une personne ou des personnes en particulier.

Tournures impersonnelles

Obligation : **il faut** + infinitif
Interdiction : **il est interdit de** + infinitif
Permission : **il est permis de** + infinitif

Tournures personnelles

Obligation : **devoir** + infinitif
être obligé/e de + infinitif
obliger qqn à + infinitif
Interdiction : **interdire à qqn de** + infinitif
ne pas pouvoir + infinitif
Permission : **avoir la permission de** + infinitif
permettre à qqn de + infinitif
pouvoir + infinitif

Ex. : ***Il est interdit d'****allumer son téléphone portable à l'hôpital.*
Tu ***dois*** *faire comme tout le monde !*

EXPRIMER UN SOUHAIT PAGE 75

Pour exprimer un souhait, un désir, on utilise : **J'aimerais / Je voudrais** + infinitif.

Ex. : ***J'aimerais*** *faire des études supérieures au Canada.*

Pour exprimer une attente quand le sujet d'**espérer** et le sujet du verbe qui suit sont différents : **espérer que** + futur.

Ex. : *J'****espère que*** *tu viendras me voir.*

Pour exprimer une attente quand le sujet d'**espérer** et le sujet du verbe qui suit sont identiques : **espérer** + infinitif.

Ex. : *J'****espère*** *venir te voir.*

EXPRIMER UNE CONDITION PAGE 77

Pour exprimer une condition qui assure la réalisation d'un fait, on utilise :

Si + verbe à l'indicatif présent + verbe à l'indicatif présent ou futur.

Ex. : ***Si*** *tu* ***fais*** *tes devoirs, tu* ***peux*** *rester avec moi.*
Si *tu* ***fais*** *tes devoirs maintenant, tu* ***pourras*** *regarder la télé après.*

DONNER UN CONSEIL PAGE 63

• Pour donner un conseil, on peut employer les verbes : **conseiller, recommander, préconiser, suggérer**.

Ces verbes se construisent avec un nom.

Ex. : ***Je te recommande*** *une bonne nuit de sommeil.*

Ils se construisent aussi avec **de** + infinitif.

Ex. : ***Je vous conseille de*** *manger des fruits et des légumes.*

• On peut utiliser le conditionnel présent des verbes **devoir** et **pouvoir**.

Ex. : *Comme tu te sens fatigué, tu* ***pourrais*** *dormir plus.*

• On peut aussi utiliser l'impératif.

Ex. : *Pour être en bonne santé,* ***couche-toi*** *plus tôt et* ***fais*** *de vrais repas.*

• **Il faudrait que** + subjonctif

Ex. : ***Il faudrait que*** *tu dormes plus.*

DONNER UN AVIS PAGE 55

Pour exprimer un avis, on peut employer :

• **trouver** + nom + adjectif

Ex. : *Je* ***trouve*** *les marchés du sud de la France très colorés.*

• **trouver que** + phrase

Ex. : *Je* ***trouve que*** *les marchés du sud de la France sont très colorés.*

• **penser que** + phrase

Ex. : *Je* ***pense que*** *les marchés de Noël de Strasbourg sont à voir.*

• **à mon avis, pour moi, selon moi**

Ex. : ***Pour moi,*** *la baguette est le meilleur pain.*

• **à** + infinitif

Ex. : ***À visiter*** *absolument !*

• **c'est** + adjectif masculin

Ex. : ***C'est*** *super !*

• **ça vaut la peine de** + infinitif

Ex. : ***ça vaut la peine de*** *se lever tôt !*

Pour attribuer des degrés aux adjectifs, on utilise :

	Degré de l'adjectif
trop	excessif
très	élevé
assez, plutôt	modéré
peu	pas beaucoup
pas du tout	inexistant

Ex. : *Les jurys sont en général* ***très*** *sévères quand il s'agit de cuisine française.*

FAIRE UNE PROPOSITION PAGE 103

Pour faire une proposition, on peut utiliser **si** + l'imparfait

Ex. : *Et* ***si on allait*** *visiter le Louvre cet après-midi ?*

PRÉSENTER DES DONNÉES CHIFFRÉES PAGE 117

Le symbole % se lit : pour cent.

Ex. : *40 % (quarante pour cent) des Français ne partent pas en vacances chaque année.*

100 % : la totalité	1/4 : un / le quart
90 % : la majorité	1/2 : un demi / la moitié
10 % : la minorité	3/4 : (les) trois quarts
	1/3 : un / le tiers
	2/3 : (les) deux tiers

Après un pourcentage ou **le quart, la moitié, le tiers** suivi d'un nom, on peut mettre le verbe au singulier ou au pluriel. Tout dépend de ce sur quoi on veut insister.

Ex. : *La moitié des Français* ***veut*** *ramener de jolies photos de vacances.*

Après **les trois quarts** et **les deux tiers**, le verbe est toujours au pluriel.

Ex. : *Les trois quarts des 18-24 ans* ***sont*** *prêts à découvrir de nouvelles activités.*

EXPRIMER LA RESTRICTION PAGE 111

Ne ... que n'est pas une négation, c'est une autre façon de dire **seulement**. **Ne** se place avant le verbe, et **que** se place devant le mot sur lequel est l'exclusivité .
Ex. : *Avant, on* ***ne*** *faisait ça* ***qu'****avec des pochettes de disques. (Avant, on faisait ça* ***seulement*** *avec des pochettes de disques).*

CONJUGAISON

VERBES AUXILIAIRES

ÊTRE (été)

PRÉSENT	PASSÉ COMPOSÉ	IMPARFAIT	FUTUR SIMPLE	CONDITIONNEL PRÉSENT	IMPÉRATIF
je suis	j'ai été	j'étais	je serai	je serais	
tu es	tu as été	tu étais	tu seras	tu serais	sois
il/elle/on est	il/elle/on a été	il/elle/on était	il/elle/on sera	il/elle/on serait	
nous sommes	nous avons été	nous étions	nous serons	nous serions	soyons
vous êtes	vous avez été	vous étiez	vous serez	vous seriez	soyez
ils/elles sont	ils/elles ont été	ils/elles étaient	ils/elles seront	ils/elles seraient	

❗ **Être** est le verbe auxiliaire aux temps composés de tous les verbes pronominaux : **se lever**, **se taire**, etc. et de certains autres verbes : **venir**, **arriver**, **partir**, etc.

AVOIR (eu)

PRÉSENT	PASSÉ COMPOSÉ	IMPARFAIT	FUTUR SIMPLE	CONDITIONNEL PRÉSENT	IMPÉRATIF
j'ai	j'ai eu	j'avais	j'aurai	j'aurais	
tu as	tu as eu	tu avais	tu auras	tu aurais	aie
il/elle/on a	il/elle/on a eu	il/elle/on avait	il/elle/on aura	il/elle/on aurait	
nous avons	nous avons eu	nous avions	nous aurons	nous aurions	ayons
vous avez	vous avez eu	vous aviez	vous aurez	vous auriez	ayez
ils/elles ont	ils/elles ont eu	ils/elles avaient	ils/elles auront	ils/elles auraient	

❗ **Avoir** indique la possession. C'est aussi le principal verbe auxiliaire aux temps composés : *j'ai parlé, j'ai été, j'ai fait...*

VERBES PRONOMINAUX

SE COUCHER* (couché)

PRÉSENT	PASSÉ COMPOSÉ	IMPARFAIT	FUTUR SIMPLE	CONDITIONNEL PRÉSENT	IMPÉRATIF
je me couche	je me suis couché(e)	je me couchais	je me coucherai	je me coucherais	
tu te couches	tu t'es couché(e)	tu te couchais	tu te coucheras	tu te coucherais	couche-toi
il/elle/on se couche	il/elle/on s'est couché(e)	il/elle/on se couchait	il/elle/on se couchera	il/elle/on se coucherait	
nous nous couchons	nous nous sommes couché(e)s	nous nous couchions	nous nous coucherons	nous nous coucherions	couchons-nous
vous vous couchez	vous vous êtes couché(e)(s)	vous vous couchiez	vous vous coucherez	vous vous coucheriez	couchez-vous
ils/elles se couchent	ils/elles se sont couché(e)s	ils/elles se couchaient	ils/elles se coucheront	ils/elles se coucheraient	

SE LEVER* (levé)

PRÉSENT	PASSÉ COMPOSÉ	IMPARFAIT	FUTUR SIMPLE	CONDITIONNEL PRÉSENT	IMPÉRATIF
je me lève	je me suis levé(e)	je me levais	je me lèverai	je me lèverais	
tu te lèves	tu t'es levé(e)	tu te levais	tu te lèveras	tu te lèverais	lève-toi
il/elle/on se lève	il/elle/on s'est levé(e)	il/elle/on se levait	il/elle/on se lèvera	il/elle/on se lèverait	
nous nous levons	nous nous sommes levé(e)s	nous nous levions	nous nous lèverons	nous nous lèverions	levons-nous
vous vous levez	vous vous êtes levé(e)(s)	vous vous leviez	vous vous lèverez	vous vous lèveriez	levez-vous
ils/elles se lèvent	ils/elles se sont levé(e)s	ils/elles se levaient	ils/elles se lèveront	ils/elles se lèveraient	

S'APPELER* (appelé)

PRÉSENT	PASSÉ COMPOSÉ	IMPARFAIT	FUTUR SIMPLE	CONDITIONNEL PRÉSENT	IMPÉRATIF
je m'appelle	je me suis appelé(e)	je m'appelais	je m'appellerai	je m'appellerais	
tu t'appelles	tu t'es appelé(e)	tu t'appelais	tu t'appelleras	tu t'appellerais	
il/elle/on s'appelle	il/elle/on s'est appelé(e)	il/elle/on s'appelait	il/elle/on s'appellera	il/elle/on s'appellerait	-
nous nous appelons	nous nous sommes appelé(e)s	nous nous appelions	nous nous appellerons	nous nous appellerions	-
vous vous appelez	vous vous êtes appelé(e)s	vous vous appeliez	vous vous appellerez	vous vous appelleriez	-
ils/elles s'appellent	ils/elles se sont appelé(e)s	ils/elles s'appelaient	ils/elles s'appelleront	ils/elles s'appelleraient	

❗ La plupart des verbes en **-eler** doublent leur **l** aux mêmes personnes et aux mêmes temps que le verbe **s'appeler**.

Les participes passés figurent entre parenthèses à côté de l'infinitif.
L'astérisque* à côté de l'infinitif indique que ce verbe se conjugue avec l'auxiliaire **être**.

VERBES IMPERSONNELS

Ces verbes ne se conjuguent qu'à la troisième personne du singulier et avec le pronom sujet **il**.

FALLOIR (fallu)

PRÉSENT	PASSÉ COMPOSÉ	IMPARFAIT	FUTUR SIMPLE	CONDITIONNEL PRÉSENT	IMPÉRATIF
il faut	il a fallu	il fallait	il faudra	il faudrait	-

PLEUVOIR (plu)

PRÉSENT	PASSÉ COMPOSÉ	IMPARFAIT	FUTUR SIMPLE	CONDITIONNEL PRÉSENT	IMPÉRATIF
il pleut	il a plu	il pleuvait	il pleuvra	il pleuvrait	-

! La plupart des verbes qui se réfèrent aux phénomènes météorologiques sont impersonnels : *il neige, il vente...*

VERBES EN -ER (PREMIER GROUPE)

PARLER (parlé)

PRÉSENT	PASSÉ COMPOSÉ	IMPARFAIT	FUTUR SIMPLE	CONDITIONNEL PRÉSENT	IMPÉRATIF
je parle tu parles il/elle/on parle nous parlons vous parlez ils/elles parlent	j'ai parlé tu as parlé il/elle/on a parlé nous avons parlé vous avez parlé ils/elles ont parlé	je parlais tu parlais il/elle/on parlait nous parlions vous parliez ils/elles parlaient	je parlerai tu parleras il/elle/on parlera nous parlerons vous parlerez ils/elles parleront	je parlerais tu parlerais il/elle/on parlerait nous parlerions vous parleriez ils/elles parleraient	parle parlons parlez

! Les verbes en **-er** sont en général réguliers : au présent de l'indicatif, les trois personnes du singulier et la 3e personne du pluriel se prononcent de la même manière. **Aller** est le seul verbe en **-er** qui ne suit pas ce modèle.

CONJUGAISONS PARTICULIÈRES DE CERTAINS VERBES EN -ER

ALLER* (allé)

PRÉSENT	PASSÉ COMPOSÉ	IMPARFAIT	FUTUR SIMPLE	CONDITIONNEL PRÉSENT	IMPÉRATIF
je vais tu vas il/elle/on va nous allons vous allez ils/elles vont	je suis allé(e) tu es allé(e) il/elle/on est allé(e) nous sommes allé(e)s vous êtes allé(e)(s) ils/elles sont allé(e)s	j'allais tu allais il/elle/on allait nous allions vous alliez ils/elles allaient	j'irai tu iras il/elle/on ira nous irons vous irez ils/elles iront	j'irais tu irais il/elle/on irait nous irions vous iriez ils/elles iraient	va allons allez

! Dans sa fonction de semi-auxiliaire, **aller** + infinitif permet d'exprimer un futur proche.

COMMENCER (commencé)

PRÉSENT	PASSÉ COMPOSÉ	IMPARFAIT	FUTUR SIMPLE	CONDITIONNEL PRÉSENT	IMPÉRATIF
je commence tu commences il/elle/on commence nous commençons vous commencez ils/elles commencent	j'ai commencé tu as commencé il/elle/on a commencé nous avons commencé vous avez commencé ils/elles ont commencé	je commençais tu commençais il/elle/on commençait nous commencions vous commenciez ils/elles commençaient	je commencerai tu commenceras il/elle/on commencera nous commencerons vous commencerez ils/elles commenceront	je commencerais tu commencerais il/elle/on commencerait nous commencerions vous commenceriez ils/elles commenceraient	commence commençons commencez

! Le **c** de tous les verbes en **-cer** devient **ç** devant **a** et **o** pour maintenir la prononciation [s].

CONJUGAISONS PARTICULIÈRES DE CERTAINS VERBES EN -ER

MANGER (mangé)

PRÉSENT	PASSÉ COMPOSÉ	IMPARFAIT	FUTUR SIMPLE	CONDITIONNEL PRÉSENT	IMPÉRATIF
je mange tu manges il/elle/on mange nous mangeons vous mangez ils/elles mangent	j'ai mangé tu as mangé il/elle/on a mangé nous avons mangé vous avez mangé ils/elles ont mangé	je mangeais tu mangeais il/elle/on mangeait nous mangions vous mangiez ils/elles mangeaient	je mangerai tu mangeras il/elle/on mangera nous mangerons vous mangerez ils/elles mangeront	je mangerais tu mangerais il/elle/on mangerait nous mangerions vous mangeriez ils/elles mangeraient	mange mangeons mangez

❗ Devant **a** et **o**, on place un **e** pour maintenir la prononciation [ʒ] dans tous les verbes en **-ger**.

APPELER (appelé)

PRÉSENT	PASSÉ COMPOSÉ	IMPARFAIT	FUTUR SIMPLE	CONDITIONNEL PRÉSENT	IMPÉRATIF
j'appelle tu appelles il/elle/on appelle nous appelons vous appelez ils/elles appellent	j'ai appelé tu as appelé il/elle/on a appelé nous avons appelé vous avez appelé ils/elles ont appelé	j'appelais tu appelais il/elle/on appelait nous appelions vous appeliez ils/elles appelaient	j'appellerai tu appelleras il/elle/on appellera nous appellerons vous appellerez ils/elles appelleront	j'appellerais tu appellerais il/elle/on appellerait nous appellerions vous appelleriez ils/elles appelleraient	appelle appelons appelez

ACHETER (acheté)

PRÉSENT	PASSÉ COMPOSÉ	IMPARFAIT	FUTUR SIMPLE	CONDITIONNEL PRÉSENT	IMPÉRATIF
j'achète tu achètes il/elle/on achète nous achetons vous achetez ils/elles achètent	j'ai acheté tu as acheté il/elle/on a acheté nous avons acheté vous avez acheté ils/elles ont acheté	j'achetais tu achetais il/elle/on achetait nous achetions vous achetiez ils/elles achetaient	j'achèterai tu achèteras il/elle/on achètera nous achèterons vous achèterez ils/elles achèteront	j'achèterais tu achèterais il/elle/on achèterait nous achèterions vous achèteriez ils/elles achèteraient	achète achetons achetez

PRÉFÉRER (préféré)

PRÉSENT	PASSÉ COMPOSÉ	IMPARFAIT	FUTUR SIMPLE	CONDITIONNEL PRÉSENT	IMPÉRATIF
je préfère tu préfères il/elle/on préfère nous préférons vous préférez ils/elles préfèrent	j'ai préféré tu as préféré il/elle/on a préféré nous avons préféré vous avez préféré ils/elles ont préféré	je préférais tu préférais il/elle/on préférait nous préférions vous préfériez ils/elles préféraient	je préférerai tu préféreras il/elle/on préférera nous préférerons vous préférerez ils/elles préféreront	je préférerais tu préférerais il/elle/on préférerait nous préférerions vous préféreriez ils/elles préféreraient	préfère préférons préférez

AUTRES VERBES

CHOISIR (choisi)

PRÉSENT	PASSÉ COMPOSÉ	IMPARFAIT	FUTUR SIMPLE	CONDITIONNEL PRÉSENT	IMPÉRATIF
je choisis tu choisis il/elle/on choisit nous choisissons vous choisissez ils/elles choisissent	j'ai choisi tu as choisi il/elle/on a choisi nous avons choisi vous avez choisi ils/elles ont choisi	je choisissais tu choisissais il/elle/on choisissait nous choisissions vous choisissiez ils/elles choisissaient	je choisirai tu choisiras il/elle/on choisira nous choisirons vous choisirez ils/elles choisiront	je choisirais tu choisirais il/elle/on choisirait nous choisirions vous choisiriez ils/elles choisiraient	choisis choisissons choisissez

❗ Les verbes **finir**, **grandir**, **maigrir** se conjuguent sur ce modèle.

CROIRE (cru)

PRÉSENT	PASSÉ COMPOSÉ	IMPARFAIT	FUTUR SIMPLE	CONDITIONNEL PRÉSENT	IMPÉRATIF
je crois tu crois il/elle/on croit nous croyons vous croyez ils/elles croient	j'ai cru tu as cru il/elle/on a cru nous avons cru vous avez cru ils/elles ont cru	je croyais tu croyais il/elle/on croyait nous croyions vous croyiez ils/elles croyaient	je croirai tu croiras il/elle/on croira nous croirons vous croirez ils/elles croiront	je croirais tu croirais il/elle/on croirait nous croirions vous croiriez ils/elles croiraient	crois croyons croyez

CONNAÎTRE (connu)

PRÉSENT	PASSÉ COMPOSÉ	IMPARFAIT	FUTUR SIMPLE	CONDITIONNEL PRÉSENT	IMPÉRATIF
je connais tu connais il/elle/on connaît nous connaissons vous connaissez ils/elles connaissent	j'ai connu tu as connu il/elle/on a connu nous avons connu vous avez connu ils/elles ont connu	je connaissais tu connaissais il/elle/on connaissait nous connaissions vous connaissiez ils/elles connaissaient	je connaîtrai tu connaîtras il/elle/on connaîtra nous connaîtrons vous connaîtrez ils/elles connaîtront	je connaîtrais tu connaîtrais il/elle/on connaîtrait nous connaîtrions vous connaîtriez ils/elles connaîtraient	connais connaissons connaissez

❗ Tous les verbes en **-aître** se conjuguent sur ce modèle.

DIRE (dit)

PRÉSENT	PASSÉ COMPOSÉ	IMPARFAIT	FUTUR SIMPLE	CONDITIONNEL PRÉSENT	IMPÉRATIF
je dis tu dis il/elle/on dit nous disons vous dites ils/elles disent	j'ai dit tu as dit il/elle/on a dit nous avons dit vous avez dit ils/elles ont dit	je disais tu disais il/elle/on disait nous disions vous disiez ils/elles disaient	je dirai tu diras il/elle/on dira nous dirons vous direz ils/elles diront	je dirais tu dirais il/elle/on dirait nous dirions vous diriez ils/elles diraient	dis disons dites

FAIRE (fait)

PRÉSENT	PASSÉ COMPOSÉ	IMPARFAIT	FUTUR SIMPLE	CONDITIONNEL PRÉSENT	IMPÉRATIF
je fais tu fais il/elle/on fait nous faisons vous faites ils/elles font	j'ai fait tu as fait il/elle/on a fait nous avons fait vous avez fait ils/elles ont fait	je faisais tu faisais il/elle/on faisait nous faisions vous faisiez ils/elles faisaient	je ferai tu feras il/elle/on fera nous ferons vous ferez ils/elles feront	je ferais tu ferais il/elle/on ferait nous ferions vous feriez ils/elles feraient	fais faisons faites

AUTRES VERBES

ÉCRIRE (écrit)

PRÉSENT	PASSÉ COMPOSÉ	IMPARFAIT	FUTUR SIMPLE	CONDITIONNEL PRÉSENT	IMPÉRATIF
j'écris tu écris il/elle/on écrit nous écrivons vous écrivez ils/elles écrivent	j'ai écrit tu as écrit il/elle/on a écrit nous avons écrit vous avez écrit ils/elles ont écrit	j'écrivais tu écrivais il/elle/on écrivait nous écrivions vous écriviez ils/elles écrivaient	j'écrirai tu écriras il/elle/on écrira nous écrirons vous écrirez ils/elles écriront	j'écrirais tu écrirais il/elle/on écrirait nous écririons vous écririez ils/elles écriraient	écris écrivons écrivez

SAVOIR (su)

PRÉSENT	PASSÉ COMPOSÉ	IMPARFAIT	FUTUR SIMPLE	CONDITIONNEL PRÉSENT	IMPÉRATIF
je sais tu sais il/elle/on sait nous savons vous savez ils/elles savent	j'ai su tu as su il/elle/on a su nous avons su vous avez su ils/elles ont su	je savais tu savais il/elle/on savait nous savions vous saviez ils/elles savaient	je saurai tu sauras il/elle/on saura nous saurons vous saurez ils/elles sauront	je saurais tu saurais il/elle/on saurait nous saurions vous sauriez ils/elles sauraient	sache sachons sachez

PARTIR* (parti)

PRÉSENT	PASSÉ COMPOSÉ	IMPARFAIT	FUTUR SIMPLE	CONDITIONNEL PRÉSENT	IMPÉRATIF
je pars tu pars il/elle/on part nous partons vous partez ils/elles partent	je suis parti(e) tu es parti(e) il/elle/on est parti(e) nous sommes parti(e)s vous êtes parti(e)(s) ils/elles sont parti(e)s	je partais tu partais il/elle/on partait nous partions vous partiez ils/elles partaient	je partirai tu partiras il/elle/on partira nous partirons vous partirez ils/elles partiront	je partirais tu partirais il/elle/on partirait nous partirions vous partiriez ils/elles partiraient	pars partons partez

SORTIR* (sorti)

PRÉSENT	PASSÉ COMPOSÉ	IMPARFAIT	FUTUR SIMPLE	CONDITIONNEL PRÉSENT	IMPÉRATIF
je sors tu sors il/elle/on sort nous sortons vous sortez ils/elles sortent	je suis sorti(e) tu es sorti(e) il/elle/on est sorti(e) nous sommes sorti(e)s vous êtes sorti(e)(s) ils/elles sont sorti(e)s	je sortais tu sortais il/elle/on sortait nous sortions vous sortiez ils/elles sortaient	je sortirai tu sortiras il/elle/on sortira nous sortirons vous sortirez ils/elles sortiront	je sortirais tu sortirais il/elle/on sortirait nous sortirions vous sortiriez ils/elles sortiraient	sors sortons sortez

VIVRE (vécu)

PRÉSENT	PASSÉ COMPOSÉ	IMPARFAIT	FUTUR SIMPLE	CONDITIONNEL PRÉSENT	IMPÉRATIF
je vis tu vis il/elle/on vit nous vivons vous vivez ils/elles vivent	j'ai vécu tu as vécu il/elle/on a vécu nous avons vécu vous avez vécu ils/elles ont vécu	je vivais tu vivais il/elle/on vivait nous vivions vous viviez ils/elles vivaient	je vivrai tu vivras il/elle/on vivra nous vivrons vous vivrez ils/elles vivront	je vivrais tu vivrais il/elle/on vivrait nous vivrions vous vivriez ils/elles vivraient	vis vivons vivez

AUTRES VERBES

PRENDRE (pris)

PRÉSENT	PASSÉ COMPOSÉ	IMPARFAIT	FUTUR SIMPLE	CONDITIONNEL PRÉSENT	IMPÉRATIF
je prends tu prends il/elle/on prend nous prenons vous prenez ils/elles prennent	j'ai pris tu as pris il/elle/on a pris nous avons pris vous avez pris ils/elles ont pris	je prenais tu prenais il/elle/on prenait nous prenions vous preniez ils/elles prenaient	je prendrai tu prendras il/elle/on prendra nous prendrons vous prendrez ils/elles prendront	je prendrais tu prendrais il/elle/on prendrait nous prendrions vous prendriez ils/elles prendraient	prends prenons prenez

VENIR* (venu)

PRÉSENT	PASSÉ COMPOSÉ	IMPARFAIT	FUTUR SIMPLE	CONDITIONNEL PRÉSENT	IMPÉRATIF
je viens tu viens il/elle/on vient nous venons vous venez ils/elles viennent	je suis venu(e) tu es venu(e) il/elle/on est venu(e) nous sommes venu(e)s vous êtes venu(e)(s) ils/elles sont venu(e)s	je venais tu venais il/elle/on venait nous venions vous veniez ils/elles venaient	je viendrai tu viendras il/elle/on viendra nous viendrons vous viendrez ils/elles viendront	je viendrais tu viendrais il/elle/on viendrait nous viendrions vous viendriez ils/elles viendraient	viens venons venez

POUVOIR (pu)

PRÉSENT	PASSÉ COMPOSÉ	IMPARFAIT	FUTUR SIMPLE	CONDITIONNEL PRÉSENT	IMPÉRATIF
je peux tu peux il/elle/on peut nous pouvons vous pouvez ils/elles peuvent	j'ai pu tu as pu il/elle/on a pu nous avons pu vous avez pu ils/elles ont pu	je pouvais tu pouvais il/elle/on pouvait nous pouvions vous pouviez ils/elles pouvaient	je pourrai tu pourras il/elle/on pourra nous pourrons vous pourrez ils/elles pourront	je pourrais tu pourrais il/elle/on pourrait nous pourrions vous pourriez ils/elles pourraient	- - -

! Dans les questions avec inversion verbe-sujet, on utilise la forme ancienne de la 1re personne du singulier :
Puis-je vous renseigner ?

VOULOIR (voulu)

PRÉSENT	PASSÉ COMPOSÉ	IMPARFAIT	FUTUR SIMPLE	CONDITIONNEL PRÉSENT	IMPÉRATIF
je veux tu veux il/elle/on veut nous voulons vous voulez ils/elles veulent	j'ai voulu tu as voulu il/elle/on a voulu nous avons voulu vous avez voulu ils/elles ont voulu	je voulais tu voulais il/elle/on voulait nous voulions vous vouliez ils/elles voulaient	je voudrai tu voudras il/elle/on voudra nous voudrons vous voudrez ils/elles voudront	je voudrais tu voudrais il/elle/on voudrait nous voudrions vous voudriez ils/elles voudraient	veuille - veuillez

DEVOIR (dû)

PRÉSENT	PASSÉ COMPOSÉ	IMPARFAIT	FUTUR SIMPLE	CONDITIONNEL PRÉSENT	IMPÉRATIF
je dois tu dois il/elle/on doit nous devons vous devez ils/elles doivent	j'ai dû tu as dû il/elle/on a dû nous avons dû vous avez dû ils/elles ont dû	je devais tu devais il/elle/on devait nous devions vous deviez ils/elles devaient	je devrai tu devras il/elle/on devra nous devrons vous devrez ils/elles devront	je devrais tu devrais il/elle/on devrait nous devrions vous devriez ils/elles devraient	- - -

UNITÉ 1

Piste 1

(annonce) Chronique conso. Nicole Thorey.
- Au cours des dernières années, le commerce en ligne a changé nos habitudes de consommation. On en parle avec Nicole Thorey.
- Bonjour Thierry. Effectivement, de plus en plus de personnes font leurs achats sur Internet. Une étude récente nous apprend que 70 % des Canadiens ont fait un achat en ligne en 2016 et que 17 % font leurs achats avec un smartphone. Nous savons aussi que ce sont surtout les moins de 40 ans qui achètent le plus en ligne. Plusieurs raisons expliquent l'intérêt des consommateurs pour le shopping en ligne. La première, c'est la flexibilité : les internautes peuvent acheter quand ils veulent, 24 heures sur 24 et 7 jours sur 7. La deuxième, c'est le prix : on peut comparer plusieurs sites pour trouver le prix le plus bas. Ensuite, on économise aussi du temps parce qu'on ne se déplace pas ; on peut tout faire à la maison. Et enfin, acheter en ligne permet aux consommateurs de se renseigner sur la qualité des produits grâce aux descriptions sur les sites de vente et aux avis des autres consommateurs. Vous le voyez Thierry, les achats en ligne offrent de nombreux avantages et vont continuer à augmenter car c'est LA nouvelle façon de consommer.
- Merci Nicole. À demain pour d'autres informations sur l'actualité économique.
- À demain, Thierry !

Piste 2

- Hey, salut Carole ! ça va ?
- Salut Adil. Bien, bien. Et toi ? Ton nouveau restaurant, ça va ?
- Oui, super. Je suis en train de faire le site Internet.
- Tout seul ?
- Non, j'ai trouvé un webdesigner qui m'aide.
- Ça doit coûter super cher !
- Pas du tout ! Grâce au SEL, je ne paye rien.
- Grâce au quoi ?
- Au SEL ! Ça veut dire « système d'échange local ». Comment t'expliquer… Euh, c'est un groupe de personnes qui proposent ou qui demandent des services.
- Et c'est gratuit ?
- Oui et non. Tu ne donnes pas d'argent à la personne qui t'aide. Tu la payes avec une monnaie qu'on appelle fleur. Une fleur est égale à une heure de travail.
- Attends, attends, je ne comprends rien… Comment ça fonctionne exactement ?
- Je te donne un exemple. Moi, j'ai fait dix heures de jardinage chez un membre du SEL. Grâce à ce travail, j'ai gagné dix fleurs. Maintenant, j'utilise ces 10 fleurs pour payer le webdesigner qui fait mon site Internet.
- Ah ouais, c'est génial ! Et en plus, ça te permet de faire des économies parce qu'un webdesigner, ça coûte cher !
- Ça c'est sûr ! Mais le SEL, ça sert aussi à rencontrer les gens du quartier. Et puis, c'est idéal pour faire de la publicité pour mon restaurant, car ce sont peut-être mes futurs clients !
- Tout le monde peut s'inscrire ?
- Bien sûr ! Ça pourrait t'intéresser. Oh la la, il est déjà 9 heures ! Je dois partir, j'ai un rendez-vous.
- Bon, ben salut, à bientôt. On se voit à l'ouverture de ton restaurant !
- Avec plaisir ! À bientôt Carole !

Piste 3

Bonjour à tous. Aujourd'hui, portrait d'un grand inventeur du XXe siècle. En effet, je vais vous parler de Raoul Parienti, le plus grand inventeur d'Europe. Ancien professeur de mathématiques, il a passé les 30 dernières années à inventer des objets pour améliorer notre quotidien. Ses inventions touchent des domaines très divers : l'électronique, la mécanique, les télécommunications, les moyens de transport. Beaucoup sont commercialisées, d'autres sont toujours à l'état de projets et n'ont pas encore trouvé de fabricant. Raoul Parienti est le premier inventeur du téléphone portable en 1986. Mais, à cette époque, on ne pouvait pas imaginer les gens téléphoner dans la rue et son invention n'a pas eu beaucoup de succès ! Quelques années plus tard, il a imaginé un appareil qui traduit les textes imprimés pour les personnes malvoyantes. Autre invention qui a eu énormément de succès : un mini scooter électrique très léger qui se plie en quelques secondes et prend très peu de place. Il ne pollue pas et ne fait pas de bruit. Ces dernières années, Raoul Parienti travaille sur un modèle de voiture sans chauffeur qu'on peut piloter avec son smartphone. Il a gagné quatre fois le concours Lépine, un record ! Si vous êtes curieux, je vous invite à aller voir ses nombreuses inventions sur Internet.

Piste 4

1.
- Moi, j'aime beaucoup celui-ci. Le vert avec du marron, style militaire. C'est original et tout à fait le style de Claude.
- Oui, mais il est en plastique. Moi, je trouve que, pour son anniversaire, on peut lui offrir un stylo plus chic. Regarde celui-ci ! Il est en métal, simple mais élégant.
- T'as raison. En plus, elle peut l'utiliser au travail. Ça fait plus professionnel que celui en plastique. Allez, on prend celui-là !

2.
- Bon, on prend quelle ceinture ? Celle de droite ou celle de gauche ?
- J'sais pas… Moi, j'aime bien celle de gauche, mais j'sais pas si Éric aime cette couleur. Celle de droite est plus classique, plus facile à porter, mais c'est aussi un cadeau plus ordinaire.
- Écoute, ça fait 10 minutes qu'on regarde ces ceintures. Je deviens folle. On prend celle de droite ou celle de gauche ?

◦ Euh... celle de droite.
• Parfait ! Allez, on va payer à la caisse.

3.
• Regarde, j'ai trouvé ces gants de ski. Ils ont l'air très chaud. C'est parfait pour Loretta qui a toujours froid aux mains.
◦ Tu rigoles ? Elle déteste le sport !
• Mais, elle adore le confort. Et ils sont doux à l'intérieur. Tiens, touche !
◦ Tu l'imagines porter ça ? Sérieusement ? C'est pas du tout son style. On va prendre des gants plus classiques.
• Ceux-ci par exemple ? 100 % cuir. C'est parfait, non ?!
◦ Eh ben voilà ! Ça, c'est une bonne idée !

4.
• Waouh ! Regarde ces chaussures. Simon va les adorer !
◦ Elles sont cool ! C'est le prix qui est moins cool...
• Aïe, aïe, aïe, oui... elles sont chères. Mais j'adore le style !
◦ On va voir les promotions ? On va peut-être trouver un truc moins cher, mais aussi cool.
• Il n'y a pas beaucoup de choix...
◦ Celles-là ?
• Bof...
◦ Celles-ci ?
• Hmm...
◦ Bon, qu'est-ce qu'on fait ?
• J'ai une idée : on peut demander à Serge et Virginie de participer au cadeau. À quatre, on peut se permettre d'acheter celles qu'on a vu en premier, même si elles sont un peu chères.
◦ Bonne idée, on fait ça !

Piste 5
• Bonjour Agnès Pérodo. Aujourd'hui, nous découvrons trois œuvres que vous aimez particulièrement. Racontez-nous.
◦ Oui, Armel, aujourd'hui, je vais vous parler de trois œuvres d'artistes que j'adore ! La première œuvre est de Romuald Hazoumé, un artiste béninois. Elle date de 2015, et a été exposée en Angleterre, au Manchester Museum à l'occasion de la réouverture du musée. Cette installation, qui s'appelle *La Danse des papillons*, représente des papillons en tissu africain très coloré. Romuald Hazoumé a utilisé des tissus traditionnels africains, mais, aujourd'hui, ces tissus sont fabriqués par des entreprises européennes. Grâce à cette œuvre poétique, il dénonce la domination européenne dans ce commerce.
• Parlez-nous maintenant de Jean Tinguely.
◦ Oui, en 1967, Jean Tinguely réalise l'œuvre *Rotozaza n°1* pour une exposition dans une galerie parisienne. Pour la créer, Tinguely a récupéré de vieux objets en métal et en bois. L'œuvre est une machine immense qui jette des ballons. Le public participe à l'installation en remettant ces ballons dans la machine. C'est une œuvre basée sur le mouvement et la mécanique.
• Oui, c'est une œuvre impressionnante !
◦ Et pour terminer, je vais vous parler d'Annette Messager et d'un travail qu'elle a réalisé avec son mari, Christian Boltanski, pour la Biennale de Venise en 1975. Ils ont utilisé des cartes postales et des photographies de vacances de personnes inconnues, mais aussi des photographies de leurs propres vacances pour constituer une œuvre qui ressemble à un album de photos d'un voyage de noces. L'œuvre a pour titre *Honeymoon in Venice*, qu'on peut traduire par « Lune de miel à Venise ».
• Merci Agnès. J'invite nos auditeurs à aller voir ces œuvres sur le site Internet de notre radio. À la semaine prochaine pour une autre chronique artistique !

UNITÉ 2

Piste 6
(annonce) Maxi santé, l'émission 100 % santé
• Bonjour à tous, aujourd'hui nous nous intéressons à l'alimentation et à la santé. Nous savons tous qu'une alimentation équilibrée permet d'être en meilleure santé, mais savez-vous que certains aliments sont de véritables médicaments ? On en parle avec vous, Alex Molinet.
◦ Bonjour Sophie, bonjour à tous. Alors oui, il existe bien des aliments qui soignent. Par exemple, le citron contient beaucoup de vitamines, il permet de lutter efficacement contre la fatigue. Vous pouvez le consommer avec un peu d'eau chaude chaque matin, résultats garantis ! Autre aliment miracle : la banane. Elle contient beaucoup de potassium, qui aide à lutter contre le stress. Elle contient également de la vitamine b qui favorise la concentration. Je vous recommande d'en manger une par jour. Enfin, pour terminer, je voudrais vous parler des effets positifs du kiwi, un fruit très riche en vitamines qui vous aidera à lutter contre toutes les maladies en hiver. Attention, il ne soigne pas la grippe, non ! Mais il permet au corps de lutter contre les virus et nous aide à rester en bonne santé. Voilà Sophie ! Demain, nous changerons de thème, je vous parlerai des vaccins.
• Merci Alex. À demain

Piste 7
1.
• Bonjour docteur.
◦ Bonjour, Comment allez-vous madame Dupuis ?
• Ouf, mal ! J'ai de la fièvre depuis 48 heures, j'ai aussi mal à la tête et au dos.
◦ Vous avez pris votre température ?
• Oui, j'ai 39,5° C.
◦ Vous avez pris des médicaments ?
• Oui, j'ai pris du paracétamol, mais je me sens mal, je suis très fatiguée.

2.
- Qu'est-ce qu'il vous arrive, madame ?
- ◦ Je ne me sens pas bien du tout, j'ai très mal au ventre.
- Vous avez des nausées ou envie de vomir ?
- ◦ Oui, j'ai envie de vomir.
- Vous être stressée en ce moment ?
- ◦ Très stressée… J'ai beaucoup de travail.
- D'accord. Bon, on vous emmène à l'hôpital pour faire des examens.

3.
- Docteur, j'ai très mal à la gorge.
- ◦ Je vais regarder ça tout de suite. Ouvrez la bouche ! Hum ! Oh, ben oui, vous avez une angine. Bon, mais ce n'est pas grave. Je vais vous donner des médicaments.
- Pas d'antibiotiques ?
- ◦ Non, dans votre cas, les antibiotiques sont inefficaces. Ne vous inquiétez pas, vous vous sentirez mieux dans quelques jours. Sinon, ben revenez me voir.
- Très bien docteur, merci !

4.
- Bonjour madame. Je viens car j'ai très mal aux dents. Est-ce que vous pourriez me donner quelque chose contre la douleur ?
- ◦ Oui, je peux vous donner un comprimé, mais le mieux, c'est d'aller voir un dentiste.

Piste 8
- Bienvenue dans votre émission santé. Nous parlons aujourd'hui des médecines naturelles, qu'on appelle aussi médecines douces ou alternatives. Pour commencer, je vous propose d'écouter le reportage de Maxime Debon. Il est allé rencontrer des gens pour les interroger sur leur expérience et connaître leur opinion sur ces médecines alternatives.
- ◦ Oui, j'ai déjà essayé l'homéopathie. J'ai suivi un traitement contre le stress. Après deux semaines, j'ai senti les effets positifs. Je suis très content de l'expérience, le traitement a bien fonctionné.
- ▪ J'ai essayé l'aromathérapie pour soigner un gros rhume avec toux et fièvre… Ça n'a pas du tout marché ! Après, j'étais encore plus malade. Finalement, j'ai pris mes médicaments habituels, je veux dire de vrais médicaments, et j'ai guéri très rapidement. Pour moi, ça reste une mauvaise expérience, je ne veux pas recommencer.
- ♦ J'ai essayé l'aromathérapie car j'avais un problème de peau. J'ai suivi les recommandations du pharmacien et ça a bien marché. Oui, je recommande ce type de thérapie, c'est efficace.

Piste 9 *(musique)*

Piste 10
- Eh, ce matin j'ai écouté une playlist de musique classique magnifique. J'adore écouter du classique quand je travaille, ça me détend, je me concentre mieux. Et toi, tu écoutes de la musique quand tu travailles, Virginie ?
- ◦ Non, moi, c'est tout le contraire ! J'arrive pas à me concentrer avec de la musique. Je travaille mieux dans le calme.
- Ah oui, c'est vrai, il y a certaines personnes qui ne peuvent pas se concentrer avec de la musique. Et toi, Simon ?
- ▪ Moi, au travail, j'écoute du jazz, ça me donne de l'énergie et ça me fait du bien. Comme Núria !
- ▪ Ah non, pas du tout, non ! Moi, tu sais, je suis souvent stressée au travail, alors j'aime bien écouter de la musique calme, du piano par exemple. Ça m'apaise.
- ◦ Moi, je suis fan de rock anglais, alors j'écoute plutôt de la musique le soir chez moi. Et je danse pour me destresser !

UNITÉ 3

Piste 11
- Bonjour à tous. Je suis au Salon de la gastronomie des outre-mer, au palais des Expositions de Paris. J'ai interrogé les visiteurs pour connaître leur avis sur cette autre gastronomie française assez peu connue. On écoute leurs témoignages.
- ◦ J'ai une amie qui vit à la Réunion, donc j'y vais régulièrement et je connais bien la gastronomie de cette île. La cuisine ressemble à la population, elle est vraiment multiculturelle : elle vient d'Inde, d'Asie, d'Afrique… On y retrouve les épices de chaque continent. Beaucoup de plats sont végétariens parce qu'il y a une forte communauté indienne, et ça, j'aime bien ! C'est vraiment chouette ! Cela dit, mon plat préféré, c'est le cari poulet ! J'adore le goût du lait de coco. Et j'espère manger un bon cari comme chaque année au Salon !
- ▪ J'ai habité à Tahiti pendant trois ans et j'ai adoré ! Il y a une variété de fruits exotiques extraordinaire, et le poisson aussi est incroyable ! Il fait vraiment partie de la nourriture de base, d'ailleurs je suis devenu spécialiste du poisson cru à la tahitienne ! C'est une recette facile et délicieuse que je fais souvent. Ce qui m'a le plus étonné, c'est qu'on produit du vin à Tahiti ! Je viens au Salon chaque année pour retrouver les goûts et les odeurs de Tahiti, et pour manger des spécialités, bien sûr !
- ♦ C'est la première fois que je viens au Salon et j'avoue que je suis surprise par la diversité des produits. La gastronomie des îles est super variée ! Moi, j'adore les fruits exotiques et la cuisine épicée, donc je suis la plus heureuse du monde ici ! Ah oui, et puis j'ai goûté des produits martiniquais délicieux, des accras de crevettes incroyables ! Je vous recommande d'aller vite en goûter, s'il en reste !

Piste 12
- Vous avez fait votre choix ?
- ◦ Oui. En entrée, je vais prendre un soya de bœuf.
- Très bien. Et pour madame ?
- ▪ Pour moi, des crevettes marinées aux épices…
- Très bien. Ensuite ?
- ▪ Je ne sais pas, j'hésite… Les portions sont copieuses ?

• Oui, assez grosses, mais on peut vous servir une demi-portion si vous le souhaitez.
▪ Parfait ! Dans ce cas, je vais goûter le ndolé de poisson fumé. Une demi-portion, s'il vous plaît.
• Qu'est-ce que vous souhaitez comme accompagnement ? Du riz ou des plantains ?
▪ C'est quoi des plantains ?
• La banane plantain, c'est une sorte de banane, mais moins sucrée.
▪ Ah, je vais goûter ça.
• Très bien. Et vous monsieur, en plat principal ?
◦ Moi, je vais prendre le poulet DG. Il est cuit au four ?
• Ah non, il est frit et servi avec des plantains.
◦ Ah d'accord. Bon, alors je prends ça.
• Est-ce que vous souhaitez prendre un dessert ?
◦ Non, merci, mais on va prendre du vin, une bouteille de rosé, s'il vous plaît.
• Très bien. Je vous apporte ça tout de suite.

Piste 13

1.

• Tiens, salut Annick, comment tu vas ?
◦ Salut Christophe, ça va très bien ! Et toi ?
• Bien, bien. C'est drôle de te voir dans un magasin de surgelés ! Tu viens souvent faire tes courses ?
◦ Oui, toutes les semaines. Tu sais bien que je déteste cuisiner, alors j'achète beaucoup de surgelés !
• Ah ! Donc chaque fois que tu m'invites à manger chez toi, tu fais des plats surgelés ?
◦ Ben oui, mais tu vois c'est bon, parce que tu n'as jamais rien remarqué ! Ici, les produits sont de qualité et c'est pas trop cher. Et puis, c'est pratique, ils ont organisé le magasin comme un repas : d'abord, les entrées et les apéritifs, après les plats cuisinés, puis les pâtisseries et les glaces.
• Ah oui, parfait pour toi !
◦ Oui, et ça me permet de manger de tout : légumes, viande, poisson, dessert, sans avoir à cuisiner !
• En fait, quand tu m'invites, tu t'occupes juste de la décoration de la table ?
◦ Exactement ! Ah, et je choisis le vin aussi !

2.

• Papa, j'ai faim, tu as des biscuits ?
◦ Non, mais j'ai des fruits si tu veux. Prends une banane, c'est un excellent coupe-faim. Les gâteaux industriels sont pleins de sucre et de produits chimiques, tu sais bien que je n'en achète jamais.
• Oh oui, je sais, mais moi, je préfère les gâteaux aux bananes.
◦ Ma fille, j'habite à la campagne et j'ai la chance d'avoir beaucoup de producteurs à côté de chez moi. Pourquoi tu veux que j'achète des produits industriels ? J'achète tout au marché le samedi. En ce moment, on trouve des tomates, du melon, du fromage de chèvre. Qu'est-ce que tu veux de plus ? Pas besoin d'aller au supermarché ! J'aime les produits frais, moi. Et de qualité ! Et puis, c'est bien meilleur pour la santé !
• Bon d'accord papa, je vais prendre une banane, calme-toi !

3.

• Bon alors, on fait un repas pour l'anniversaire de Charline samedi ?
◦ Oui, oui, j'en ai parlé aux copains, tout le monde vient, on sera 10 personnes. Tu t'occupes de faire les courses ?
• Oui, je peux le faire, mais, tu sais, Charline est comme moi : elle consomme uniquement des produits biologiques, alors qu'est-ce qu'on fait ? On achète tout bio ?
◦ Tout ? Ben oui, mais c'est cher, non ?
• Oui, c'est un peu plus cher, mais on a des produits de meilleure qualité avec un meilleur goût aussi. Je sais où on peut acheter du bon vin bio, du bon pain, fais-moi confiance ! Et puis, acheter bio, c'est important pour la planète !
◦ D'accord, on fait comme ça, et puis si c'est mieux pour la planète...

Piste 14

• Bonjour Kim, vous êtes cheffe cuisinière et vous organisez régulièrement des dégustations dans votre restaurant.
◦ Oui, je pense que, pour apprécier un bon repas, il y a quelques règles à suivre. Utiliser ses 5 sens, ça paraît évident pour nous, les professionnels de la gastronomie, mais c'est souvent une grande découverte pour les gens qui participent aux dégustations.
• Expliquez-nous comment vous intégrez les sens dans votre cuisine. Par exemple, la vue ?
◦ La vue est très importante pour moi. Quand je cuisine et que je compose mes plats, je suis attentive aux couleurs et aux formes. J'aime voir un joli plat, ça participe au plaisir de la table.
• Mais la vue ne suffit pas ?
◦ Non ! La deuxième étape, c'est l'odorat : je respire, je sens le plat. Vous savez, je suis une grande gourmande. J'aime les desserts, et particulièrement l'odeur du caramel ou celle d'une mousse au chocolat parfumée au café.
• Mmmh, oui, ça donne envie ! J'ai lu sur votre site Internet que vous travaillez aussi beaucoup les textures de vos plats, c'est-à-dire ?
◦ C'est-à-dire que j'aime mélanger les textures, jouer avec elles. Par exemple, je fais souvent un moelleux au chocolat avec des chips d'orange croustillantes.
• Je vois... Être gourmande, ça a de l'importance dans votre façon de cuisiner ?
◦ Tous les chefs cherchent des plats avec des saveurs équilibrés, mais une gourmande comme moi donne plus d'importance à la saveur sucré ! J'aime les mélanges sucrés-salés. Donc oui, le fait d'être gourmande a des conséquences dans ma façon de cuisiner.
• Merci Kim d'avoir pris le temps de nous répondre.

UNITÉ 4

Piste 15

1.

Le sport est très important pour moi, c'est à la fois une nécessité physique et quelque chose d'agréable qui me détend. Je fais partie d'un club de rugby féminin depuis des années. J'ai commencé à l'âge de 17 ans, car j'étais passionnée de rugby et puis je voulais me faire des amis pour pouvoir aller voir les matchs et en parler ensuite. Vivre ma passion avec des fans de rugby, comme moi ! Avec les filles de mon équipe, on s'entraîne deux fois par semaine, et on a souvent des matchs le week-end. On se connaît vraiment bien, car on a toutes commencé jeunes. Maintenant on est amies, on va parfois au cinéma ensemble, on s'invite aux fêtes d'anniversaire... C'est le bon côté du rugby et des sports collectifs, ça crée un esprit de groupe très fort.

2.

Je fais du judo depuis quinze ans. J'ai commencé au lycée parce que mon prof de sport m'a dit un jour : ça t'aidera à te concentrer. Il en a parlé avec mes parents et je me suis inscrit au club de Brest. Au début, j'y suis allé pour leur faire plaisir et surtout pour qu'ils me laissent tranquille ! Mais, après quelques mois, j'ai commencé à vraiment aimer le judo et je m'y suis fait des amis. C'est vrai que ça aide à se concentrer et à se sentir bien, même en dehors des cours. Je ne peux pas imaginer ma vie sans le judo !

3.

Le sport ? Pfff, ah non, ce n'est pas pour moi ! Je déteste les sports collectifs, car j'ai un caractère très indépendant, et l'esprit d'équipe, ce n'est pas pour moi. J'ai essayé la natation, mais je crois que je ne suis pas faite pour le sport. Ça m'ennuie et surtout je trouve que ça ne sert à rien. Avant les gens ne faisaient pas de sport, ils n'en avaient pas besoin. Je crois que c'est une mode. Tout le monde veut être mince, garder la forme, mais beaucoup de mes amis font du sport et ont des problèmes de poids, alors à quoi ça sert de souffrir et de transpirer s'il n'y a même pas de résultat ?

Piste 16

- Vous avez vu la nouvelle ? Paris accueille les Jeux olympiques en 2024 !
◦ Bien sûr que j'ai vu, ça va être génial !
▪ Pourquoi génial ? Personnellement, je me demande pourquoi c'est une bonne nouvelle. Ça va coûter très cher à la ville et je ne vois pas les avantages pour les Parisiens.
- Ben moi, je trouve que c'est une super nouvelle, il y aura les meilleurs sportifs du monde à Paris, ce sera l'occasion de les rencontrer et de parler avec eux !
▪ Ah oui ? Et comment et où tu veux les rencontrer ? À la boulangerie de ton quartier peut-être ?! *(rire)*
- Mais non, je serai volontaire ! J'aurai plein d'occasions pour les rencontrer !
◦ Volontaire pour quoi ?
- Volontaire pour aider à l'organisation des J.O. Je me suis renseigné, il y a différents postes, certains sont administratifs, d'autres sont en contact direct avec les sportifs. Le rêve !!! Et comme je suis infirmier, j'espère que je pourrai travailler avec les équipes médicales.
▪ Je vois que t'as tout prévu ! Eh bien moi aussi, mais pas du tout comme toi ! Je ne vais pas rester à Paris, je vais louer mon appartement et partir en voyage. Je ne veux pas assister à tout ça. Je rentrerai quand tout sera terminé. Et toi, Marina, ça t'intéresse les J.O. ?
◦ Moi, ce qui m'intéresse, c'est faire la fête ! Je sais qu'il y aura des concerts, des soirées et plein d'animations autour du sport. Et puis, il y aura des visiteurs du monde entier, Paris va être encore plus internationale et cosmopolite. Ça va être super !

Piste 17

- Salut Laure. Ça va ? Ben, tu fais une tête bizarre... Ça va pas ?
◦ Pfff, ça ne va pas du tout...
- Qu'est-ce qu'il se passe ?
◦ J'ai eu une journée trèèès longue et compliquée.
- Allez, ça fait toujours du bien de parler. Raconte !
◦ Bon, tout a commencé ce matin. J'avais rendez-vous chez le médecin pour mes problèmes de dos. Et là, il me dit que j'ai mal au dos parce que j'ai pris du poids et que je ne fais pas assez de sport. Super ! Je fais quoi maintenant ?
- Ben je ne sais pas... Tu pourrais peut-être t'inscrire à un club de sport ? Moi, je vais à celui près de la poste, on pourrait y aller ensemble le lundi soir si tu veux, ça te motiverait. Tu devrais essayer les cours de zumba, c'est génial pour se muscler et se détendre à la fois !
◦ Mouais, peut-être... Pourquoi pas... Bon, puis après le médecin, je suis allée au travail et une collègue est venue me voir pour me parler. Elle est de Bulgarie et elle ne parle pas très bien français, elle m'a demandé de l'aider, mais je ne sais pas quoi faire.
- Et pourquoi tu n'irais pas boire un verre avec elle de temps en temps pour discuter et la corriger quand elle fait des erreurs. Il faudrait aussi lui suggérer d'acheter une méthode de français et de s'entraîner chez elle en faisant des exercices. Je connais une super méthode, elle s'appelle *Défi*, je te la prête si tu veux.
◦ Ah oui, c'est une bonne idée. Je lui en parlerai.
- Ben tu vois, tout va bien ! La vie est belle !
◦ Oui, mais je ne t'ai pas tout raconté. J'ai perdu les clés de mon appartement, je pense qu'elles sont tombées de mon sac quand j'ai pris le métro, je ne sais pas... Quelle journée horrible !
- Je te l'ai dit plusieurs fois, tu devrais faire une copie de tes clés et me la donner. Tu pourrais aussi en donner une à ton voisin Philippe. Tu le connais bien et t'as confiance en lui.
◦ Oui !!! Philippe a une copie de mes clés, je vais l'appeler tout de suite. Oh Auguste, t'es génial, heureusement que t'es là !
- Ça sert à ça les amis !

Piste 18

• Bienvenus à tous, il est 8 heures du matin et vous écoutez Radio Défi. Tout de suite, nous retrouvons Caroline Lomeur pour le portrait du jour. Bonjour Caroline, vous allez nous parler de qui aujourd'hui ?

◦ Aujourd'hui, je vais vous parler de Jean-Michel Jarre. Pas le musicien, ni le compositeur de musique électro, mais l'ambassadeur de bonne volonté de l'Unesco. Jean-Michel Jarre a été nommé ambassadeur de bonne volonté de l'Unesco en 1993. Il participe chaque année à la réunion des ambassadeurs de bonne volonté, qui, comme lui, travaillent dans les domaines de l'éducation, de la santé et de la culture. Dès 1993, il a fait régulièrement des concerts sur des sites du patrimoine mondial, comme le château de Versailles ou le mont Saint-Michel pour montrer l'importance de la conservation du patrimoine. Pour le 50e anniversaire de l'Uneso, en 1995, il a donné un concert pour la tolérance, à la tour Eiffel. À cette époque, c'est une immense star mondiale. Son message pour la paix et la tolérance est entendu dans le monde entier. En 2001, il a joué à l'Acropole d'Athènes, en collaboration avec une fondation appelée Les Amis des enfants malades, qui est chargée de construire un hôpital pour les enfants atteins du cancer. En 2006, il donne un concert dans le désert du Sahara pour soutenir une action appelée « L'eau, source de vie ». C'est donc un artiste engagé pour l'éducation, l'environnement et la tolérance. Quelqu'un qui met sa célébrité au service de causes importantes. Un bel exemple à suivre !

• Merci Caroline, à demain pour un autre portrait.

UNITÉ 5

Piste 19

• Salut Lisette, ça va ?

◦ Ouais super ! Tu sais que j'ai eu mon bac ? Je suis trop contente !

• Hey, félicitations ! C'est génial ! Bon, et tu vas faire quoi maintenant ?

◦ Je me suis inscrite à un BTS photographie en alternance. Je commence en septembre.

• C'est quoi exactement, un BTS ?

◦ C'est un diplôme que tu prépares en deux ans, ça veut dire « brevet de technicien supérieur ». Celui que je vais faire est spécialisé en photographie.

• T'as raison de faire des études dans un domaine qui t'intéresse. Et puis, l'alternance, c'est cool, tu vas gagner de l'argent ! Tu sais déjà dans quelle entreprise tu vas être ?

◦ Ouais, dans un magazine de mode. Je suis trop contente ! Ils sont spécialisés dans la photo de studio, ils collaborent avec des gens célèbres. J'espère qu'ils m'autoriseront à travailler avec des photographes connus, parce que j'aimerais vraiment apprendre un maximum pendant ces deux années !

• Oui, c'est sûr, et ça serait génial pour toi de continuer à travailler avec eux quand t'auras fini ta formation.

◦ Ouais... Mais... je ne sais pas si je veux travailler dans un magazine toute ma vie. Tu vois, moi, je voudrais avoir mon propre studio de photo, donc j'espère que ce BTS m'ouvrira des portes.

• Je suis vraiment content pour toi, t'as de super projets !

Piste 20

Je suis à l'école primaire de Ndiadème B, dans la banlieue de Dakar, au Sénégal. Trop souvent, au Sénégal et dans le reste de l'Afrique de l'ouest, les filles ne vont pas à l'école. Mais dans certaines écoles, comme celles-ci, les professeurs, aidés par des associations et l'Unicef, encouragent la scolarisation des filles. Ils vont voir les élèves dans leur famille et discutent de l'importance de l'école avec les parents. Par exemple, Aïcha, une élève de dix ans qui vivait avec sa grand-mère aveugle, peut aujourd'hui aller à l'école. La directrice de l'école est allée chez elle parler avec sa grand-mère et elle l'a persuadée de laisser sa petite-fille étudier. La directrice a aussi mis en place un règlement qui interdit la violence physique, trop souvent présente dans les écoles. Cette école a également des installations sanitaires de qualité, et on peut y acheter à manger. Résultat : Ndiadème B connaît une belle réussite dans la scolarisation des filles. Des classes spéciales sont ouvertes pour les adolescentes qui abordent tous les sujets, notamment les questions de santé féminine et la recherche d'emploi.

Piste 21

• C'est cool les cours d'anglais, on apprend beaucoup de choses sur les pays anglophones. T'utilises la plateforme numérique recommandée par le prof, toi ?

◦ Oui, souvent. Et toi ?

• Oui, surtout pour faire des exercices de grammaire sur les verbes irréguliers. Je n'aime pas trop ça, mais ça m'aide à les mémoriser.

◦ Moi, je regarde les vidéos explicatives, elles sont bien faites, certaines sont mêmes drôles.

• Ah bon ? Je n'ai jamais regardé, mais je ne sais pas si ça m'aiderait, je préfère faire des exercices, je trouve ça plus utile.

◦ C'est peut-être plus utile de faire des exercices, mais c'est plus agréable de regarder des vidéos ! En plus, il y a aussi des courts-métrages, tu devrais vraiment aller voir.

• Mouais, peut-être... je verrais... Par contre, j'aime bien lire les articles de presse. Ils sont extraits de vrais journaux anglais, j'apprends plein de choses. Les mots difficiles sont expliqués, et il y a toujours quelques questions pour mieux comprendre, c'est pas mal !

◦ Pour toi, oui ! Mais moi, je ne lis pas la presse française, alors la presse anglaise... En fait, j'utilise surtout la plateforme sur ma tablette pour réviser quand je suis dans le métro.

• Oui moi aussi, je révise sur ma tablette, mais plutôt le soir, tranquille chez moi. Bon, on y va, le cours va commencer.

Piste 22

• Ah Estelle, je suis content de te voir ! Comment ça va ?
◦ Bien, bien, et toi ? Quoi de neuf ?
• Ben écoute, tout va bien. Je suis en train de faire une formation géniale !
◦ Ah bon ? Raconte ! T'apprends quoi ?
• Comment trouver l'amour en trois jours.
◦ Quoi ?! L'amour ?
• C'est ça, j'apprends comment trouver l'amour en trois jours. C'est génial, on fait des ateliers pratiques pour apprendre à demander un numéro de téléphone.
◦ Mais où t'as trouvé cette formation ?
• Ben, sur Internet ! Tu sais, c'est comme des MOOC, ces formations en ligne gratuites.
◦ Oui, oui, je connais... Bon, et tu es content ?
• Je suis super content ! D'ailleurs, je viens de terminer une autre formation sur la haute couture pour les chiens.
◦ Quoi ??? De la haute couture pour les chiens ? Richard, t'es incroyable ! Où tu vas chercher des idées aussi folles ?
• Oh tu sais, je ne travaille plus, alors j'ai le temps d'apprendre. Et puis, j'aime bien faire des choses originales et créatives. Le mois prochain, je vais commencer une autre formation pour fabriquer des bijoux : colliers, bagues, boucles d'oreille... J'aimerais créer ma boutique de vêtements et bijoux pour chiens. Qu'est-ce que tu en penses ?
◦ Richard, avec toi, tout est possible !

Piste 23

Sylvain Tesson est né à Paris en 1972. En 1993, après ses études de géographie, il décide de faire le tour du monde à vélo avec un ami. Pendant deux ans, ils parcourent plusieurs continents et font 25 000 kilomètres. Ils racontent leurs aventures dans un livre intitulé *On a roulé sur la terre*, en 1996. En 1997, ils repartent ensemble pour traverser l'Himalaya à pied durant cinq mois. Sylvain Tesson fera ensuite plusieurs longs voyages, souvent suivis de livres qui racontent ses aventures. De 2003 à 2004, il fait une longue marche en partant de Sibérie, puis il passe en Chine, au Tibet et en Inde. En 2010, il décide de vivre durant six mois en Sibérie, au bord du lac Baïkal. Il raconte cette expérience dans un livre intitulé *Dans les forêts de Sibérie*, qui reçoit un prix littéraire en 2011. En 2014, il a un grave accident et passe beaucoup de temps à l'hôpital. Depuis cet accident, il voyage moins, mais il continue d'écrire.

UNITÉ 6

Piste 24

• Bonjour. Bienvenue à tous pour une nouvelle émission sur le thème du travail. Aujourd'hui, nous allons nous intéresser au bonheur au travail. Mais, avant de commencer, je vous propose d'écouter les témoignages de trois personnes rencontrées hier dans la rue. Bonjour madame. Êtes-vous heureuse au travail ?
◦ Euh... oui... en général, oui.
• Qu'est-ce qui vous rend heureuse dans votre travail ?
◦ Je ne sais pas... Je m'entends bien avec mes collègues... Oui, l'ambiance est vraiment bonne, on rigole pendant les pauses.
• Et qu'est-ce qui pourrait être amélioré dans votre entreprise ?
◦ Euh... Moi j'aimerais bien commencer plus tôt et terminer plus tôt. On pourrait organiser les horaires en fonction des besoins de chacun.
• Merci beaucoup et bonne journée !

• Bonjour monsieur. Une question : êtes-vous heureux au travail ?
◦ Non, pas du tout !
• Ah, c'est une réponse sans hésitation !
◦ Oui, mon travail est horrible, je m'ennuie toute la journée et je fais des choses inutiles. Rien de positif. J'aimerais partir.
• Et qu'est-ce qui pourrait être amélioré ?
◦ Dans mon entreprise ? Ouf ! Plein de choses ! Mais le plus important pour moi, ce serait d'avoir la reconnaissance de mes chefs et faire des choses utiles.
• Je vois... Bon j'espère que vous trouverez un autre travail rapidement. Merci et bonne journée.

• Bonjour madame. Dites-moi, vous êtes heureuse au travail ?
◦ Euh... ça dépend des jours.
• Ah ? Pourquoi ?
◦ Euh... parce que j'aime bien mon travail, c'est intéressant et je gagne bien ma vie, mais je suis souvent hyper stressée et fatiguée. Donc certains jours, c'est vraiment dur.
• Et qu'est-ce qui pourrait être amélioré ?
◦ Moi, j'aimerais avoir un assistant. Quelqu'un qui m'aide au quotidien. L'entreprise devrait embaucher du personnel car on travaillerait tous mieux et surtout moins !
• Oui ! Merci madame et bonne continuation.

Piste 25

• Bonjour Paola. Bienvenue dans notre émission. Nous allons parler avec vous des nouvelles façons de travailler. Pouvez-vous vous présenter en quelques mots pour que nos auditeurs vous connaissent un peu mieux ?
◦ Euh oui, bien sûr. Alors, je m'appelle Paola Ricord, j'ai 39 ans, je viens de Cahors, une ville dans le sud-ouest de la France. Je suis programmeuse informatique nomade.
• Qu'est-ce que ça veut dire programmeuse informatique nomade ?
◦ Ça veut dire que j'ai la chance d'avoir un métier qui me permet de travailler partout sur la planète, alors j'en profite ! Je crée des applications mobiles, je veux dire pour les téléphones portables. Pour bosser, j'ai uniquement besoin de mon ordinateur et d'une bonne connexion Internet. Donc si je veux travailler sur une petite île de l'océan Indien, je peux !

- Ah, et vous le faites ?
- ◦ Bien sûr ! Bon, en ce moment, je vis à Marseille chez des amis. J'aime bien revenir régulièrement en France pour voir ma famille et mes amis.
- Je comprends. Bon, mais faites-nous rêver ! Où avez-vous vécu ?
- ◦ J'ai vécu un an sur une île dans le sud-est de la Thaïlande, c'était super ! Puis, j'ai passé huit mois en Polynésie française, à Tahiti. Ensuite, je suis allée six mois au Canada, le changement a été très brutal ! Ah oui, j'ai aussi passé quelques mois en Islande, enfermée dans une petite maison, car il faisait un froid terrible !
- Et vous souhaitez continuer ou vous espérez revenir en France et vous installer quelque part ?
- ◦ Je ne sais pas... J'aime bien ma vie de nomade, je voyage, je découvre des gens et des cultures nouvelles, je suis très libre. Mais parfois, je suis fatiguée et j'en ai marre. Quand je rentre en France, je vis chez mes amis, c'est pas toujours facile de ne pas avoir de domicile fixe.
- ◦ Merci Paola. On se retrouve juste après un peu musique.

Piste 26

- Bonjour à tous et bienvenue dans notre émission. Aujourd'hui, nous recevons le créateur d'une application musicale appelée Vidibox. Bonjour Amaury.
- ◦ Bonjour.
- Amaury, avant de nous parler de Vidibox, est-ce que vous pourriez vous présenter rapidement ?
- ◦ Alors, je m'appelle Amaury Hazan, j'ai 38 ans. Actuellement, je travaille comme ingénieur de recherches. Je suis français et j'habite à Barcelone depuis quinze ans.
- Pourquoi Barcelone ?
- ◦ J'ai fait des études d'ingénieur informatique à Barcelone en Erasmus, puis j'ai continué en faisant un doctorat en informatique musicale.
- Et après vos études, vous êtes resté à Barcelone ?
- ◦ Oui, parce que pour moi c'est une ville plus cosmopolite et plus ouverte aux idées extérieures que Paris. Les gens acceptent mieux la nouveauté.
- Parlez-nous de Vidibox. Qu'est-ce que c'est ?
- ◦ Vidibox, c'est ce qu'on appelle un sampler audiovisuel. C'est-à-dire qu'il produit des sons et des images. On appuie sur des touches, comme un piano ! C'est un sampler évolué, car on fait de l'audio – du son –, mais aussi des images.
- Et alors, qui utilise Vidibox ? C'est destiné à quel public ?
- ◦ C'est destiné aux amateurs de musique, mais aussi aux professionnels. Par exemple, pour un spectacle de danse, on peut projeter des vidéos sur un grand écran derrière la scène. Vidibox permet de combiner création son et création vidéo, tout est synchronisé. C'est une application qui s'utilise sur un IPad, donc léger et facilement transportable.
- Et vous avez gagné un prix ?
- ◦ Oui, j'ai reçu le premier prix au concours Creamedia à Barcelone, en 2016. C'est un concours pour les start-up culturelles. Je suis très content de ce projet ! Aujourd'hui Vidibox est toujours utilisé par une petite communauté de gens très passionnés.
- Vous avez également fait de nombreux pitch sur Vidibox.
- ◦ Oui, je l'ai présenté à Madrid, à Londres, à Berlin...
- Vous avez des projets pour l'avenir ?
- ◦ J'ai passé dix ans à faire des outils pour jouer de la musique, maintenant j'aimerais faire mon propre projet musical, faire de la musique !
- Vous êtes fan de musique électro ?
- ◦ Oui, j'aime beaucoup l'électro, notamment la techno.
- Merci Amaury, on continue de parler avec vous juste après une pause musicale.

Piste 27

- Est-ce que vous avez de l'expérience ?
- Quelles sont vos motivations pour ce poste ?
- Est-ce que vous aimez travailler en équipe ?
- Qu'est-ce que vous pouvez apporter à l'entreprise ?
- Combien de personnes il y a dans l'équipe ?
- ◦ Est-ce qu'il y a la possibilité de faire du télétravail ?
- ◦ Quels sont les objectifs de l'entreprise pour cette année ?

UNITÉ 7

Piste 28

1.

- Dis-moi, il y a une exposition de photos sur la vie de Dalí au centre culturel, ça te dit ?
- ◦ Bof...

2.

- Salut, ça te dirait d'aller voir un spectacle de cabaret ?
- ◦ J'sais pas...

3.

- Il y a une installation d'art moderne dans le parc, ça te plairait d'y aller ?
- ◦ Mouais, pourquoi pas.

4.

- J'ai deux billets pour voir un opéra de Wagner vendredi, ça te dirait d'y aller avec moi ?
- ◦ Pas vraiment.

5.

- Je vais visiter le château de Versailles dimanche, tu veux venir ?
- ◦ Oh oui, chouette !

Piste 29

- Excusez-moi, je voudrais aller au Vieux-Port, mais je ne sais pas par où passer. Vous connaissez le quartier ?
- ◦ Si je le connais ? Je suis né ici ! Bon le quartier a beaucoup changé, quand j'étais jeune ce n'était pas comme ça.
- Ah oui, j'ai vu des photos, c'était très différent.
- ◦ Oui, c'était un quartier très populaire avec beaucoup de familles de toutes les nationalités qui vivaient dans de vieux appartements. Les enfants jouaient souvent dans la rue, c'était très vivant et familial.
- Ah ? C'était un quartier calme ?

◦ Calme ?! Pas du tout ! Il y avait énormément de circulation avec des camions et des voitures partout. L'autoroute passait au milieu du quartier, il n'y avait pas d'espace pour les piétons. On voyait le port avec tous les bateaux qui partaient pour la Corse ou le Maghreb. Mais cette zone n'était pas accessible au public.
• Ça a bien changé avec le Mucem… Je trouve le quartier très agréable avec tous ces bars et restaurants.
◦ Oui, ça aussi, c'est nouveau. Il y a 10 ans, ça n'existait pas. Il y avait beaucoup de snack kebab, pas de restaurants, très peu de bars. C'est vrai que ça a bien changé. Vous savez, moi, je l'aimais bien mon quartier, parfois je suis nostalgique de cette époque.
• Oui, je comprends, c'est normal.
◦ Je vois aussi les côtés positifs car, avant, une partie des monuments du port étaient fermés, maintenant on peut visiter le fort Saint-Jean, la cathédrale de la Major et tout le monde peut voir que Marseille est une ville magnifique !
• Magnifique, c'est vrai… Et vous pourriez m'indiquer le chemin pour aller au centre-ville ?
◦ Oh la la , j'avais oublié, je parle, je parle…

Piste 30

• On dit souvent que les gens, et en particulier les jeunes, lisent de moins en moins. Au Québec, c'est faux ! Expliquez-nous, Tom.
◦ Effectivement, une enquête récente sur les pratiques culturelles au Québec montre qu'en général le nombre de lecteurs québécois est en hausse pour les livres, les magazines, la presse, etc. On estime que 80 % des Québécois lisent des livres !
• C'est énorme !
◦ Oui, c'est énorme ! Parmi ces lecteurs, les anglophones lisent plus que les francophones. Et plus surprenant : les jeunes de 15 à 24 ans sont ceux qui lisent le plus de livres ! On apprend également que les femmes sont beaucoup plus nombreuses que les hommes à lire des livres. Et c'est la même chose pour les magazines : en format papier ou numérique, les femmes en lisent plus que les hommes.
• Est-ce qu'on sait d'où viennent ces livres et magazines ?
◦ 56 % des Québécois vont à la bibliothèque, mais on ne sait pas si c'est pour emprunter un livre ou un DVD. En général, l'achat de livres en magasin est plus populaire que l'emprunt à la bibliothèque. Une dernière chose intéressante : les Québécois et les Français lisent dans la même langue, mais les préférences littéraires changent de chaque côté de l'Atlantique.
• Ah, et on peut l'expliquer ?
◦ Eh bien, la littérature québécoise n'est pas très connue en Europe. Les différences culturelles sont peut-être trop grandes… Et les thèmes de la littérature québécoise… ils n'intéressent pas les Français !
• Merci Tom. À la semaine prochaine pour une autre chronique sur les tendances littéraires du moment.

Piste 31

• Bonjour, je peux vous aider ?
◦ Oui, je cherche une idée de roman pour mon mari.
• Qu'est-ce qu'il aime lire ?
◦ Il est fan de fantastique et de science-fiction.
• Mmm, il a déjà lu *La Planète des singes* ?
◦ *La Planète des singes* ? Non, je ne crois pas. C'est bien ?
• C'est génial ! C'est un classique du genre. Il a inspiré beaucoup de films et de séries.
◦ Mais c'est un roman français ?
• Oui oui. Et le livre est beaucoup mieux que toutes les adaptations au cinéma et à la télé !
◦ Bon, je peux le trouver où ?
• Au deuxième étage, dans les livres de poche.
◦ Je cherche à littérature française ou à science-fiction ?
• Non, les livres de poche sont classés par ordre alphabétique, cherchez à la lettre B, l'auteur s'appelle Pierre Boulle.
◦ Merci.

UNITÉ 8

Piste 32

1.

Je voyage beaucoup parce que je suis mannequin. Je fais tous les grands défilés de haute couture, je vais donc régulièrement à Paris, Milan, New York et Dubaï. Je passe ma vie dans les aéroports et j'en ai marre ! Au début, c'était excitant, car c'était nouveau, mais maintenant, je n'ai qu'une envie, c'est de rester chez moi et de prendre le temps de vivre avec mes amis. Quand je suis en vacances, j'aime bien aller en Provence me reposer, j'aime beaucoup la côte d'Azur.

2.

Je voyage parce que j'aime découvrir le monde et rencontrer de nouvelles personnes. L'an dernier, j'ai décidé de prendre une pause pendant un an et je suis parti faire le tour du monde avec mon sac à dos. Ce voyage a complètement changé ma vie, j'ai visité des pays magnifiques, comme le Laos, l'Inde, le Japon… Cette année, je pars en Argentine !

3.

Aujourd'hui, tout le monde veut partir à l'autre bout du monde. Moi, je ne suis pas souvent partie à l'étranger, mais je connais très bien mon pays. J'adore aller en Bretagne et en Normandie. Pour moi, c'est agréable de voyager en France : je connais la langue et la culture, et je comprends le menu des restaurants ! Et puis, cela me permet de rester en forme parce que je bouge beaucoup.

Piste 33

La nationale 7 est la plus mythique des routes françaises. Longue de presque 1 000 km, elle relie la capitale à la Méditerranée. La nationale 7 a connu son heure de gloire dans les années 1960. À cette époque l'autoroute A7 n'existait pas et descendre sur la côte méditerranéenne était une aventure. Le voyage durait deux jours et il fallait faire de nombreux arrêts dans les petites villes et villages. Aujourd'hui, dans l'imaginaire collectif, la nationale 7 est restée le symbole des vacances, de l'insouciance, du soleil, et du bleu de la mer. Mais ne soyons pas trop nostalgiques, car la nationale 7, c'était aussi des kilomètres d'embouteillages, des camions énormes qui traversaient les villages et de nombreux accidents. Cette route est ancrée dans la mémoire des Français aussi grâce à Charles Trenet qui en a fait une célèbre chanson intitulée *Nationale 7* en 1955.

Piste 34
• 7 heures du matin.
◦ Bonjour papa... Oui, ça va... Ah, merci beaucoup. *(bâillement)* D'accord... Je t'appelle plus tard.
• 8 heures du matin.
▪ Bonjour madame, vous êtes Liliane Duroche ?
◦ Oui...
▪ C'est pour vous.
◦ Merci. Oh...
• 17 heures.
♦ Une petite pièce pour la musique, s'il vous plaît. Merci !
• 19 heures.
◦ Oh non... Rrrooh
♦ Surprise !

Piste 35
• Bonjour Salim, comme chaque vendredi, vous allez nous parler de voyage, et aujourd'hui, en particulier, des guides de voyage. Alors vous êtes plutôt guide du Routard ou guide Michelin, Salim ?
◦ Bonjour à tous. Ah, mais c'est une excellente question ! Parce que chaque guide a ses avantages et ses inconvénients. Certains affirment même qu'ils correspondent à des profils de voyageurs très différents.
• Oui, le Routard serait pour les aventuriers, et le Michelin serait pour les voyageurs plus classiques.
◦ C'est ce qu'on dit, oui. Selon le dictionnaire, un routard est une personne qui voyage à pied ou en auto-stop en dépensant très peu d'argent. C'est donc un profil de voyageur plus aventurier, comme vous le dites. Mais le guide du Routard est aussi fait pour les familles, avec ses bons plans pour les enfants, ses restaurants et bars typiques avec un bon rapport qualité/prix. Et vous savez, on y trouve aussi des adresses d'hôtels assez chics.
• Donc le Routard est pour un public très large finalement ?
◦ Oui. C'est bien pour ça qu'il a beaucoup de succès !
• Le Michelin est un guide plus culturel, non ?
◦ Effectivement, le Michelin est destiné aux voyageurs qui se déplacent, en général, en voiture et qui aiment voyager avec un certain niveau de confort. Ce sont des gens qui vont dans de beaux hôtels et de bons restaurants.
• Et sur le contenu culturel, il est vraiment différent des autres guides ?
◦ Oui, le Michelin contient énormément d'informations culturelles et historiques. Il est parfait pour visiter des châteaux, des musées, des sites archéologiques. C'est un guide sérieux et agréable à lire.
• Et alors Salim, vous êtes plutôt Routard ou Michelin ?
◦ Eh bien, les deux ! Et vous, Sonia ?
• Ah, ah, ah, moi aussi, les deux ! Merci Salim et à la semaine prochaine.
◦ À la semaine prochaine.

Piste 36
• Salut Pia. Alors, on m'a dit que t'as fait le tour du monde ?!
◦ Oui, pendant un an !
• Ben raconte !
◦ J'avais envie de voyager depuis longtemps, alors un jour j'ai décidé de quitter mon travail et de réaliser mon rêve.
• Mais t'es partie toute seule ?!
◦ Ben oui, je suis d'abord allée en Europe de l'Est. J'ai visité la Hongrie, la Pologne, et puis je suis montée jusqu'en Lettonie. C'était génial.
• Mais tu dormais où ?
◦ J'allais en auberge de jeunesse et j'ai fait du CouchSurfing.
• Du quoi ?
◦ Du CouchSurfing. Tu connais pas ? C'est un site où il y a des annonces pour dormir chez les gens gratuitement, et en plus ils te font visiter la ville. C'est génial car je n'étais jamais seule et ça m'a permis de découvrir plein de choses.
• Et ensuite, t'es allée où ?
◦ Ensuite, j'ai pris un train pour traverser la Russie, car je voulais aller directement au Japon, mais en voyant les paysages.
• Et alors, le Japon, t'en as pensé quoi ? Moi, je n'avais pas trop aimé Tokyo, il y a trop de monde.
◦ Moi, j'ai adoré ! Et les paysages sont superbes ! Mais je ne suis pas restée longtemps car il faisait vraiment trop chaud !
• Ah bon ? Et t'es allée où après ?
◦ Je suis allée en Inde car je rêvais de voir l'Himalaya. Là-bas, je me suis sentie une vraie touriste. Je veux dire plus qu'une voyageuse.
• Ah oui, comment ça ?
◦ J'étais émerveillée, j'avais envie de tout voir, de tout faire, de tout découvrir. Je photographiais tout ! J'ai fait plus de 1 000 photos !
• Quelle chance ! Allez, viens, je t'offre un verre et tu me racontes la suite.

Unité 1

Les nouveaux mode de consommation via Internet et l'économie du partage

- Acheter dans un magasin ou par Internet? Louer à un professionnel ou à un voisin? À Lille, voici deux familles. La première chasse les bons plans, via Internet, l'économie du partage, l'échange de services. L'autre famille, elle, préfère les commerçants. La première, nous l'appellerons la famille Internet; la seconde, la famille Boutique. Mais, à la fin de semaine, qui est gagnant? Lundi. La mère Internet jardine. Sur un site spécialisé, elle a loué à un voisin un coupe-haie: 20 euros la journée. La mère Boutique, elle, reste fidèle à son loueur professionnel: 32 euros la journée. Entre les deux, 12 euros d'écart. Mardi. Le fils Internet prépare trois jours de week-end à Paris. Sur un site de covoiturage, il trouve l'aller-retour: 30 euros.
- ◦ Ils ne se connaissent pas, et pourtant vont devoir faire six heures de route ensemble.
- ▪ C'est moins cher de pouvoir partager les coûts de carburant.
- Le fils Boutique, lui, choisit le TGV: 59 euros. Le covoiturage, deux fois moins cher que le train. Mercredi. Dans nos familles, les frigos sont vides. La fille Internet commande un poulet basquaise vendu et livré par un voisin cuisinier: 28 euros. La fille Boutique, elle, file au supermarché. Quatre parts de poulet basquaise en barquette: 20 euros. Cette fois, le commerce: 8 euros moins cher. Jeudi. Réservation des vacances à Cannes. Côté Internet, sur un site de location entre particuliers, les parents dénichent un appartement pour quatre, vue sur mer: 1000 euros la semaine.
- ◦ Les sites Internet se multiplient, en quelques clics, touristes et propriétaires se rencontrent.
- La famille Boutique appelle directement une agence immobilière de location à Cannes.
- ▪ Oui, monsieur, ça fera 1250 euros la semaine.
- Soit 250 euros de plus que la location par Internet.

Unité 2

Association France Alzheimer

- Je m'appelle Sébastien Malherbe, je suis accordéoniste chanteur.
- ◦ C'est un des rares ateliers que les personnes gardent en mémoire, car évidemment, dans le cadre de ces maladies d'Alzheimer ou apparentées, l'un des premiers symptômes, c'est l'amnésie, et notamment des événements récents. Et là, les personnes peuvent témoigner que, dans la journée, il y a eu un concert d'accordéon.
- ▪ Le changement, nous le ressentons aussitôt. C'est-à-dire, les personnes qui sont anxieuses, nous ressentons qu'elles sont beaucoup plus apaisées. Les personnes qui ont une sorte d'apathie, nous ressentons que ça diminue. Nous ressentons que les personnes qui ont des difficultés pour marcher, pour se mouvoir se mettent à danser de manière magique. Donc je pense que c'est quand même une intervention très très très profitable.

Unité 3

Visite de Rungis

- Alors que Paris s'endort, un autre monde s'éveille. À sept kilomètres de la capitale, un lieu mythique: Rungis, le plus grand marché de produits frais au monde.
- ◦ Il se passe des choses qu'on ne voit pas à Rungis. Et c'est tout à fait honnête!
- Un monde à part, invisible, qui vit la nuit et par tous les temps, où l'on trouve les meilleurs produits du terroir.
- ◦ Cette couleur ivoire, ça c'est du beau foie gras, ça. Hum, ça sent bon, on a envie d'en manger!
- Rungis, un monde de passionnés. 12000 personnes travaillent ici dans le froid et le bruit. Ils s'affairent pour nourrir chaque jour 18 millions d'Européens.
- ◦ Qu'est-ce qu'on a pour ma sœur?
- ▪ Mais tu le sais! Tu sais bien que j'ai des clients qui me le demandent ça.
- ♦ Bon, ça fait rien, on va faire de l'abricot, on va se détendre.
- Un marché secret où l'on partage des codes et des rites.
- Moi, je suis une fille de Rungis avec saucisson et coup de rouge!

Unité 4

Coup de sifflet contre les discriminations

- Je ne te veux pas dans mon équipe car tu n'es pas de la même religion.
- ◦ Je ne te veux pas dans mon équipe parce que tu es gros.
- ▪ Je ne te veux pas dans mon équipe car tu es une fille.
- ♦ Je ne te veux pas dans mon équipe car tu es arabe.
- Je ne te veux pas dans mon équipe car tu es trop intello.
- ◦ Je ne te veux pas dans mon équipe car tu n'as pas les mêmes goûts.
- ▪ Tu n'as pas la même couleur de peau.
- ♦ Car tu es handicapé.
- Car tu es trop nul.
- ◦ Car tu es trop petit.
- ▪ Parce que t'es moche.
- ♦ Car tu n'es pas mon ami.
- Car tu es binoclard.
- ◦ Parce que t'as pas de sous.

Unité 5

C'est quoi le bac?

Le mot « bac » est l'abréviation de baccalauréat. Un examen que passent les élèves à la fin de la classe de terminale, C'est un examen qui permet d'obtenir un diplôme. Et à quoi ça sert de passer le bac? En France, depuis le XIXe siècle, le bac marque la fin des années collège et lycée. Il permet d'ouvrir les portes des études supérieures pour préparer sa future vie professionnelle. Aujourd'hui, il existe trois sortes de bac. Il y a le bac général, qui débouche sur des études longues, par exemple à l'université. Puis aussi le bac technologique, après lequel on fait plutôt des études courtes. Enfin, en passant un bac professionnel, on peut apprendre directement un métier. Pour avoir le bac, il faut obtenir une moyenne de dix sur vingt. Une note de douze ou plus donne droit à une mention : assez bien, bien ou très bien. Si on échoue de peu, on a une deuxième chance, avec une épreuve de rattrapage à l'oral, face à un prof qui pose des questions. Du temps de tes grands-parents, c'était plus rare d'avoir le bac, mais aujourd'hui le taux de réussite est très fort : plus de 85 % ! Certains trouvent même que le bac est devenu trop facile. Mais c'est sûr, il reste une étape importante. Maintenant, si tu croises un lycéen tout stressé au mois de juin, tu sauras pourquoi ! Tu te poses des questions ? Envoie-les-nous ! Et nous, on y répond !

Unité 6

Visite de la Station F

Je m'appelle Roxanne Varza, je suis la directrice de Station F, qui est le plus grand campus de start-up au monde, basé à Paris dans le 13e arrondissement. C'est Xavier Niel qui est à l'origine du projet de Station F, et qui a financé la totalité de ce qu'on a aujourd'hui sur place. Station F, c'est un monument historique, c'est l'ancienne halle Fressynet qui a été transformée en espace de travail pour plus de 1 000 start-up : il y a 3 000 postes de travail divisés en 26 programmes différents pour les start-up. Donc chaque programme a une thématique, il y a des acteurs comme Facebook, comme Vente privée, comme Microsoft... On fait tout pour avoir tout un écosystème sur place sous un seul toit.

Unité 7

Le musée de la Romanité de Nîmes

Unité 8

Evaneos, une nouvelle façon de voyager

Organisation internationale de la Francophonie (siège, Paris)
- Représentations permanentes (Addis-Abeba, Bruxelles, Genève, New York)
- Bureaux régionaux (Antananarivo, Bucarest, Hanoï, Libreville, Lomé, Port-au-Prince)
- Institut de la Francophonie pour le développement durable (IFDD, Québec)
- Institut de la Francophonie pour l'éducation et la formation (IFEF, Dakar)

54 États et gouvernements membres de l'OIF
4 États et gouvernements membres associés
26 États et gouvernements observateurs

Assemblée parlementaire de la Francophonie (APF, Paris)

Agence universitaire de la Francophonie (AUF)
- Rectorat et siège (Montréal)
- Rectorat et services centraux (Paris)

5 TV5MONDE (Paris) 5 TV5 Québec Canada (Montréal)

Université Senghor (Alexandrie)

Association internationale des maires francophones (AIMF, Paris)

Conférence des ministres de l'Éducation de la Francophonie (Confémen, Dakar)

Conférence des ministres de la Jeunesse et des Sports de la Francophonie (Conféjes, Dakar)

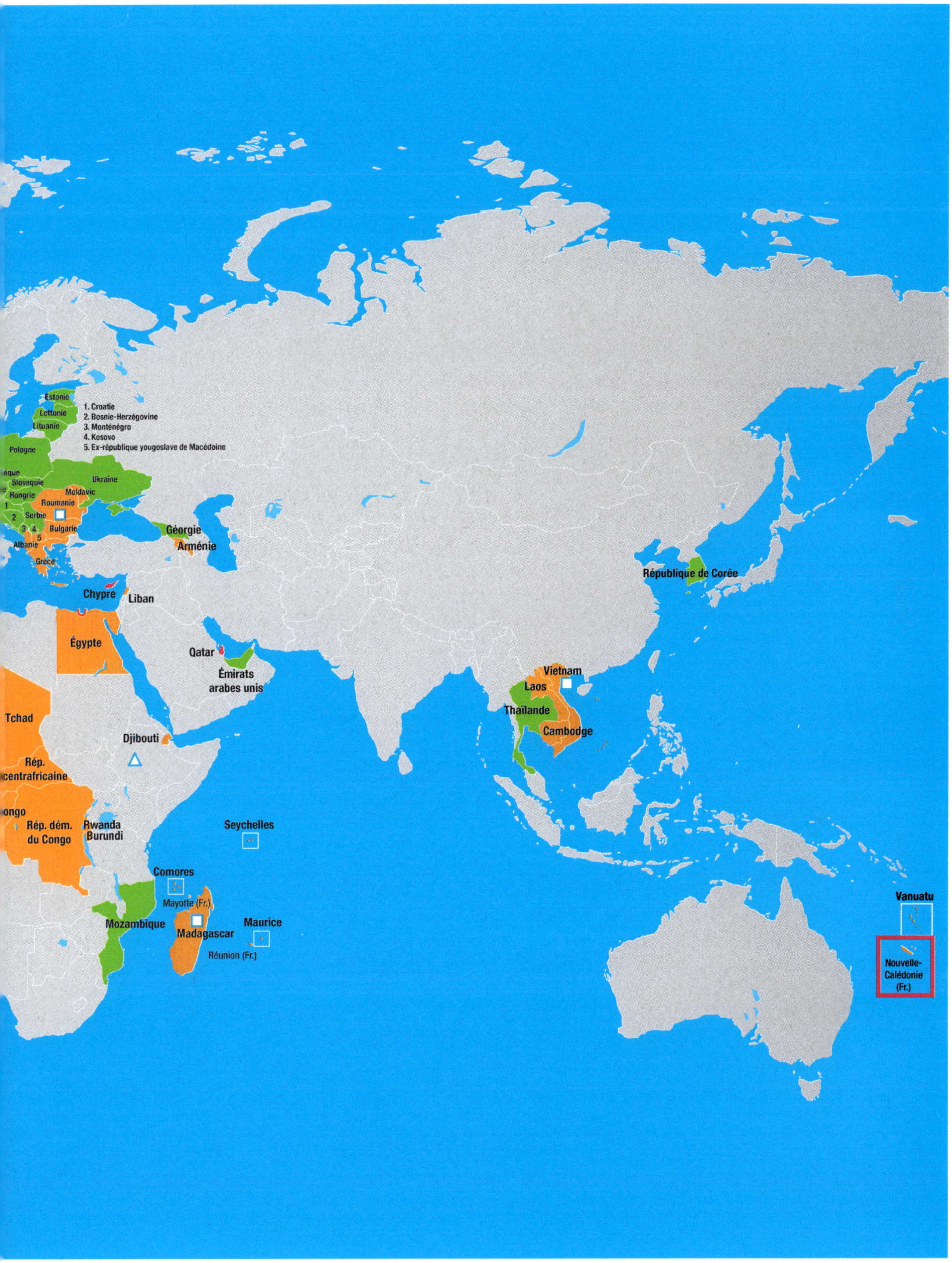

ORGANISATION INTERNATIONALE DE la francophonie

.s indiqués sur cette carte n'impliquent pas reconnaissance ou acceptation officielle par l'OIF

HAUTS-DE-FRANCE
62 Pas-de-Calais
Lille
Arras
59 Nord
80 Somme
Amiens
Beauvais
60 Oise
Laon
02 Aisne
NORMANDIE
76 Seine-Maritime
Rouen
50 Manche
St-Lô
Caen
14 Calvados
Evreux
27-Eure
61-Orne
Alençon
ILE-DE-FRANCE
95-Val-d'Oise
Pontoise
Versailles
78 Yvelines
Evry
91 Essonne
Melun
77 Seine-et-Marne
GRAND-EST
Charleville-Mézières
08 Ardennes
Châlons-sur-Marne
51 Marne
55 Meuse
Bar-le-Duc
Metz
57 Moselle
Nancy
54-Meurthe-et-Moselle
Strasbourg
67 Bas-Rhin
Troyes
10 Aube
Chaumont
52 Haute-Marne
88-Vosges
Épinal
Colmar
68 Haut-Rhin
BRETAGNE
29 Finistère
Quimper
St-Brieuc
22 Côtes-d'Armor
35 Ille-et-Vilaine
Rennes
56 Morbihan
Vannes
PAYS-DE-LA-LOIRE
53 Mayenne
Laval
72 Sarthe
Le Mans
44 Loire-Atlantique
Nantes
Angers
49 Maine-et-Loire
85 Vendée
La Roche-sur-Yon
CENTRE-VAL-DE-LOIRE
Chartres
28 Eure-et-Loir
45 Loiret
Orléans
41 Loir-et-Cher
Blois
Tours
37-Indre-et-Loire
36 Indre
Châteauroux
Bourges
18 Cher
BOURGOGNE-FRANCHE-COMTÉ
89 Yonne
Auxerre
21 Côte-d'Or
Dijon
70 Haute-Saône
Vesoul
Belfort
90 Territoire de Belfort
58 Nièvre
Nevers
Besançon
25 Doubs
39 Jura
Lons-le-Saunier
71 Saône-et-Loire
Mâcon
NOUVELLE-AQUITAINE
79 Deux-Sèvres
Niort
86 Vienne
Poitiers
La Rochelle
17 Charente-Maritime
16 Charente
Angoulême
87 Haute-Vienne
Limoges
Guéret
23 Creuse
19 Corrèze
Tulle
33 Gironde
Bordeaux
Périgueux
24 Dordogne
47 Lot-et-Garonne
Agen
40 Landes
Mont-de-Marsan
64 Pyrénées-Atlantiques
Pau
AUVERGNE-RHÔNE-ALPES
Moulins
03 Allier
63 Puy-de-Dôme
Clermont-Ferrand
01 Ain
Bourg-en-Bresse
69 Rhône
Lyon
42 Loire
St-Étienne
74 Haute-Savoie
Annecy
Chambéry
73 Savoie
Grenoble
38 Isère
15 Cantal
Aurillac
43-Haute-Loire
Le Puy
07 Ardèche
Privas
Valence
26 Drôme
OCCITANIE
46 Lot
Cahors
12 Aveyron
Rodez
48 Lozère
Mende
82 Tarn-et-Garonne
Montauban
Albi
81 Tarn
32 Gers
Auch
Toulouse
31 Haute-Garonne
Tarbes
65 Hautes-Pyrénées
Foix
09 Ariège
Carcassonne
11 Aude
30 Gard
Nîmes
Montpellier
34 Hérault
Perpignan
66-Pyrénées-Orientales
PROVENCE-ALPES-CÔTE-D'AZUR
05 Hautes-Alpes
Gap
04 Alpes-de-Haute-Provence
Digne
06 Alpes-Maritimes
Nice
84 Vaucluse
Avignon
13 Bouches-du-Rhône
Marseille
83 Var
Toulon
CORSE
Bastia
2B Haute-Corse
Ajaccio
2A Corse-du-Sud

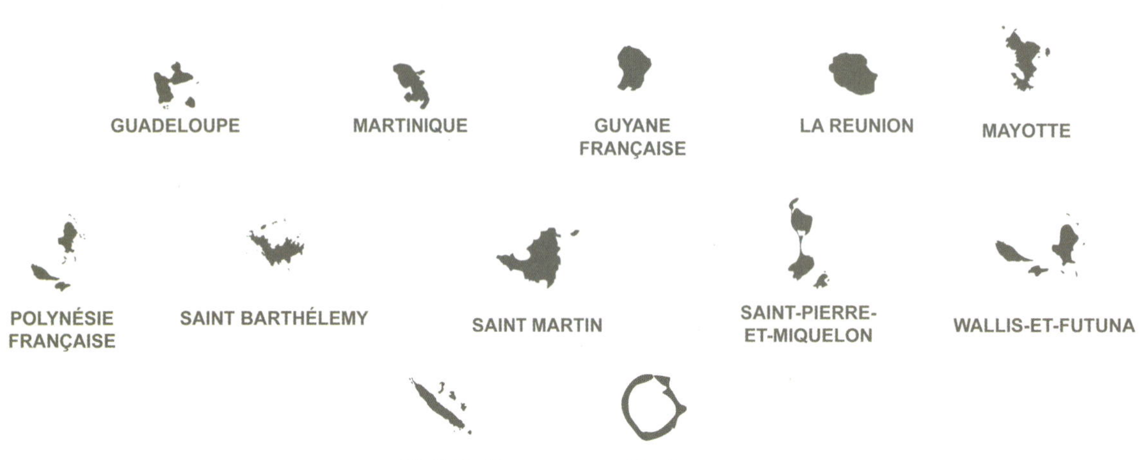
GUADELOUPE
MARTINIQUE
GUYANE FRANÇAISE
LA REUNION
MAYOTTE
POLYNÉSIE FRANÇAISE
SAINT BARTHÉLEMY
SAINT MARTIN
SAINT-PIERRE-ET-MIQUELON
WALLIS-ET-FUTUNA
NOUVELLE CALÉDONIE
TAAF

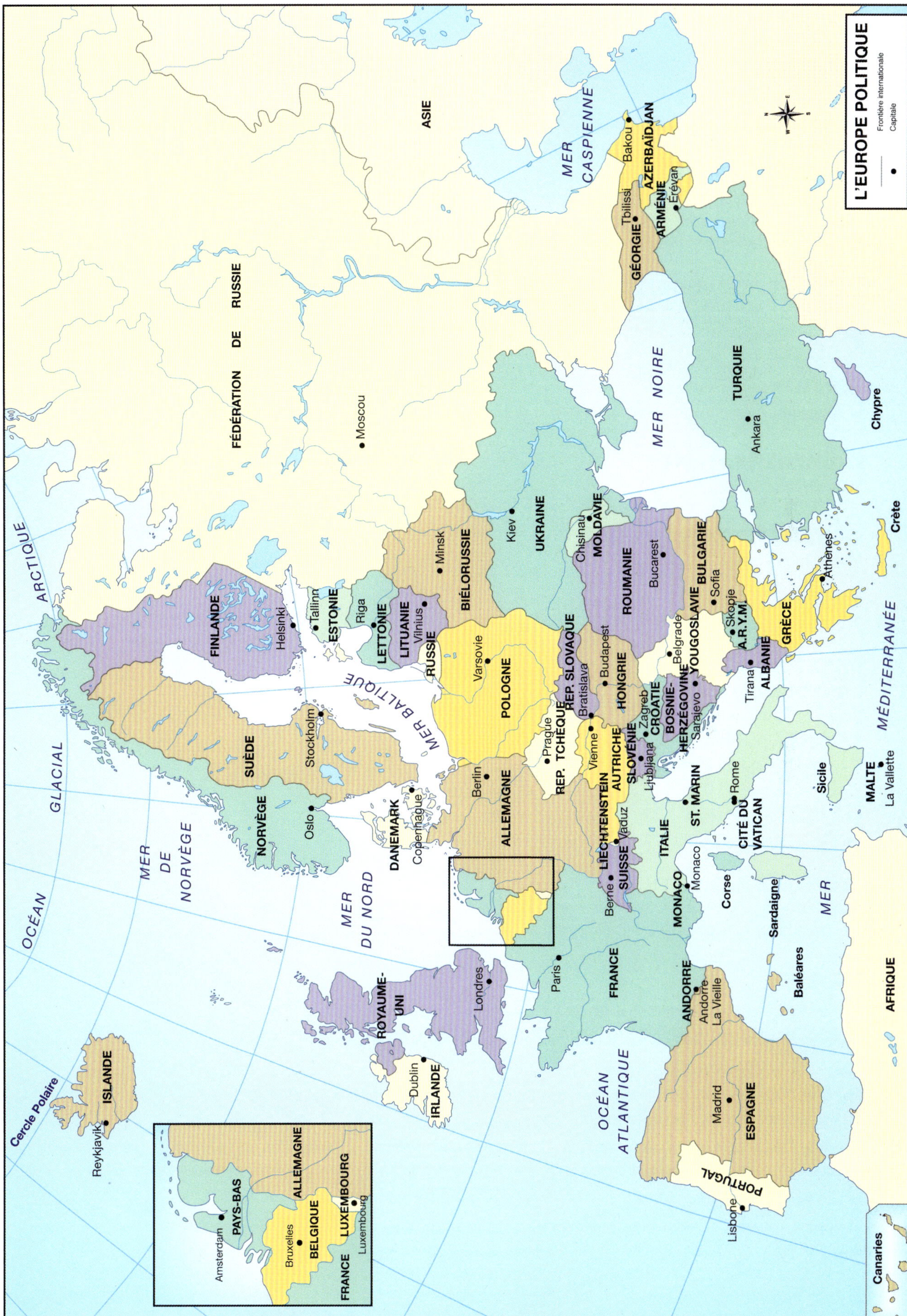
L'EUROPE POLITIQUE
Frontière internationale
Capitale
OCÉAN GLACIAL ARCTIQUE
Cercle Polaire
MER DE NORVÈGE
MER DU NORD
MER BALTIQUE
OCÉAN ATLANTIQUE
MER MÉDITERRANÉE
MER NOIRE
MER CASPIENNE
ASIE
AFRIQUE
ISLANDE
Reykjavik
IRLANDE
Dublin
ROYAUME-UNI
Londres
NORVÈGE
Oslo
SUÈDE
Stockholm
FINLANDE
Helsinki
ESTONIE
Tallinn
LETTONIE
Riga
LITUANIE
Vilnius
RUSSIE
BIÉLORUSSIE
Minsk
FÉDÉRATION DE RUSSIE
Moscou
UKRAINE
Kiev
MOLDAVIE
Chisinau
ROUMANIE
Bucarest
BULGARIE
Sofia
GRÈCE
Athènes
Crète
TURQUIE
Ankara
Chypre
GÉORGIE
Tbilissi
ARMÉNIE
Érévan
AZERBAÏDJAN
Bakou
DANEMARK
Copenhague
ALLEMAGNE
Berlin
POLOGNE
Varsovie
REP. TCHÈQUE
Prague
REP. SLOVAQUE
Bratislava
HONGRIE
Budapest
AUTRICHE
Vienne
SLOVÉNIE
Ljubljana
CROATIE
Zagreb
BOSNIE-HERZÉGOVINE
Sarajevo
YOUGOSLAVIE
Belgrade
A.R.Y.M.
Skopje
ALBANIE
Tirana
LIECHTENSTEIN
Vaduz
SUISSE
Berne
ITALIE
Rome
ST. MARIN
CITÉ DU VATICAN
MONACO
Monaco
Corse
Sardaigne
Sicile
MALTE
La Vallette
FRANCE
Paris
ANDORRE
Andorre La Vieille
Baléares
ESPAGNE
Madrid
PORTUGAL
Lisbone
Canaries
PAYS-BAS
Amsterdam
BELGIQUE
Bruxelles
LUXEMBOURG
Luxembourg

DÉFI 2 - MÉTHODE DE FRANÇAIS
Livre de l'élève - Niveau A2

AUTEURS
Pascal Biras *(unités 3 et 7)*
Monique Denyer *(unités 5 et 6)*
Audrey Gloanec *(unités 2 et 4)*
Stéphanie Witta *(unités 1 et 8)*

Geneviève Briet *(capsules de phonétique)*
Valérie Collige-Neuenschwander *(capsules de phonétique)*
Raphaële Fouillet *(précis de grammaire)*

CONSEIL PÉDAGOGIQUE ET RÉVISION
Agustín Garmendia
Christian Ollivier

ÉDITION
Laetitia Riou, Audrey Avanzi, Aurélie Buatois

DOCUMENTATION
Simon Malesan

CONCEPTION GRAPHIQUE
Miguel Gonçalves

COUVERTURE
Pablo Garrido, Luis Luján

MISE EN PAGE
Laurianne Lopez, Antídot Gràfic

CORRECTION
Martine Chen, Sarah Billecocq, Diane Carron

ILLUSTRATIONS
Daniel Jiménez, Johanna Thomé de Souza *(Avant-propos)*

ENREGISTREMENTS
Blind Records
Merci à nos « voix », disponibles et sympathiques.

VIDÉOS
Unité 1 : *Le match : famille Internet ou famille Boutique ?* France Télévisions, 2015.

Unité 2 : *La musicothérapie dans une maison de retraite.* France Alzheimer.

Unité 3 : *Une visite de Rungis.* Elephant Adventures.

Unité 4 : *Coup de sifflet contre la discrimination.* Chevigny-Saint-Sauveur football club, reproduit avec leur aimable autorisation.

Unité 5 : *C'est quoi, le bac ?* Vidéo 1Jour1Question / « C'est quoi le bac » / coproduction Milan Presse et France Télévision / Scénario d'Annabelle FATI et réalisation et dessins de Jacques AZAM © France Télévision Milan Presse 2014

Unité 6 : *La Station F.* Ministère français de l'Europe et des Affaires étrangères.

Unité 7 : *Le musée de la Romanité de Nîmes.* Ville de Nîmes, reproduit avec leur aimable autorisation.

Unité 8 : *Evaneos : une nouvelle façon de voyager.* Evaneos, 2014, reproduit avec leur aimable autorisation.

ISBN : 978-84-18032-32-5
Réimpression : juin 2020
Imprimé dans l'UE

éditions maison des langues
www.emdl.fr/fle